光文社文庫

名作で読む推理小説史

# 剣が謎を斬る

時代ミステリー傑作選

ミステリー文学資料館編



光　文　社

# まえがき

ミステリー文学資料館では、先の「幻の探偵雑誌」、「甦る推理雑誌」（各全十巻）に続く新シリーズとして「名作で読む推理小説史」を企画しました。これは時代ミステリー、恋愛ミステリー、文芸ミステリーなど、テーマごとに昭和、平成のミステリーの傑作短編を新しい切り口でそれぞれ専門の編集委員が精選、さらに資料館の監修を経て刊行するものです。特に専門委員の解説では、各巻とも収録作品だけでなく、未収録の戦前、戦後の注目される優れた作品も取り上げて歴史的に位置づけ、作品を楽しみながら、テーマ別推理小説史としても読めるような充実した内容にしたいと考えております。

新シリーズの第一巻は、「時代ミステリー傑作選」です。時代小説のミステリーというと「捕物帖」を思い浮かべる方が多いと思いますが、このアンソロジーでは、「捕物帖」ではない時代小説のミステリーを対象にしています。

どうぞ時代ミステリーの独特の魅力をお楽しみください。

これからテーマごとにこの傑作選を定期的に刊行して参りますが、これまでのシリーズと同様、新シリーズを引き続きご愛読くださいますよう心からお願い致します。

〔ミステリー文学資料館〕

# 目次

# 剣が謎を斬る

時代ミステリー傑作選

# 変身術

岡田鯱彦

# 一

〝まだ尾行《つけ》て来やがるか……〟

次郎吉《じろうきち》はさっきから執念くあとを尾行て来る者のあることに気がついている。

道は駒形河岸――片側は大川で、石垣の下をピチャリピチャリと川波がなめている。片側は町家の裏手で、板塀続き。妾宅などが多くて、もう少し早ければ何処かで三味線の爪弾きでも聞こえて来ようという、粋な所だ。

空には潤んだ月がかかって――次郎吉の観測では、もっと曇ってまッ暗な朧《おぼろ》になる予定だったのが意外に雲が消え去って、盗みに入るよりは女の所に忍び込む方が相応《ふさ》わしそうな、なま暖かい悩ましげな春の朧ろ夜になってしまった。

それでも家々の板塀が僅かに身を隠すだけの影を落としているので、次郎吉はその影の中をスタスタと急ぎ足に歩いて行くのだ。

一体尾行て来るのは――

〟清吉の野郎じゃねえかナ……〟

そう思った途端、次郎吉の五尺一寸、十二貫四百匁の身軽な身体は、敏捷《びんしょう》にパッと板塀に飛びつくと、ピタリッと背を板にはりつけてキッと後を振り返った。その素早さは、突然彼の姿が消えてしまったかと思わせるに充分だった。

丁度その時、三十間程後を尾行ていた人影は、板塀の切れ目にかかって、朧な月光を全身に浴びた瞬間だった。勿論、その人影は、次の瞬間にはもう次の板塀の影の中に飛び込み、これもピタリッと塀にはりついて動かなかった。そこに人ありとも見えぬ心にくさ……だが、次郎吉の素早い目は、一瞬の閃光《せんこう》ではっきり尾行者が誰であるかを見抜いてしまった。

〟やっぱり清吉の野郎だ！　悪い時に悪い野郎に……〟

どっちが悪い野郎か分らないが、清吉というのは八丁堀の町方同心片桐《かたぎり》三右衛門《みつえもん》の命を受けて数年前からしつこく次郎吉を追い廻している岡ッ引だった。次郎吉が去年（天保三年）の五月八日、浜町の松平《まつだいら》宮内少輔の邸へ忍び入った時に捕えられたのも、清吉に後を尾行られていたことに気が付かなかったためだった。

その結果、次郎吉は北町奉行榊原主計頭の手によってこれまでの罪状を逐一取調べられ、「江戸市中引廻しの上小塚ッ原で獄門を申付ける」という判決を申渡された。

刑はその年の八月十九日に行われた。文政六年以来、大名でなければ旗本と、武家屋敷ばかりを狙って、その長局、奥向を荒らし廻り、盗み所九十九個所、度数百二十度、盗み取った額が金三千百二十一両余という兇賊（世間では義賊ともてはやした）鼠小僧の次郎吉は三十六歳を一期として刑場の露と消えた——ということになっているが、もとよりそれは事実とは隔たりのあることで、それなら現に今、それから半年以上もたっているこの天保四年の春の朧月の一夜を、駒形河岸に相変らずの岡ッ引の清吉に追っかけられて、こうして睨み合っている筈はない。そこには極少数の人だけが知っている、体面を重んずる公儀の秘密があったのだ。

　鼠小僧処刑の報を聞いて一番驚いたのは、当の次郎吉自身であったに違いない。何となれば、事実の真相は、次郎吉は処刑の前夜、伝馬町の牢屋から脱出して逃亡してしまったのであったからである。

　この重罪囚人の脱獄に周章《しゅうしょう》狼狽《ろうばい》した牢屋奉行石出帯刀以下当局者は、その失態の責任を逃れるために、他の死刑囚を身代りにして局面を糊塗《こと》するという、最も狡猾な隠蔽《いんぺい》政策を採った。

　そうしておいて、極秘裡に次郎吉の脱獄について厳重な調査を開始した。が、遂に何らの疑うべき筋も発見する事は出来なかった。牢格子には五分の傷もつけられていないし、錠前も合鍵で開けられた形跡はなかった。最も疑われやすい牢番の内通という問題も、徹底的な酷しい取調べの結果、全然その疑いがないということが判明した。即ち、次郎吉の脱獄は牢格子の隙間から煙のように脱け出した、とでも考える外には考えようがないという、誠に不可解な結論に到達した。

　然し、脱獄の方法に疑義はあっても、鼠小僧が牢獄を脱出したということは事実に違いないのだから、当局者としては何としても、急遽《きゅうきょ》次郎吉を捕えて秘密裡に処分してしまう外はないということになった。そこで、今までの行きがかり上、同心片桐三右衛門を通じて、岡ッ引の清吉にこの極秘の命令が下された。

清吉は次郎吉の処刑にそんな秘密のあったことは知らなかったから、これを聞いて、驚愕すると同時に、彼はこの宿敵がまだこの世に生きていたことを知って、不思議な歓喜に胸を躍らせた。彼は、

「よし、俺は必ず鼠小僧を引ッ捕えて、牢抜けの秘密を探り出してやるゾ！」と決心した。

次郎吉は清吉の身辺を探ることによって、容易にこういう事情を嗅ぎ出すことが出来た。彼は岡ッ引の清吉が、「命にかけても」と躍気になっていることを知って、苦笑を禁じ得なかった。

〝気の毒ながら――〟と彼は考えた。〝清吉ごときが何人命掛けでかかって来たって、もはや金輪際俺を引ッ捕えることは出来ねえのサ。俺の牢抜けの秘密を知ったら、手前らもそのことが納得が行くに違えねえんだが、フフフ……〟

三十間を隔てて、板塀の影にピタリッと背をはりつけた宿敵鼠小僧の次郎吉と岡ッ引の清吉は――互に姿は見えないが、闇に目を光らしてジッと互の呼吸をうかがっている。あの去年の五月次郎吉が捕えられた浜町の松平宮内少輔の邸の夜以来の久方ぶりの顔合せだ。

次郎吉は清吉の潜んでいる辺りの闇の中から、烈しい殺気が流れて来るのを感じた。彼は思わずブルッと身慄いした。清吉の荒い呼吸が聞き取れるような気がして来る……

と、プーンと彼の鼻さきに沈丁花の香りが漂よって来た。塀の中にでも咲いているのであろ

う。次郎吉は途端にひどく平静な気持に返ることが出来た。前の石垣の下に打寄せる川波の音がピチャッピチャッと耳に入って来た。すると、浅草寺の鐘がゴーオーンと時を打ち出した。

〝八ツ（午前二時）だな〟

忍び込みには丁度いい刻限だ。だが――

〝久しぶりで、一寸風変りな大仕事を目ざして出て来たのに、折も折、清吉の野郎に顔を合せようたあ……だが、大仕事ゆえ、馴染の岡ッ引に見張って貰うのも、張合がある話じゃあねえか、フフフ〟

鼻のさきで「フフフ」と笑うと、相手は清吉一人と見極めのついた次郎吉は、不敵にもそのまま板塀の影の中をまたスタスタと歩き始めた。

〝昔の俺なら、相手が一人だろうと半かけだろうと、必ず撒《ま》いてから仕事にかかったものだったが――〟

と、彼は自らを反省して見る。今の彼は敵を撒くという努力を払うのが面倒臭い――というより、何かわざと身を危険に曝《さら》して見たい、という気持があるようだ……

家並が切れて、こんもりした森になった。木立の中に、宝珠を屋根の天辺につけた駒形堂が見えて来た。その祠《ほこら》の影に入るまで、木々の影の中をチラチラと身体を曝して行かなければならない。が、次郎吉は躊躇《ちゅうちょ》なくスタスタと歩み続けた。彼を目ざしてさっきから執念く尾行ている敵が清吉と分った以上、相手も彼が次郎吉と知って尾行ているのだからもはや姿を隠したって仕様がないと考えたからだ。

駒形堂のわきを通り過ぎようとした次郎吉は、ふと異様な物を見附けてピタリと歩みを止めた。祠の階段に一人の子供が丸くなって寝ているのだ。

彼はツカツカと祠の方に歩み寄って、少年の顔を覗き込んだ。十一、二歳の少年で、何か笊《ざる》をかかえてグッスリと寝込んでいる。可愛らしい丸顔の頰の上には涙のあとがついていて、子供が泣き寝入りに寝入ってしまったことを示している。

次郎吉は自分が少年時代に放浪して苦労をなめたせいか、こういう少年の姿を見ると、どんな場合でも見過しに出来ない。

「オイオイ、起きないか、コレ」

彼は正体のない子供をゆすぶり起した。

こんな所で時間を潰すことがどんなにか彼の身に危険であるかは、次郎吉にもよく分っている筈だった。清吉は彼の姿を見失うことを恐れて、応援を求めたいのを我慢して、辛抱強く一人でこの強敵を尾行て来たのだ。だが、ここで次郎吉が暇を潰していれば、その隙に彼は近くの番所へ応援を求めに走ることは必定であろう。

然し、次郎吉はやはり少年を見過して行くことは出来なかった。

「こんな所で寝ては風邪を引くぞ。父ちゃん母ちゃんが、どんなに心配してるか知れやあしねえ。早くお家へお帰り」

やっと気のついた子供は、まじまじと彼の顔を見ていたが、急にワーッと泣き出した。笊の中には蜆《しじみ》が一杯入っている。子供は蜆売りの子供だったのだ。

こうなれば察しの早い次郎吉には事情は凡そ呑み込めてしまう。然し、子供の泣きながら訴える事情を一通りは聞いてやらなければならぬ。それから懐の財布を探ってざらざらと掴み出した小粒を、少年の手の上に盛り上げてやりながら、

「蜆が売れねえ位で、こんな所で泣き寝入りをしちゃあ不可《いけ》ねえ。もっとやりてえが、生憎小父さんはこれから仕事に行く所で沢山はねえ。が、これでも三両ぐれえはあるだろう。さあ、早く帰って、おッ母に薬でも買って上げな」

蜆売りの少年は大喜びで笊を抱えて、次郎吉が歩いて来た方へ駆け出した。それを見送って次郎吉はブルッと身を慄わした。果して清吉は姿を消している。……

駒形堂を過ぎると、竹屋があって、それから又町家の家並になる。相変らずの大川ぶちの片側道。今宵次郎吉が目ざす駒形の米穀問屋越後屋平左衛門の家はもう間近だ。

この時、遥か前方に突然躍り出した二つの人影――それは急いで塀の影に飛び込んで急ぎ足にこちらへ向って来る様子だ。咄嗟《とっさ》に後ろを振り向くと、後ろからも影の中を二人の人影が迫って来る気配。その一人は清吉らしい。

〝ウム、挟み撃ちか！〟

次郎吉はそれを見ると、塀の影から月光の道へ出て、そのままスタスタと前方に歩み続けた。前方の人影はギョッとしたように立ちすくんだ様子。次郎吉は越後屋の裏手までスタスタと歩を運んだ。前の人影は立ち止まったまま、後の人影は彼の歩むに従ってヒタヒタと慕いよって

来る。

今や、次郎吉は越後屋の裏手の塀板の前に前後に二十間ずつの隔たりを以って二人ずつの捕り手を睥睨《へいげい》して立ちはだかった。四人の捕り手は気圧《けお》されたように、塀の影の中に立ちすくんで此方を窺いつつ、じっと動かない。が、やがて前後から互に手を振って相図をしつつジリッジリッと寄り始めた。清吉の掛声一つで四人が一斉に躍りかかろうという気勢が次第に熟して来た。

〝フフフ、折角だが清吉、手前らにゃあ、この次郎吉はもう捕まらねえってことを、今夜ははっきり見せてやらあ、よっく見ておけ。これが去年、お仕置の前の晩に牢抜けをした秘密だあ〟

次郎吉は口の中でこんなことを呟くと、パッと越後屋の板塀の影の中へ飛び込んだ。そして身体をかがめると、膝を抱いて丸くしゃがみ込んだ。と、そのまま彼の身体はグッと小さく縮んで行って、見る見る犬ぐらいの大きさになり、猫ぐらいの大きさになり、更に小さな一握りの物体になって行った。

「それっ」という清吉の号令で、四人の捕り方は一斉に次郎吉の飛び込んだ板塀の影の暗闇を目掛けて飛び掛った。が、もはやそこには彼の姿はなかった。ただ足許の小さな一握りの物体がチョロチョロと動き出すと、長い尾を引いて板塀の下の僅かな隙間から塀の中へ潜り込んでしまった。それは一匹の鼠であった。四人ともそれは目に入ったが、次郎吉の姿を見失ったのに狼狽して、そんなことには何の注意も払わなかった。

「何処へ消え失せやがった。オッそろしくすばしっこい野郎じゃねえか」

四人が見ていたのだから、塀を乗り越えて飛び込んだのでないことははっきり分っている。だが、何処にも次郎吉の姿は見えなかった。次郎吉は四人の目の前で消え失せてしまったのだ！

清吉の頼んで来た三人の捕り手はまだあちこちとウロウロ探し廻っているが、清吉だけは真ッ蒼な顔をしてジーッと立ちすくんでしまった。彼は去年の不可解な次郎吉の脱獄のことを思い出して、何か訳の分らぬ恐怖に背筋がゾーッと寒くなった……

二

〝ブッフッフッ、態《ざま》あ見やがれ〟

潜り込んだ板塀の下の小穴から尖った鼻先を突き出して塀外の四人の狼狽ぶりを見ていた鼠の次郎吉は、宿敵の清吉のあっけに取られた顔つきに満足して心の中でこうせせら笑うと、鼻先を引っ込めて、クルリと廻り、庭草の上をチョロチョロと二尺ばかり走って、躑躅《つつじ》の植込の中に入り、まわりに人間の姿を容れられるだけの余裕を見はからってから、半身を起こして膝をかかえて坐り込んだ。

そして、心機を沈めて人間の姿を念じていると、忽ち鼠の身体はふわふわと膨れ上り、たちまち猫ぐらいの大きさになり、犬ぐらいになり、躑躅よりも高くなると、見る見るそれは人間のしゃがんだ形になった。次郎吉はパッと立ち上りざま躑躅の植込の間から飛び出した。

〝フフフ、何てえ便利なものだろう。四カ月の修業は辛かったが、いいものを憶えた〟

月光の庭を母屋の方へ歩き出しながら、彼はそんなことを呟いた。

次郎吉はもともと人間ばなれした敏捷軽快な身のこなしから、忍びの術を心得ていると世間から噂されていた。然し、彼自身はそんな術が存在していることさえ実は知らなかった。彼がその不思議な術を体得するようになったのは、つい一年程前のことで全く偶然の機会からであった。

去年の丁度今頃、御本丸の大奥へ忍び込み、長局を荒らし廻って危うく捕えられそうになった時、運よくやはりそこへ忍び込んでいた島津藩の隠密、植森道之丞という伊賀流の忍術者に救われた。そこで初めて、忍術のことを知り、是が非でも弟子にしてくれと懇望した。

彼のずば抜けた身軽さと頭のよさに惚れ込んだ植森は、いい後継者を得たと喜んで、進んで、寝食を忘れる程の熱心さで教え込んだ。修業は辛かったが、次郎吉はよく辛抱した。変身術で彼が鼠を撰んだのは、もともと彼がその身軽さから鼠小僧と綽名《あだな》されていたのによる。

鼠に化けることを憶えると、次郎吉は実地に応用して見たくて矢も楯も堪らなくなり、まだ外出を許してくれない師匠の許を飛び出して、忍び込んだのが浜町の松平宮内少輔の邸。ここで彼は捕えられてしまったのである。

どうして捕えられたかというと、変身という奥の手があるので安心して深入りし過ぎたのと、何しろ初めての経験なので、人に発見されてうろたえる中に、慌てて術を施す余裕がなかったためである。

これでは変身術を憶えたために捕えられたようなものだが、彼は死刑を宣告されて刑の執行の前夜、その鼠の術によって易々と牢格子の間を抜けて脱出した。次郎吉が彼の変身術を最初に実施したのが牢獄の中であったというのは、皮肉な話である。


「成程、やっぱり町家は戸締りが堅固だなあ」

母屋の外側を一まわりして来た次郎吉は感心してこう呟いた。彼はこれまで武家屋敷ばかりを荒して来た。それを世間では、彼が弱い町人の家へはいらずに、強い武家を狙うものとして、彼の侠気を讃美しているが、それには彼は苦笑を禁じ得なかった。

彼が町人の家を狙わずに大名旗本ばかりを襲ったのは、町家は戸締りが厳重で入り難かったからである。武家屋敷は意外に戸締りが寛やかで忍び入り易かった。殊に長局、奥向に入り込んでしまえば、男の姿を見掛けることが稀で絶対安全であった。発見されても女達は嚇《おど》かして黙らせることが容易だし、更にもっと都合のいい方法が彼にはあった。それは次郎吉は小柄で華奢な身体で、容貌も女にしてもいい位の優美さを持っていたので、こういう所の女達を籠絡することは威嚇するよりも更に容易であった。

こういう理由で彼は専ら武家屋敷を狙ったのである。彼は強い者をいじめて弱い者を助ける――という評判は必ずしも当っていないこともないが、彼は町人でも大金をため込んでる奴から金を奪うことには、少しも遠慮すべき理由は感じていなかったのである。今まで入らなかったのはただ入りにくかったからで、つまり自分の身の危険を思うからであった。

然し、今や彼には、どんなに厳重に扉に閂《かんぬき》が掛けてあろうと、雨戸の一つ一つに落し桟が仕掛けてあって、両側の雨戸との間に通し桟の連絡がしてあろうと、もはや問題ではないのだった。こういう雨戸の一枚を人に発見されずに外から外すことは、一晩かかっても絶対に不可能に近かったが、次郎吉にはもはやその必要はなかったのである。

次郎吉は今宵初めて入る町家の厳重な戸締りを眺めて、人をよせ附けぬ氷の絶壁に相対した登山家のような、不思議に快い戦慄を感じつつ、ニヤリと不敵な笑をほの白い優美な口もとに浮べると、やおら身を屈めて膝を抱いてしゃがみ込んだ……

鼠になった次郎吉は、戸袋の柱をチョロチョロと這い登ると、軒下の僅かな隙間から家の中へ入り込んだ。

横柱の上を渡って廊下を横切ると、欄間の隙間から部屋の中へ入った。そこは女中部屋で、二人の若い女中がむし暑いのか、蒲団をはだけて、あられもない恰好で仰向けに寝ていた。

次郎吉鼠はそれを見下ろして、〝やれやれ、何てえ態ぁしてやがんだ〟と苦笑しながら、長《なげ》押《し》の上をチョロチョロと伝わって、隣りの部屋へ移った。そこには年寄りの女中が一人で寝ていた。枕許に入れ歯が抜いておいてあった。

その隣りは丁稚部屋……こうして、用心深い次郎吉は、一つ一つの部屋を天井から観察しつつ間取りを調べながら、長押伝いにだんだん奥へ入って行った。

或る部屋では、番頭が若い女中をこっそり引き入れて一緒に寝ていたり、またどちらも十五六の丁稚と少女とが人の来ない空部屋の暗闇の中で幼い情熱を燃え上らせながら、もどかしい恋の手習をしたりしているのを見下しながら、次郎吉は何かいつもと調子が違うものを感じた。

いつもは忍び歩く姿をいつ気附かれるか、いつ見附けられるか、と冷や冷やしながら歩くのが、今宵は全くその心配がないのだ。誰に見附けられる心配もないし、よし見附けられた所で鼠の姿なら、「泥棒泥棒」と騒ぎ立てられる恐れはない。

まことに安心極わまる、有がたいことである——と思うのだが、そう思いながら次郎吉は、何か物足りない感じを自分が感じてることに気が附いた。何かが足りない。ハテナ……

〃そうだ。恐怖が足りないのだ。いつものあの快い戦慄が足りないのだ！〃

彼がそこまで考えついた時に、彼は〃オヤ！〃と目を瞠《みは》った。今度の部屋はこの家の娘の部屋だった。ほの暗い行燈の明りに若い娘の部屋らしい媚めかしい色と匂いに溢れたその部屋のまん中には、赤と黄色の勝った派手な絹布の蒲団の中に、これはと男心を引きつける美しい娘が睡っているのだ。若い娘の吐く息の香わしさ！……次郎吉は好き心を刺戟されて、思わず長押から身を乗り出して、襖の角へ前肢を掛けかかったが、

〃いや、待て。いつもの通り、楽しみは仕事を終えてから〃

と、いつもの信条を自分に言って聞かせて、チュッチュッと惜しそうに舌なめずりしながら、また長押の細い桟の上を渡り始めた。

一つ空き部屋をおいて、主人夫婦の部屋に達した。越後屋平左衛門は五十五、六歳の達磨のような肥えた丸顔を仰向けて、クーックーッと軽い鼾《いびき》をかいて寝ている。それに並んだ蒲団に、

女房の四十五、六歳と見えるのが大人しやかな横顔を見せて睡っている。

主人の枕許に近く、床の間に鈍い銀光を放っている小さな置物——〃ウム、あれだナ！〃

次郎吉は長押の桟を伝って、ツツツツと床の間の上に廻った。

〃ウーム、あれが有名な千鳥の香炉か！〃

そう思うと、次郎吉鼠は感激に身体が小刻みに慄えて来た。

盗ッ人仲間で元祖と仰ぐ石川五右衛門という大盗賊が、太閤の秘蔵しているのを盗み出そうとして、千鳥が鳴き出した為に捕えられて釜ゆでになったという——その千鳥の香炉を越後屋平左衛門が金に飽かして手に入れ、座右を離さず秘蔵しているという話を聞いて、

「盗ッ人冥利に我こそは！」

と大願を立てて今まで入ったことのない町家へ思い切って押し入った、次郎吉の今宵の大仕事というのは、こういう風変りな品物を盗み出そうという次第なのだ。

次郎吉は紫檀の床柱に前肢をかけると、ツルツルと降り始めた。そして、主人の枕もとの床の間の上にチョロチョロとのっかると、そこでキョロリと四辺を見廻して、障りのないことを確かめると、ヒョイと半身を起こし、膝をかかえて坐り込んだ……

人間の姿に返った次郎吉は、主人平左衛門の寝息を窺《うかが》いながら、そっと香炉に手を伸べたが、用心深い彼はツと手を引ッ込めると、音もなくツツと身軽に畳の上を走って、廊下側の障子を音のしないようにスヌーッと開けた。こうして逃げ出す道を開けておいてから、またソッと床の間に戻り、感激に慄える手を伸ばして、千鳥の香炉を片手にそっと掴み上げた。

その刹那、香炉は小さな可愛い金属音を立てて、コロロン、コロロンと鳴り出した。

〝失敗《しま》った。千鳥が鳴き出した！〟

そう思った時には、次郎吉の身体はもう開いた障子の所までフッ飛んでいた。不思議に夢幻的な快い響きを立て続ける香炉をしっかりと胸に抱きかかえて……

千鳥の鳴き声に目をさました平左衛門は、はね起きざま枕許の紐を力一杯引っ張った。するとその紐が廊下の各所に連絡しているものと見え、家中の各所でリンリン、リンリンと鈴がけたたましく鳴り響き、それに応じて人々が目を醒まして起き出して来る気配が騒がしく感じられた。

次郎吉は鳴り止まぬ千鳥の香炉を抱きかかえたまま慌てて廊下へ飛び出し、パッと後の障子を閉めた。そして、廊下を戸袋の方へ駆け出したが、そちらの方角から廊下をドカドカと踏み鳴らして走って来るらしい入り乱れた足音を聞くと、「チェーッ」と舌打ちして、丁度通り過ぎようとした先刻の娘の部屋の障子をサッと開けて飛び込んだ。

## 三

その障子を閉めた瞬間、ドカドカと足音は近づいて来て部屋の前を通り過ぎ、主人の部屋へ駆けて行った。

と言っても、主人の部屋は一部屋おいてすぐ隣り。その上、あとから遅れて駆け附ける雇人達の足音が引ッ切りなしにドタバタと廊下を通る。ここで娘に騒がれたら、万事休すだ！次郎吉は娘を威嚇する為に、キッと凄味を利かせて娘を睨み据えた。

「ホホホ」

娘は可笑しくて堪まらないように次郎吉を見返して笑った。そして、パッと掛蒲団をはねのけて起き出して来ると、次郎吉の胸でまたコロロン、コロロンと鳴り続けている香炉を引ッたくり真ッ白な細い指をヒラヒラさせて香炉の何処かをひねくると見えたが、すると香炉のしつこい音響はピタリと止まった。

毒気を抜かれた次郎吉の顔を、娘は可愛い目を悪戯《いたずら》っぽくクリクリとさせて、覗き込んだ。その目は次郎吉を〝お馬鹿さんねえ！〟と言っている。

成程、千鳥の香炉がここで鳴り続けていたら、娘を威嚇して沈黙させた所で、彼の所在はすぐ人々に発見されてしまう所だった。

次郎吉の今夜の仕事の主目的は、勿論千鳥の香炉を盗み出すことにあったが、この家の評判の一人娘の噂も好き者の彼が聞き洩らしている筈はなかった。凄い美人で、まだ男の肌を知らぬ生娘だが、凄い利かぬ気の手に負えぬお俠《きゃん》な娘——そういう評判を聞いて、むずかしいと言うことなら何でもやって見たくなる性分の次郎吉は、千鳥の香炉を盗み出そうという気になったのも、もとよりその困難さが彼にその実行を決意させたに過ぎなかったように、彼はこの娘の傲慢という評判ゆえに、折よくば是非一ついでに手折って来たいものだ——という好き心を抱いてやって来たことも、間違いのない所だ。

その評判の娘と、次郎吉は今咫尺《しせき》の間に睨み合って、その娘のお俠な、生命の燃えさかっているような烈しい美しさに、気圧されたように彼は茫然とした恍惚に陥ってしまった。

この時、平左衛門の部屋の方でガヤガヤ騒いでいた大勢が、あちこちへバラバラ散って戸締りを調べにかかったらしい様子で、廊下の外が騒がしくなった。この部屋の前にも何人かがどやどやとよって来た。と、その中から、主人の平左衛門が、

「これ藤江《ふじえ》、起きているか。大変だ。千鳥の香炉を盗まれた」

といいながら、障子を開けようとした。

「あれ、待ってお父様！」

娘のきっとした声が父親の侵入を食い止めた。

「寝間へ入っては困りますわ。わたし寝間着の姿を皆に見られたくありませんわ」

父親は気勢を挫《くじ》かれて、

「いや何、入らなくてもいいんだ。だが、ひょっと泥棒がこの部屋へ入ったような気がしたもんだから」

「まあ、厭だわ。この部屋へ、ですって？……」

娘はそう言いながら、蒲団の上に坐って香炉を膝の上でまさぐりながら、すぐ前に坐らした次郎吉の顔を悪戯っぽくマジマジと眺めている。

〝香炉を鳴らしましょうか、どうしましょうか……〟と揶揄《からか》っている眼附だ。次郎吉は完全に

この娘に死命を制された形だ。

「じゃあ、この部屋へは来なかったんだね？　そこらに隠れてやしまいね」

と平左衛門。

次郎吉は息を呑んだ。緊張の一瞬！……だが娘はニッと笑って、相変らず次郎吉の顔をジロジロと眺めている。次郎吉はその娘にこうまで死命を制された口惜しさも、自分の危うい境遇もすっかり忘れて、ただ自分をこんなに完全に圧倒した美しい娘の、不思議な魅力に心を奪われて茫然としているばかり……娘はその次郎吉の顔を、急に真面目な顔になって深い眼附でジイッと凝視めながら、きっぱりと言い切った。

「お父様、誰もこの部屋へは入って来ませんでしたわ」

廊下の外の人数はガヤガヤと立ち去っていった。

次郎吉は、今までどんな女にも感じたことのない、烈しい燃え上がるような情熱を覚えて、痺れるような思いで、いきなり娘の手をしっかりと握った。娘の手は熱かった。

「藤江さんッ！」

娘は一瞬烈しく彼の身体を拒もうとしたが、次の瞬間にはグッタリとなって、互の腕と腕が争いもつれるように互の身体をしっかり抱き合うと、二人は魂を宙天に飛ばして互の唇を吸い合った……

興奮の嵐が過ぎた後で、自分の頸を捲いた娘のあたたかい腕をそっとほどくと、額にかかるほつれ毛を優しく掻き上げてやってから、次郎吉は肱《ひじ》を立てて掌の上に顎をのっけた。まだ恍惚から醒めやらぬ風情の、娘の上気した美しい顔と、枕許に鈍い銀色の光を放つ千鳥の香炉とを見比べながら、彼は自分の手に届きそうもなかった物が、こんなにも易々と自分のものになってしまったことに、勝利者のむなしい物足りなさを感じた。

手に入れるまではあんなにも猛り立った彼の情熱は一体どこへ行ってしまったというのであろう。この女の場合も、いつもの武家屋敷の長局奥向を襲った時と同じ結果になってしまったことがうとましかった。彼はいつもこういう結果になることが多かった。それは自分の身の為めに最も安全な方法でもあった。その後では、女は他の者に彼の姿が見附けられることを恐れて、自分のことのように彼の身を気遣って、自ら戸を開けてそっと逃がしてくれるのであった。今も、遠くの廊下の方で人々はまだガヤガヤと騒いでいるが、もうこれで彼の帰途の安全は保証されたと言っていい。然し、それが彼には忌ま忌ましかったのだ。彼はもっと戦慄を感じたかった。血液の逆流するような快い戦慄を！

次郎吉は悪意に満ちた目で、枕元にシンと静まりかえっている銀色の香炉を眺めた。彼はこれでさっき娘にさんざん油を絞られたことを思い出した。

〝忌ま忌ましい香炉め！〟

どんな仕掛けになってやがるのか……彼は手を伸ばして摑み上げた。と、また香炉はコロロンコロロンと鳴り出した。彼は慌てた。と、眼を醒ました娘が急いでパッと手を伸ばして、音を止めた。

「オ、驚かしやがる。これは一体……機械仕掛けかネ？　えれきかネ？」

娘は艶っぽい眼で次郎吉の顔を見上げながら、

「これはおるごるという南蛮船来のもので、こうして鋼のばねを捲いておくと、持ち上げた拍子に鳴り出す仕掛けになっているのです。こんな古いのは珍らしいそうです。何しろ太閤様の所持品だったと言うのですからネ。それで父はもう命より大事にしているのです。……平賀源内さんのえれきてるなんて、ずっと時代の下ったものですわ」

娘の説明を聞きながら、次郎吉はどうもこの香炉は苦手だと思った。彼はまたしても、娘に──否娘の背景にある南蛮船来の文明とやら言うものに、自分が手もなく気圧されるのを口惜しいと思った。

〝何ンでえ、こんなもの……たかが機械仕掛じゃねえか。驚くこたぁねえや、日本国にだってもっと珍らしいものが……オッ、そうだこの娘にひとつ俺のあの術を見せて度胆を抜いてやろう〟

次郎吉がここへ考えついた時、廊下の外へ再び人々は戻って来て、ガヤガヤと騒がしくなった。

「戸締りは完全だ。泥棒は逃げちゃあいねえ。戸口に見張りをおいて、根こそぎ家探しをして、どうでも泥棒を引ッ捕えてくれよう」

越後屋平左衛門の野太い声が部屋の前でビンビンとがなり立てた。藤江はハッとして、恐ろしそうに次郎吉の顔を見上げる。次郎吉は面白そうにクスリと笑って、一寸頭をかしげて考えるようにしたが、ニヤリとすると、いきなり手を伸ばして枕許の千鳥の香炉を取り上げた。

香炉は鳴り出す。娘は驚いて止めようとする。その両腕を次郎吉が押さえた。娘は次郎吉の気が狂ったのかと、必死にもがいて彼の手を振りほどこうとする。

おるごるはこの切迫した場面も知らぬげに――コロロン、コロロン、コロロン、コロロン――と、何処か子守歌のような感じのする、静かな甘い夢幻的な音楽を暢気《のんき》に奏で始めた。

四

次郎吉はおるごるを止めようともがく娘を押さえつけて口早に囁く。

「お嬢さん、慌てなさんな。今面白い事をして見せて上げるからネ。香炉はあなたの為めに、あなたの親父さんに返して上げますよ。いえ、あなたに恥はかかせません。わっしは消えてなくなっちまうから大丈夫。あなたは、泥棒が香炉をほうり込んで逃げてったと言えばいいんですヨ」

言葉が終らぬ中に、廊下の外でおるごるを聞きつけた越後屋平左衛門が「あッ」と叫びざまサッと障子を引き開けて飛び込んできた。

次郎吉は蒲団にもぐり込み、膝をかかえて丸くなった。

「藤江、コ、これはどうしたことだ！」

平左衛門の怒声に、娘はオロオロと返事も出ない。父親は今飛び込んだ時、何か蒲団がむっくり持ち上っていたように思ったので、パッと引っぱいでみたが、もう次郎吉の姿はそこにはなかった。

これには娘も驚いた。〝あの人は一体どこへ行ったのであろう?……〟

だが、男がいないと知ると娘は我を取り戻して、

「まあ、お父さん、何をなさるの?」と逆襲した。

「ウム、いや、ナニ……ソノ……」

平左衛門はシドロモドロ。次郎吉は鼠の姿になった所をパッと蒲団を捲くられて慌てて娘の脚の中へもぐり込んだが、この柔かいぬくもりの中から、親父の狼狽ぶりを聞いて、「フフフ」と笑いがこみ上げて来た。

平左衛門の後から一緒に部屋に飛び込んでしまった大番頭の庄造《しょうぞう》爺さんも、「誰も居りませんなあ」と、当惑顔をして、部屋の中をキョロキョロ見廻している。

然し、一番驚いているのは、この娘の筈だ。今の今まで一緒に蒲団の中に寝ていた男が、本当に煙のように消え失せてしまったのだから……

〝態あ見やがれ。南蛮物でさんざ驚かしやがったが、俺様の術はざっとこんなものだ。どうだ、胆を潰したか〟

次郎吉鼠は娘の温かい太股の辺りで、こんな気焔をあげて見たが、その時ギョッとして飛び上った。というのは、全身黒ずくめの大きな猫が、娘の蒲団にもぐり込んで来たからである。

猫は娘の胸の辺りで娘の体温にうっとりしてゴロゴロと嬉しそうに咽喉を鳴らして丸くなろ

うとしたが、急にヒクヒクと鼻をうごかすと、キラリと金色の大眼玉を光らし、次郎吉鼠の姿を目ざとく発見して飛びかかった。

次郎吉は娘の脚の間をツルリと抜けて、危うく虎口をのがれたが、猫は娘の脚の丘陵を乗り越えて、執拗に追いかけて来た。次郎吉は娘の脚に沿うて下り、とうとう蒲団の裾から、畳の上へ逃げ出した。猫も後からすぐ顔を出した。次郎吉は困却した。人間の姿に戻れば、平左衛門や庄造、それから廊下の外には大勢気の立った連中がいるのだからすぐに捕まえられてしまう。仕方がないから、そのまま猫の恐ろしい牙に身を慄わしながらツツツーッと一目散に逃げ出した。

障子が一寸ばかりの巾で開いていたので、〝占めた〟と次郎吉はその間から廊下へ飛び出した所が、ホッとする間もなく、猫は障子の桟の間からガサガサとくぐり出た。猫が出入りする為にそこだけが紙がヒラヒラに切ってあるのだ。

忽ち廊下の追っかけっこが始まった。番頭、丁稚、女中のウロウロする間を駆け抜けて、それから邪魔物のない廊下を一目散に駆け出す。恐ろしい猫の牙が今にも自分の頸筋にプツリと食い込みそうで、次郎吉は息もつけない。〝こりゃ飛んだ戦慄ものだ。快い戦慄どころの話じゃねえ。命が危ねえ。冗談じゃねえゾ！〟

幸い、台所の戸がここも一寸ばかり開いていた。

〝占め、占め！　有難え。今度は板戸だから猫穴はねえゾ〟

次郎吉は勇躍その狭い隙間から台所の暗闇へ飛び込んだ。

〃態あ見やがれ。人間だって猫だってこの俺様に敵う奴はいねえのさ〃と、心の中で悪態をつきながら……

所が、飛び込んだ所は意外に狭くて、すぐ鼻先がぶつかった。途端に背後でバタリと何かが落る音がした。

〃ハテナ？〃

そう言えば、足の踏む所も妙に足ざわりが悪い。慌ててグルグル廻って見ると、これは四角い金網の小さな部屋だ。出口がない。

〃何だ、鼠捕じゃねえか。こりゃひょんな事になったもんだ〃

彼は益々奇妙な成り行きに苦笑しながら、外の様子を窺うと、黒猫は戸の隙間から覗き込んで鋭い爪肢をバリバリと差し込んでみたりしていたが、やがて諦めて行ってしまった。

それから平左衛門があれこれと号令する声が聞こえて来たが、やがてその指図によって徹底的な家探しがはじまったらしく、ドタバタと廊下を往き来する音が烈しくなった。台所へも三、四人入って来て燈りを附けてあちこち探し廻ったりしたが、金網の鼠捕の中に閉じ籠められた鼠なぞに注意を向ける余裕はない。

〃フフフ、こりゃ人目をくらます飛んだ結構な隠れ蓑だ。娘の温たけえ蒲団とは違って、少々うすら寒くて狭っ苦しいが……ひとつ此処で、この俺様を探す人間共の無駄骨折りをとっくり見聞させて頂くことにしましょうかナ、フフフフ〃

彼は愉快げに、鼻先から笑いの息を洩らして、外の物音に耳をピクリとそばだてた。物音はだんだん台所から遠ざかって行って、暫らくすると、全くの静寂に帰してしまった。

次郎吉鼠は闇と肌寒さと静寂とに、だんだん退屈して、淋しくわびしくなって来た。すると、今まで何とも思わなかったが、自分の今の境遇に何か漠然とした不安が感じられて来た。

〝ハアテ……〟

五

ブルルッと身慄いが出た。春の夜とは言え、深夜の台所は、うすら寒くわびしい。次郎吉は娘の温かい肌が俄かに恋しく思い出されて来た。

〝ドリャ、静かになったようだから、そろそろ逃《ずら》かることにしようか……だが、その前にもう一度あっためて貰って……〟

そうだ、娘の蒲団の裾からもぐり込んで、そこでいきなり人間の姿になって見せたら、どんなに娘は驚くだろう。そして、初めて身体を許した恋しい男の顔を見て、娘は狂喜してヒシと抱きついて来るに違いない……〝フフフ、有がてえ……〟と次郎吉は相好を崩して、落し戸の裾に手を掛けて持ち上げようとした。

が、人間の手なら訳もなく開閉されるその落し戸が、鼠の前肢では錘《おも》しの五分巾の鉛が、千鈞の重みでビクとも動かない。

〝ハテ、面倒臭えが、仕方がねえ。一旦人間の姿に戻って……〟

と、次郎吉は上半身を起こして膝を抱えて坐りこんだ。そして、「ウム」と力んで人間の姿を念じると、彼の身体はそのままプーッと膨れ上って大きく——なろうとしたが、忽ち金網の天井にぶつかると、ピクンと愕えて風船がパンクしたようにスーッと縮んでもとの鼠の姿に返ってしまった。

鼠に返った次郎吉は、キョトンとして〝ハテナ〟と首をひねったが、〝やり損なったか〟とまた改めて心機を鎮めて念じ直すと、身体は又プーッと膨れた。が、また天井の金網にふれてスーッと縮んでしまった。

彼は更に続けて二、三度やってみたが、プーッと膨れ上りかけては、風船が穴があいたようにスーッと縮んでしまう同じ事をむなしく繰り返すに過ぎなかった。

〝アリャリャ、どうしても不可《いけ》ねえか〟

次郎吉鼠は怯えた眼付で天井を見上げた。六角形の目で組み合わされた針金の網が脅かすように頭の上に厳めしく拡がっている。人間の身体に返った上なら、こんな金網の箱ぐらいぶち破るのも困難ではあるまいが、膨れ上る途中では、ふん張る力も何も出ようがないのだった。

次郎吉は頭の上の金網を見上げながら、急にギョッとして背筋から冷汗を浴びせられたようにゾーッと寒気を感じた。

〝コ、こりゃ、ひょっとすると、ト、飛んでもねえことになったかも知れねえゾ！〟

不安ははっきりした顔を見せて、次郎吉の心臓をギューッと摑み上げた。彼は飛び上って、狂気したようにグルグルと金網の籠の中を駆けずり廻り、キキーッとすさまじい悲鳴をあげて金網につかまって揺って見たり、尖った鼻先や、前肢を、抜けにくくなる程、六角形の金網の目の中へ突ッ込んだり、その為鼻面がすりむけて、血がタラタラと垂れるのも構わず、今度は金網の針金に嚙みついてガリガリと嚙み切ろうとしたり……それから草臥《くたび》れて一寸動けなくなっていてから、急に思い出したように、慌てて起き上って膝をかかえてプーッと膨れ上っては、忽ちスーッと縮み返る動作を必死に繰り返したり……そんなむなしい狂態を一刻余りも続けた後、次郎吉鼠は疲労の極、茫然として金網籠の隅に身をもたせて動かなくなった。

避けようのない恐ろしい運命が、アングリとまっ赤な口を開けている地獄の谷底に向って、ツルツルな氷の壁の傾斜面を、摑まり所もなくズルズルと滑り落ちて行きながら、その滑り落ちて行くのに何かはかない快感を感じているような――そういう不思議な恍惚の気持である……。

その彼を極楽への入口から急に襟首を引ッ摑んで現実の地獄へ引きずり戻したものがある。廊下を渡って来る軽い足音だ。次郎吉鼠はハッと夢から醒めた。

その軽い足音はだんだん近づき、台所の前まで来た。戸が開いた。手燭を持って入って来た女は――

「あっ！」

次郎吉はびっくりして飛び上った。それは越後屋の一人娘、数刻前、彼と熱い血潮を触れ合ったあの藤江ではないか。

次郎吉は狂喜した。これで助かった。

「藤江さん、藤江さん！　ここです、ここです。早くこの落し戸を開けて下さい。ハッハッハ、こんな物がわたしには開けられないんですヨ。ハッハッハ。でも、助かりましたよ。あなたが来て下さったんで……さあ、早く、……どうしたんです、藤江さん、藤江さんッ！」

然し、娘は返事もしないで、素知らぬ顔でスーッと水瓶の所へ行って、湯呑に水を汲んで咽喉をコクコク言わせて飲みほした。

「ああ、お美味い。……わたし今夜はどうしても睡れない。困ったわ……あの人、一体どうしたんだろう。無事に帰れたのかしら……」

と、娘は独り言を言って悩ましげに佇《たたず》んで考えている。

「ソ、その男がここに居るんですヨ。藤江さん、藤江さんッ！　早く、早く。とも角、早くここを開けて下さい。藤江さん……フ、ジ、エー」

ここまで言いかけて、次郎吉はハッとして口を噤《つぐ》んだ。娘が素知らぬ顔をしているのも道理、彼の恋人への絶叫は、彼の口から出る時はただチュッ、チュッ、キキッという鼠の鳴き声に過ぎないことに次郎吉はやっと気がついた。互に思い思われている二人が、こんなに近くに居ながら意志を通じることが出来ないのだ。文字通り一挙手の労力で、娘は地獄へ落ち込む恋人を救い出せるというのに……次郎吉は絶望感に頭の中を雷が駆けめぐるように覚えて、又、クルクルと籠の中を駆けめぐり、「キキーッ、キキーッ」と悲しげな叫びをあげてドタバタ、ガリガリの狂態を展開した。

「鼠が捕まってるのネ……まあ、うるさい鼠ねえ、大人しくしてらっしゃい。明日の朝、チビ助に始末して貰いますからネ」

娘は次郎吉鼠にこう言い捨てると、手燭を取り上げて台所を出て行ってしまった。

「藤江さーんッ！……藤江さーんッ！」

チューッ、チューッという絶望的な鼠の鳴き声が、だんだん弱くなりながら、いつまでもいつまでも暗い冷たい台所の空気を慄わし続けた。

翌朝、女中のお君にガミガミ言われながら、チビ助と言われる小さな丁稚が鼠捕りに縄を結い附けて、ぶらぶら揺すりながら台所を庭へ出て行くのを、次郎吉鼠は半ば死んだような半睡の状態でうつらうつらと感じていた。

勝手口の木戸を開けて、外へ出ると、暁《あかつき》の川風がサーッと吹きつけて、次郎吉ははっきりと正気を取り戻した。石垣の下をなめる川波のピチャッ、ピチャッという音に、彼はゾッとして全身の毛が逆立った。

板塀の所で、三、四人の人間が板を叩いたり、かがみ込んで塀の下を覗き込んで見たりしていたが、次郎吉達が勝手口を出た時に、手の泥をはたきながら、彼等は諦めたように塀のふちから離れた。

「やれやれ……だが、塀には少しも疑わしい所はない。やっぱり彼奴《きやつ》は俺達の目を眩まして、すばやく逃げ失せたのに違いない」

といってるのは、岡ッ引の清吉の声だった。他の三人は昨夜応援した辻番所の者どもであろう。

「それにしても、何てえすばしっこい奴だろう。所詮、俺なぞには次郎吉を捕えることは出来ねえのかも知れねえ」

こんなことを言いながら、四人は駒形堂の方へ引き上げて行った。チビ助はボンヤリと四人の姿を見送って立っている。すると、彼等とすれ違って、杖にすがった病体らしい女と、十一、二歳の少年とがやって来た。鼠捕りの籠の中から、見るともなく見ていた次郎吉は、〝オヤ、何処かで見たような子だ〟と思ったら、それは昨夜の蜆売りの少年だった。

「その大金を恵んで下さったお方は、駒形堂からこっちの方向へおいでになったというのは、間違いないのかえ？」

「くどいなあ、お母ちゃん、間違いないったら」

「何とかして、そのお方にお目にかかって、お礼を申し上げなくては」

「オラだって会いてえよう。あの親切な綺麗な小父ちゃんに」

――「オウ、その小父ちゃんなら、此処にいるゾ。いい所へ来てくれた。一寸この落し戸を開けてくれ。そうすりゃ、命が助かるんだ」

次郎吉は思わず声をふり絞ったが、もとよりそれはチュウ、チュウという鼠の鳴き声にしか過ぎないのだった。少年と病母とは彼等の探してる恩人の次郎吉の命掛けの絶叫を、素知らぬ顔で聞き流して通り過ぎてしまった。

それを見送ってから、やっと気を取られる物のなくなったチビ助は、思い出したように自分の仕事に取りかかった。石垣のふちに立って、鼠捕りの籠を垂らし、その縄をのばして行く。

ドブン――

籠は水にもぐった。朝の川水の冷たさに、次郎吉は気絶しそうになった。籠はどこまでも水の中に沈んで行く。息が苦しくなった。鼻、口から水が入りそうだ。ブクブクッ……〝ああもう不可ねえ〟……すると、急に籠が上昇し始めた。水面から出た。

「へへへへ」

苦しいので籠の天辺にしがみついている次郎吉の姿を見下して、チビ助は唇をなめながら、面白そうに笑った。彼は馬鹿で皆からいじめられ続けている癖に、この残忍な弱い者いじめがひどく気に入ったらしく、何度も何度も籠を水に沈めてはブクブクッと泡が出ると急いで引き上げ、まだ鼠が生きているのを確かめては、また水に沈めるのだった。

「畜生、殺せ、殺せ。一思いに殺してくれッ」

次郎吉は絶叫したが、それはキキーッ、キキーッという鼠の断末魔の悲鳴となって、チビ助の残忍な快楽を一層高めるのに役立つだけだった。

「お嬢さん、何処へいらっしゃるのです？　一寸ここへよって、御覧なさい。面白いんですから……オヤッ、グッタリしちゃったゾ。死んじゃったかナ」

もう水面から出たのも気がつかずに籠の底に横たわっていた次郎吉は、チビ助の言葉にふと目をあけると、石垣のふちにチビ助の顔とならんで、美しい娘の顔が現われた。

「あッ、藤江さんだッ。タ、タ、助けてッ。藤江さんッ……ク、苦しいッ……」

「へへへへ、まだ生きていやがった。お嬢さんを見て、キュー、キューですって、助けて下さいって言ってるのかも知れませんよ。どうしましょう？」

「まあ、厭だ。気持が悪い。早く殺してしまいなさいヨ」

「そうですか。じゃあ、惜しいけど、もう引導を渡そうか」

チビ助は縄をのばし始めた。次郎吉は観念の目をつぶった。

「厭なものを見ちゃった。チビ助の馬鹿！　でも、わたし、行って来るわ。駒形堂へネ。わたしのいい人が御無事でいらっしゃるようにネ。そして、もう一度会いに来て下さるようにってネ。観音様によくお願いして来なくちゃ。ホホホホ」

お俠な娘の笑い声が次郎吉鼠の耳に達した瞬間、籠は沈んだ。

チビ助が立ち去る娘に何か言いかけてるのか、今度は鼠捕りの籠はいつまでも水中に忘れられたままだ。

やがて、籠が再び水面に引き上げられた時、鼠の身体は完全に伸びて籠の底に横たわっていた。チビ助は縄を引き上げ、籠の落し戸を上げて、鼠の死骸をその口から揺り落した。鼠はポチャリと川面に落ち、ちょっと水にもぐったが、一尺ばかり川下にぽかりと白い腹を上向きにして浮かび上った。そして、今度はそのまま流れに乗ってゆるゆると川下に向って、どこまでもどこまでも流れて行った……

これが鼠小僧の最後であった。

# しじみ河岸

山本周五郎

一

花房律之助はその口書の写しを持って、高木新左衛門のところへいった。もう退出の時刻すぎで、そこには高木が一人、机の上を片づけていた。

「ちょっと知恵を借りたいんだが」

高木はこっちへ振返った。

「この冬木町の卯之吉殺しの件なんだが」と律之助は写しを見せた、「これを私に再吟味させてもらいたいんだが、どうだろう」

「それはもう既決じゃあないのか」

「そうなんだ」

「なにか吟味に不審でもあるのか」

「そうじゃない、吟味に不審があるわけじゃない」と律之助は云った、「私はこの下手人のお絹という娘を見た、牢《ろう》見廻りのときに見て、どうにも腑《ふ》におちないところがあるので、こっちへ来てから口書を読んでみた」

高木は黙って次の言葉を待った。

「それから写しを取ってみたんだが」と律之助はそれを披《ひら》いた、「これでみると娘の自白はあまりに単純すぎる、自分の弁護はなにもしないで、ただ卯之吉を殺したのは自分だ、と主張するばかりなんだ」

「あの娘は縹緻《きりょう》がよかったな」

「読んでみればわかる、これはまるで自分から罪を衣《き》ようとしているようなものだ」

「おれに読ませるんじゃないだろうな」

「まじめな話なんだ」と律之助は云った、「私に再吟味をさせてくれ、申し渡しがあってからでは無理かもしれない、しかしいまのうちなら方法がある筈だ、たのむからなんとかしてくれないか」

高木は訝《いぶか》しそうな眼で彼を見た。

「なにかわけがあるのか」

「それはあとで話す」

「ふん、――」と高木は口をすぼめた、「あの係りは小森だったな」

「小森平右衛門どのだ」

「彼はうるさいぞ」と高木は云った、「彼は頑固なうえにおそろしく自尊心が強い、もし自分の吟味に槍をつけられたことがわかりでもすると、どんな祟《たた》りかたをするかもしれないが、いいか」

　律之助は微笑した。

「それでよければ、考えてみよう、但しできるかどうかは保証しないぜ」

　律之助は安心したように頷《うなず》いた。

　花房律之助はこの南（町奉行所）では新参であった。彼は町奉行所に勤める気はなかったし、母も父の庄右衛門も同じ意見だった。しかし父が死ぬときの告白を聞いて、彼は急に決心をし、母の反対を押し切って勤めに出た。死んだ父は二十年ちかいあいだ、町方と奉行所で勤め、死ぬまえの五年は北町奉行の与力支配であった。そのおかげがあったかもしれない、役所は南だったが、律之助は年番（会計事務）を二年やり、次に例繰《れいぐり》（判例調査）、牢見廻りというふうに、短期間ずつ勤めたうえ、つい七日まえに吟味与力を命ぜられた。――高木新左衛門は父方の従兄に当る、年は五つ上の二十九歳であるが、早くから南に勤め、吟味与力として敏腕をふるった。現在では支配並という上位の席におり、人望もあるし、信頼されているようでもあった。

「保証できないと云ったが、あれなら大丈夫だ」と律之助は自分に呟《つぶや》いた、「あれならきっとなんとかしてくれるに相違ない」

　組屋敷の自宅に帰った彼は、もういちど、丹念に口書の写しを検討した。

　事件はこうである、――いまから二た月まえの七月七日、ちょうど七夕の夜であったが、深川冬木町の俗に「しじみ河岸」と呼ばれる堀端の空き地で、夜の十時ごろに殺人事件が起こった。殺されたのは卯之吉といって、二十五歳になる左官職。殺したのはお絹という二十歳の娘であった。兇器は九寸五分の短刀、傷は肩と胸と腹に五カ所あり、胸の傷が心臓を刺していて、それが致命傷だった。

娘は差配の源兵衛に付添われて、十一時ごろに平野町の番所へ自首して出た。そして明くる朝、八丁堀から町方が出張して訊問《じんもん》したところ、すらすらと犯行を自白したので、口書を取ったうえ小伝馬町へ送った。——卯之吉は冬木町の源兵衛店《だな》に住み、伊与吉という父親がある。お絹も同じ長屋の者で、勝次という父と、直次郎という弟があった。勝次は四十八歳、三年まえから中風で寝たきりだし、弟の直次郎は白痴であった。お絹はかなり縹緻がいいのに、二十まで未婚だったのはそんな家庭の事情のためだろう。気性もおとなしそうであるが、ちょっと陰気で、芯《しん》のつよい、片意地なところがあった。

町奉行での係りは、吟味与力の小森平右衛門だった。小森も南では古参のほうだし、相当に念をいれて調べているが、お絹が口書のとおり繰り返すばかりなのと、ぜんたいがあまり単純なのとで、それ以上に詮索《せんさく》しようがないようであった。

お絹は卯之吉に呼びだされ、無理なことを云われたので、かっとなって、夢中で男を刺したという。殺すつもりはなかったし、刺したのも夢中であるが、自分のしたことに間違いはないから、早くお仕置にしてもらいたい、と云うのであった。

——無理なことを云われたというが、それはどんなことだ。

こう訊問したが、お絹はただ「無理なことです」と云うだけであった。

——その事情によってはお上にも慈悲があるが、ただ「無理なこと」ぐらいで人間ひとり殺したとなると、死罪はまぬかれないぞ。

小森はこう問い詰めた。しかしお絹は、どう無理かということは、話しても旦那方にはわかってもらえないだろう、自分は覚悟をきめているから、もうなにも訊《き》かないで早くお仕置にしてもらいたい。そう繰り返すばかりであった。

もちろん、小森は必要な証人を呼んで調べている。差配の源兵衛や、相長屋の者たち、また地主であり付近一帯の家主で、質と両替を営んでいる相模屋儀平（出頭したのは番頭の茂吉であったが）など——だが、これらの証人たちからも、お絹に有利な陳述はなに一つとして得られなかった。

つまるところ、「この娘は下手人ではない」という律之助の直感以外に、反証となるような材料はまったくないのである。

「おれにはむしろそこが大事なんだ」律之助は写しをしまいながら呟いた、「なに一つ反証らしいもののないこの単純なところが、——ここになにかある、必ずなにか隠されている、おれにはそれが感じられるんだ」

それから彼は眼をつむって、祈るように呟いた。

「お父さん、——」

二

明くる日、——高木新左衛門は律之助をつれて小伝馬町の牢へゆき、囚獄奉行の石出帯刀《たてわき》に彼をひきあわせた。高木はなにも云わなかったし、律之助もよけいなことは訊かなかった。石出帯刀は高木と雑俳のなかまだという。三十一二で、軀《からだ》の小柄な、すばしこい顔つきの、はきはきした男だった。

「そうですか、花房さんの御子息ですか」帯刀は好意のある眼で律之助を見た、「私も花房さんはよく知っています、いろいろ教えてもらったりお世話になったりしたものです、まだお若かったのに残念でしたね」

律之助は簡単に自分の頼みを述べた。

「いいでしょう」と帯刀は云った、「ゆうべ高木からあらまし聞いて話したんですが、もしこんどの勘が当って、吟味がひっくり返りでもすると、——もちろんその自信があるわけだろうが、新任のあんたにとっては兜首ですよ」

律之助は黙っていた。

——私はそんなものが欲しいんじゃありません、まるでべつのことのためにやるんです。

彼は心の中でそう呟いたが、口には出さなかった。

帯刀は志村吉兵衛という同心を呼び、律之助をひきあわせて、必要なことに便宜をはかれと命じた。もう話ができていたのであろう、吉兵衛はすぐに、「どうぞ」と云って案内に立った。

「私はさきに帰るよ」高木が云った、「役所のほうはうまくやっておくが、できたら日にいちど顔だけは出してくれ」

律之助はそうすると答えた。

案内されたのは詮索所であった。それは二間四方の部屋で、左右がどっしりと重い栗色になった杉戸、うしろが襖《ふすま》で、前に縁側があり、その下が白洲《しらす》になっている。——律之助が入ってゆくと、もうその娘は白洲に坐っていた。彼女の右につくばい同心、うしろに牢屋下男が二人いた。

「二人だけで話したい」と律之助は志村に云った、「どうかみんなここを外してくれ」

志村は承知し、かれらは去った。

二人だけになるのを待って、律之助は縁側へ出て坐った。

「私を覚えているか」と律之助が娘に云った。

お絹はゆっくりと顔をあげた。

鼠色の麻の獄衣に細帯、髪はひっつめに結ってあり、もちろん油けはない。軀はほっそりしているが、働き続けてきたので肉付はよく、腰のあたりが緊ってみえた。おもながの、はっきりした眼鼻だちで、顔色も冴《さ》えているし、眼もおちついたきれいな色をしている。

「はい、——」とお絹は云った、「見廻りにいらしったのを知っています」

「私はこんど吟味与力になった」

お絹は彼を見あげた。

「それでおまえの事件を再吟味するつもりだ」

「どうしてですか」とお絹が云った。

「本当のことを知りたいからだ」

「あたしはみんな申上げました」

「私は本当のことを知りたいんだ」

「あたしはすっかり申上げました」

「いや、そうではない」と律之助は云った、「大事なことが幾つかぬけている、それをこれから訊くから正直に答えてくれ」

「どうしてですか」

「どうしてかって」

「あたしは小森さんの旦那に残らず申上げましたし、卯之吉さんの下手人はあたしだって、ちゃんともうわかっているんですから、それでいい筈じゃないでしょうか」

「よく聞いてくれ」と彼は云った、「私たちの役目は、下手人を捕まえて仕置をすればいいというんじゃあない、まず誰がまちがいのない下手人であるかを押えることなんだ」

「ですからあたしが、慥《たし》かに自分でやったと」

「それなら訊こう、口書によるとおまえは夢中で卯之吉を刺したという」と彼は云った、「殺すつもりはなかったが、無理なことを云われたのでかっとなり、夢中で刺してしまったと云っているが、これは嘘か」

「――どうしてですか」

「おまえに訊いているんだ」と彼は云った、「夢中でやったというのは嘘で、初めから殺すつもりだったんじゃないのか」

「そんなことは決してありません、殺すつもりなんかあるわけがありません」

「それは慥かだね」彼は念を押した。

お絹は慥かですと答えた。

「では訊くが短刀はどうしたんだ」

お絹はぼんやりと彼を見あげた。

「あれは七夕の晩だった」と彼は云った、「それで卯之吉が呼びに来たんだろう、呼びに来られて出てゆくのに、なんの必要があって短刀なんぞ持っていったんだ」

娘は片方の頰で微笑した。それは明らかに当惑をそらす微笑であった。

「答えなくってもいいよ」と彼は云った、「次に、おまえは娘の腕で親と弟をやしなって来た、親は寝たっきりだし、弟は白痴だという」

「ちがいます、直は馬鹿じゃありません」お絹は屹《きっ》となった、「七つのとき蜆河岸《しじみがし》で頭を打って、その傷が打身になっているだけです。それが治ればちゃんとした人間になるんです、直は決して馬鹿なんかじゃありません」

「それは悪かった、あやまるよ」

お絹は眼をみはった。与力の旦那に「あやまる」などと云われて、よっぽどびっくりしたのだろう、眼をみはると同時に口があいて、白くて粒のこまかいきれいな歯が見えた。

「白痴と云われても怒るほど、弟おもいなんだな」と律之助は云った、「しかしそれならなおのこと、寝たきりの親や、そういう弟のことを考える筈だ、もしおまえが死罪にでもなるとしたら、あとで二人はどうなると思う」

お絹は答えなかった。

「二人のことは構わないのか」

「それはいいんです」とお絹は云った、「だってもう、あたしはこんなことになってしまったんですから」

「二人が乞食になってもか」

「乞食なんかになりゃしません」

「なぜだ、――」

お絹の緊張した顔に、一瞬、やすらぎと安堵《あんど》の色があらわれた。それは僅か一瞬のことではあったが、律之助は誤りなく見てとったと思った。

「よし、これも答えなくっていい」と彼は云った、「次にもう一つ――卯之吉が無理を云ったそうだが、どんな無理だか聞かせてくれ」

「それも小森さんの旦那に云いました」

「私が聞きたいんだ」

「口書に書いてあるとおりです」

「自分で云えないのか」と彼が云った、「すると卯之吉は、おまえを手籠《てごめ》にでもしようとしたんだな」

お絹の顔が怒りのために光った。

「誰が、誰がそんなことを云ったんですか」

「手籠にしようとしたのか」

三

お絹は怒りの眼で律之助をにらんだ。

「あの人は」とお絹は吃った、「卯之さんは、そんな人じゃありません、卯之さんは、間違ったってそんなことをする人じゃありません、町内の者なら誰だって知っています、嘘だと思ったら聞いてみて下さい、誰だってみんな知っていることですから」

「わかった、よくわかったよ」

「そんなことを云われたの、初めてです」お絹はまだ云った、「八丁堀の旦那だって、小森さんの旦那だって、そんないやなことは云いませんでしたよ」

「いやなことを云って済まなかった、勘弁してくれ」

律之助は微笑しながら云った。

お絹を牢へ戻し、帯刀に礼を述べてから、律之助は南の役所へ帰った。そうして、卯之吉の検死書（傷の見取図が付いている）をしらべ、それから倉へいって、兇器の短刀をしらべた。それは白鞘《しらさや》の九寸五分で、近くの路上に落ちていたという鞘には、乾いた土がこびり着いていた。中身は血のりがついたままなので、むろん鞘におさめてはなかった。なかごを見るほどの品ではない、しかしどうやら脇差をちぢめたあげものらしい、それが彼の注意をひいた。高価な品ではないが「あげもの」ということが仔細《しさい》ありげに思われた。

翌日、彼は蜆河岸へいった。

永代橋を渡って深川に入り、上《かみ》ノ橋から堀ぞいにゆくと、寺町を過ぎて蛤《はまぐり》町、冬木町と続いている。蛤町には井伊家の別邸があるが、その地はずれから冬木町へかけて、河岸通りも裏もひどく荒廃した、うらさびれたけしきであった。寺町と蛤町の角に、三棟の土蔵の付いた大きな商家がある、店先の暖簾《のれん》に「相模屋」と出ているが、これがこの辺一帯の地主であり、家主であり、質両替を営んでいる店だろう。土蔵造りの店のうしろに、住居らしい二階建の家が見え、まわした黒板塀《くろいたべい》をぬいて、赤松の枝がのびていた。

それは荒れ朽ちた周囲のけしきの中で、いかにも際立って重おもしく、威圧的にみえた。

律之助はちょっと相模屋の前で足を停めた。店へ寄ってみたいようなようすだったが、また歩きだし、亀久橋のところまでいって、そこで遊んでいる子供たちに、蜆河岸を訊いた。

「そこだよ」と八つばかりの子が云った、「そこを曲ったとこの堀端をずっと蜆河岸っていうんだよ」

四つ五つから七八歳までの子が七人、ほかに十歳ばかりの、妙な男の子を取巻いて、どうやらみんなでいじめていたところらしい。いちばん大きなその子は、業病でも患っているように皮膚が赤くてらてらしてい、ぼさぼさの髪毛も眉毛も、乾いた朽葉色でごく薄かった。みなりのひどいことは他の子供たちと同様であるが、だらっと垂れた唇は涎《よだれ》だらけだし、紫色の歯齦《はぐき》と、欠けた前歯がまる見えであった。

律之助はぞっとしながらも眼をそらし、いま教えてくれた子に向って笑いかけた。

「有難うよ、坊や」と彼は云った、「おまえ年は幾つだ」

「おらか」とその子が云った、「おらあはたちだよ」

「幾つだって」

「はたちだよ、十九の次の二十歳《はたち》さ」

他の子供たちがわっと笑った。子供らしくない嘲弄《ちょうろう》の笑いであった。律之助は口をつぐんだ、するとその子がまた云った。

「おじさん役人だろう」

律之助はその子を見た。

「なんの用があるのか知らねえが気をつけたほうがいいよ」とその子が云った、「この辺の者は命知らずだからね、役人なんかがうろうろしてると、なにをするかわかったもんじゃねえ、本当だぜ」

「本当だぜおじさん」とべつの子が云った、「ほんとに足もとの明るいうちにけえったほうがいいぜ」

律之助は苦笑したが、心の中ではすっかり戸惑い、そしてこみあげる怒りを抑えるのに骨を折っていた。

――この子供たちを怒ってはいけない。

彼はそう自分に云った。

――子供たちに罪はない、こいつらは自分の云っていることを理解していないんだ。

彼はふところから銭嚢《ぜにぶくろ》を取り出した。子供たちはぴたっと口を閉じ、眼を光らせて彼の手もとを見た。彼は文銭をあるだけ出して、さきの子供の手へ与えた。

「みんなで菓子でも喰《た》べろ」と律之助は云った、「おじさんは役目でしかたなしに来たんだ、あんまりいじめないでくれ」

子供は不信の眼つきで、すばやく、ぎゅっとその銭を握った。

そのとき向うで「伝次」というするどい女の声がした。低い傾いた家の軒下に、長屋のかみさんらしい女が（みな赤子を抱くか背負うかして）三人立っていた。

「返しな、伝次」と女の一人が叫んだ、「乞食じゃあるめえし、見ず知らずの他人から銭を貰うやつがあるか、返しな」

「みんなこっちい来う」とべつの女が叫んだ、「こっちい来て遊べ、みんな、倉造」

「返さねえか伝次」まえの女が喚いた、「返さねえとうぬ、手びしょうぶっ挫《くじ》いてくれるぞ」

「そう怒らないでくれ」

律之助は女たちのほうへ近よっていった。

「いま道を教えてもらった礼にやったんだ」彼は穏やかに云った、「ほんの文銭が四五枚なんだから、——可愛い子だな」彼は女の抱いている赤子を覗《のぞ》いた、「丈夫そうによく肥えているじゃないか、もう誕生くらいかな」

女は「へえ」といった。それからまた「伝次」と棘《とげ》のある声で喚いた。

「なに云ってやんだ、べえーだ」その子は向うで舌を出した、「これはおらが道を教えておらが貰った銭だ、返すもんか」

「うぬ、この畜生ぬかしたな」

「おっかあのくそばばあ」その子は云った、「おらこれで芋買って食うだ、勘兵衛の芋買って一人で食うだ、へーん」

さあみんな来いと云うと、その子は亀久橋を渡ってとっとと駆けてゆき、ほかの子供たちもそのあとを追っていった。

「悪かったようだな、銭などやって」と律之助が云った、「ほんの礼ごころだったんだが」

女はなにも云わなかった。三人とも黙っていたが、手で触れるほどはっきりと、敵意が感じられた。本能的で、あからさまな敵意だった。

——まずい出だしだ。

彼はそこをはなれた。

蜆河岸は狭い掘割に面して、対岸には武家の別邸とみえる長い塀があり、塀の中には椎《しい》やみず楢《なら》が、黒く葉の繁った枝をびっしり重ねているので、建物はまったく見えなかった。——道に沿って右側に空き地がある、おそらくそのどこかで兇行がおこなわれたのだろう、律之助はその空き地のほうへ入ろうとした。すると、すぐうしろで声がした。

「おいたん、おいたん」

彼は驚いてとびあがりそうになった。

四

振返ると、そこにあの妙な少年が立っていた。

「ああおまえか」と律之助が云った、「どうした、みんなといったんじゃないのか」

少年は首を振り、固く握っている右手の拳《こぶし》を、彼のほうへ出してみせた。やはり口をあけて涎を垂らしたままだし、眼やにだらけの眼はいかにも愚鈍らしく濁っていた。

——お絹の弟じゃないか。

律之助は初めてそう気がついた。

「おいたん、こえ、ね」少年は云った、「ね、おいたん、こえ」

「なんだ、なにか持ってるのか、なんだ坊や」

少年は固く握った拳をさしだし、そろそろと指をひろげた。そこには潰《つぶ》れてぐしゃぐしゃになった、小さな生菓子があった。

「いい物持ってるな」と彼は云った、「どれどれ、ほう、——鹿子餅か、洒落《しゃれ》たものを喰べてるんだな」

「もやったんだよ」少年が云った、「またもやうんだよ、ね、みんなが取ようとしっかやね、おいたん怒ってくんか」

「よしよし怒ってやるよ、坊や」と彼は云った、「おまえ直っていう名前か」

「直だないよ」少年は首を振った、「あたい直だない、直は馬鹿だかやね、あたい馬鹿だないよ」

少年はずっとついてまわった。

律之助は少なからずもて余した。云うこともよくわからないし、向うで遊べといっても側からはなれない、彼の歩くあとから、どこまでもついて来た。——それから、差配の源兵衛に会って、当夜のことを訊いたあと、お絹と卯之吉の住居へ案内させた。七側《ななかわ》並んでいる長屋で、卯之吉の住居は西から二タ側めにあり、お絹のほうは六側めにあった。そのときも少年はまだつきまとっていたが、それは（源兵衛の話で）やはりお絹の弟の直次郎だということがわかった。

源兵衛は五十一二歳の、軀の小さな、固肥りの毛深い男だった。濃い眉の下の細い眼がするどく、態度は卑屈で、絶えずぺこぺこと頭を下げる。こんな人間が店子《たなこ》などにはてきびしいのだろう、律之助はそう思ったが、じっさい長屋の者たちのようすには、それがよくあらわれていた。

「なんでございますか、その」と源兵衛は別れ際に云った、「あの件でなにかまだ、その、御不審なことでも、——」

「うん、ほんのちょっとしたことだが」と彼はさりげなく云った、「一つ二つ納得のいかないところがあるんでね、たいしたことじゃないが」

「すると、旦那が御自分で、お調べなさるんですか」

「そのつもりだ」と彼は答えた。

「それはどうでしょうかな」源兵衛は横眼ですばやく彼を見、躊《ため》らうように云った、「こんなことを申してはなんですが、この辺のにんきの悪いことはもうお話のほかでして、土地に馴れたお手先衆でも、うっかりすると暗がりから棒をみまわれるくらいですから」

「そうらしいな」

「よけいなことを申上げるようですが、馴れた方にでもお命じなすったほうが御無事かと存じますが」

「なに、それほどのことでもないんだ」

律之助は軽く云いそらした。

彼は三日続けて冬木町へかよった。二日休んで、そのあいだの見聞を整理した。それだけでみると、まるっきり得るところなしであった。三日間に会って話した人間は、男女九人だったが、かれらはなにも語らない、誰も彼も云いあわせたように、「へえ」とか「そんなようです」とか「知りません」などと答え、少し諄《くど》く問いつめるとその返辞さえなくなり、木偶《でく》のように黙りこんでしまうのであった。

彼の知りたいのは左の三カ条であった。

——お絹と卯之吉は恋仲ではなかったか。他にお絹にいいよっていた者はないか。

——当夜、二人のほかに誰か見かけなかったか。

だが、どの問いにもはっきり答える者はなかった。

役人に対するかれらの敵意の激しさは、初めの日に経験した。子供たちまでが（むろん親や周囲の影響だろうが）敵意を示し、嘲弄するといったふうである。律之助は整理した記事を検討しながら、幾たびも溜息《ためいき》をついた。しかし、お絹は下手人ではない、という直感だけはますます強くなった。

「かれらはなにか知っている」と彼は自分に云った、「言葉を濁したり、とぼけたり、急に黙りこんだりするのがその証拠だ、あれは反感や敵意だけじゃない、慥かになにか知っているからだ」

「おれはそいつを摑《つか》んでみせるぞ」と彼はまた云った、「おれのこの手で、必ず摑みだしてみせるぞ」

次にでかけた日は雨が降っていた。

律之助は卯之吉の父親に会った。伊与吉は植木職（手間取りだったが）なので、晴れている日は稼《かせ》ぎに出るため、それまで会う機会がなかったのである。——伊与吉もまたあまり話はしなかった。痩《や》せて骨ばった軀つきの、気の弱そうな老人だったが、死んだ卯之吉の孝行ぶりを自慢したり、その子に死なれた老いさきのぐちを、くどくどとこぼすばかりで、こちらの肝心な質問になると、殆んど満足な答えをしないのであった。

「私は下手人はほかにあると思うんだ」と律之助は繰り返した、「私は本当の下手人を捜しだしたいんだ、おまえだって自分の伜《せがれ》を殺した下手人がほかにあるとすれば、そいつを捜しだしたいと思うだろう、そうじゃないか」

「へえ」と伊与吉は眼を伏せた、「それはまあ、なんですが、べつにそうしたからって、死んだ卯之吉が生きけえって来るわけじゃあねえし」

「じゃあ訊くが、下手人でもないお絹が、お仕置になるのも構わないのか」

「お絹ぼうは」と伊与吉が云った、「下手人じゃあねえのですか」

律之助は絶句した。伊与吉の仮面のように無表情な顔と、その水のように無感動な反問とは、殆んど絶望的に、人をよせつけないものであった。伊与吉の家を出た彼は、蜆河岸へいってみた。

雨はさしてつよい降りではないが、そこはひっそりとして、掘割の繋《つな》ぎ船にも人影はなかった。彼は空き地へ入ってゆき、そこに佇《たたず》んで、あたりを眺めまわした。

「此処《ここ》でなにかがあった」と彼は口の中で呟いた、「口書に記された以外のなにごとかが、――この雑草どもはそれを見ていた」

空き地にはところ斑《まだら》に雑草が生えていた。そこはかつて砂利置き場にでも使ったのか、いちめんに礫《こいし》がちらばっていて、その合間あいまにかたまって草が伸びている。もう晩秋のことで、みな枯れかかって茶色にちぢれ、なかにはすっかり裸になって、白く曝《さら》された茎だけになったのもある。そうして、それらは雨に打たれながら、近づいている冬の寒さをまえに、ひっそりと息をひそめているといったふうにみえた。

「おまえたちは見ていたんだ」と彼は草を眺めながら云った、「七夕の夜ここでなにがあったかを、――おまえたちに口があったら、それを云うことができるんだのにな」

さしている傘に、雨の音がやや強くなった。律之助はやがて源兵衛店のほうへ戻った。

その日はお絹の父に会い、そのほかに三人の者と話してみた。お絹の父の勝次は寝たきりだし、舌がよくまわらないので、纏《まと》まったことはなにも聞けなかった。しかもそばに直次郎がいて、絶えまなしに話しかけ、菓子を出して来て自慢そうに喰べたり、着物を捲《まく》って向う脛《ずね》の古い傷あとをみせたり、四つか五つの子供のように、玩具を持って来て「いっしょに遊ぼう」とせがんだりする。それを飽きずに繰り返すので、律之助はうんざりして立ちあがった。

他の三人との話も、このまえと同じように徒労だった。一人は土屋の人足、一人はぼて振、もう一人は御札売りだったが、ちょっとでも事件に関係のある話になると、みな敏感に口をそらして、そらとぼけた返辞しかしないのであった。

「へえ、さようですか、私はちっとも存じませんな」

「なにしろ稼ぎに追われて、長屋のつきあいなんぞしている暇がねえもんだから、へえ」

「あっしは引越して来たばかりで、そういうことはまるっきりわかりません」

ではいつ引越して来たのはいつだと訊くと、「まだ三年にしかならない」という、すべてがそんな調子だった。

——お絹自身が下手人だと主張するくらいだから、そう簡単にはゆかないに違いない。律之助はそう覚悟してかかったのだが、この抵抗の強さには少なからずたじろいだ。それまでにわかったことは、卯之吉とお絹が恋仲でないにしても、かなり親しくしていたということ。また卯之吉は二十五にもなるのに、やむを得ないつきあい以外には酒もあまり飲まず、女遊びなどもしないので、なかまから変人扱いにされていた。などというくらいのことだけであった。

「二人を恋仲だったとしよう」雨のなかを歩きながら、律之助は呟いた、「そこへ誰かが割込んで、お絹の奪いあいになった、そうしてその男が卯之吉を殺した、——これがもっとも有りそうな条件だ、しかし、そうではない、二人が恋仲だったとすれば、卯之吉を殺されたお絹は相手に復讐《ふくしゅう》するだろう、恋人を殺されたのに、自分が下手人などとなのって出るわけがない、どうしたってそんな理由があるわけがない」

彼は河岸っぷちで立停った。

「父さん」と彼は呟いた、「こいつは私の勘ちがいかもしれませんね」

はがね色によどんだ堀の水面が、やみまもなく降る雨粒のために、無数のこまかい輪を描き、そして陰鬱な灰色にけぶっていた。——彼はやや暫《しばら》く、茫然《ぼうぜん》とその水面を眺めていたが、ふと、うしろに人のけはいがしたように思い、振返ろうとするとたん、うしろからだっと、猛烈な躰《たい》当《あた》りをくらった。

# 五

躰当りをくった瞬間、律之助の頭のなかでいつかの悪たれ共の言葉が、閃光《せんこう》のはしるように閃《ひらめ》いた。

躰を躱《かわ》す暇はなかった。反射的に振った右手で、偶然なにかを摑んだ。それは相手の着物の衿《えり》で、がっしと摑んだまま、堀の中へ落ちこんだ。相手もいっしょだった、相手は摑まれた衿を振放そうとしたが、躰当りをした勢いがついていたのと、律之助の引く力とで、とんぼ返りを打ちながら、いっしょに落ちこんだ。

殆んど同躰に落ちて沈んだが、律之助は水の中で相手をひき寄せ、両足で相手の胴を緊め、もっと底の方へ沈めた。相手はけんめいに暴れた。二人はいちど浮きあがったが、そのとき彼は相手の横面を殴り、また水の中へ引き込んだ。

「助けてくれ」相手が悲鳴をあげた、「おら泳げねえ、死んじまう」

そして「がぶっ」と水を嚙《か》み、気違いのように暴れた。律之助はそれを強引に押し沈め、水の中で押えつけ、息をつきに浮いて、また押し沈めた。相手が暴れるので、彼もちょっと水を飲んだ。塩からくて、臭みのある水だった。――三度めに沈めると、相手の軀からすぐに力がぬけた。そこで律之助は浮きあがったが、脱力した相手の軀が重たくて、水面へ出るのに骨が折れた。

浮きあがってみると、両岸に繋いである船から、四五人の者がこっちを見て、なにか口ぐちに叫んでいた。岸の上にも立停っている者がいた。

「綱はないか」と彼は叫んだ、「こいつ溺《おぼ》れているんだ、綱をなげてくれ」

「いま船が来ます」とすぐそこに繋いだ荷足《にたり》船の上から、船頭らしい男が云った。

櫓《ろ》の音がするので、振返ると、ちょき舟が一艘《そう》こっちへ近づいて来た。向う岸から漕《こ》ぎだしたらしい、鉢巻をした半纏《はんてん》着の若者が、雨に濡れながら巧みに櫓を押している。——律之助は男の軀を支えながら、自分の腰が軽いので、刀をなくしたなと思った。しかし、水の中だから軽く感じたのであろう、両刀ともちゃんと腰にあるのがすぐにわかった。

「気を喪《うしな》ってるだけだ」舟が来ると、律之助が云った、「ちょっと手を貸してくれ」

「へえ、あっしがあげます」と若者は踞《かが》んで両手を伸ばした、「旦那、大丈夫ですか」

「おれは大丈夫だ——いいか」

「よいしょ」若者は男を舟の上へ引きあげた。「おっ、こいつ六助じゃねえか」

律之助も舟へあがった。

「知っている男か」と律之助が訊いた。

「蛤町の六助っていう遊び人です」

「遊び人——」彼は手拭を出して絞り、それで髪の水を拭きながら首を傾《かし》げた、「よし、平野町の番所へやってくれ」

半刻《はんとき》ばかり経って、——

律之助は番所へ着くとすぐに、番太の一人を相模屋へやって、着物を都合してくれるように頼み、他の二人の番太が六助の介抱をするのを視ていた。六助は気絶していただけなので、すぐに息をふき返し、多量の水を吐いた。そこへ相模屋から、番頭の茂吉が必要な品をひと揃《そろ》え持って来た。――相模屋は質両替をやっているし、近くに適当な店がなかったから頼んだのである。古いものでいいと断わらせたのだが、茂吉の持って来たのはみな新しい（ゆきたけは少し合わなかったが）品であった。

「おら、なにも饒舌《しゃべ》らねえぞ」六助はいきなり云った、「石を抱かされたって、饒舌るこっちゃあねえ、さあ、どうでもしろ」

そのとき律之助は着替えをしていた。そして番頭の茂吉がそばで手伝っていたが、それを聞いて不審そうに律之助を見あげた。

「これどういうことでございますか」と茂吉が訊いた、「あの男が、なにか致したのでございますか」

「いやなんでもない、溺れていたから助けてやっただけだ」

「然しなにか、いま」と茂吉が云った、「石を抱かされても饒舌らないとか申しましたが」

「酔ってでもいるんだろう」彼は帯をしめ終って、ゆきたけを眺めながら云った、「――結構だ、店の暇を欠かせて済まなかったな、私は南の与力で花房律之助という者だ、明日にでも店へ寄るから、代銀を調べておいてくれ」

「いえ、とんでもない、お役に立ちさえすれば、手前どもではそれでもう」

「明日ゆくよ」と彼は云った、「済まなかった」

茂吉は帰っていった。それから律之助は、まだ横になっている六助のそばへいった。

「おい、――」と彼は云った、「ぐあいはどうだ」

六助は黙っていた。年は二十七八、色の黒い骨張った顔で、わざとらしく月代《さかやき》を伸ばしている。髭《ひげ》はきれいに剃《そ》っているので、月代はわざと伸ばしていることがわかった。

「おまえいま、なにも饒舌らないといばったな」と彼は云った、「石を抱かされても、なんぞとひどく威勢のいいことを云ったが、――つまり、なにか饒舌って悪いことがあるんだな」

「どうでもいいようにしてくれ」六助はふてたように云った、「おら、なんにも云わねえ、もう口はきかねえから、しょびくなりなんなり好きなようにしてくれ」

「この野郎」と番太の一人が云った、「てめえ旦那に助けて頂いたのに、なんて口をききゃあがるんだ」

「のぼせてるんだ」律之助は濡れた両刀を持って、上り框《がまち》のほうへ来た、「うっちゃっとけばおちつくだろう、済まないが懐紙と手拭を三本ばかり買って来てくれ」

彼はそくばくの銭を番太の一人に渡した。その番太はすぐに出ていった。彼は上り框に腰をかけ、土間の炉の火へ両手をかざした。

この自身番は三カ町組合なので、町役二人に番太が三人であるが、町役はどこかにもめ事があるとかで、二人とも留守だった。「呼んで来ましょう」というのを、律之助はそれには及ばないと断わり、やがて買って来た懐紙と手拭で、刀の手入れをしながら、三人の番太と暫く話した。

——おれの勘は当ったぞ。

彼は心の中でそう繰り返した。

——この男は誰かに頼まれた、誰かに頼まれておれを殺すか、少なくとも再吟味を妨害しようとしたんだ。

なにも饒舌らない、というのがその証拠であろう。彼は初め考え違いをした。悪童たちの云ったとおり、住民たちの敵意から、そんなことをされたのだと思った。しかしそうではない、六助というその男は誰かに頼まれた。この再吟味を恐れる誰かが、六助に頼んでさせたことだ。

——こんどこそ慥かだ。

と彼は心の中で叫んだ。

——おれはそいつをつきとめてみせるぞ。

刀の手入れが済むと、律之助は話をやめて帰り支度をした。

「騒がせたな」と彼は云った、「帰るから駕籠《かご》を呼んでくれ」

べつの番太がすぐにとびだしていった。

「この野郎をどう致しましょう」

「立てるようになったら帰らしてやれ」

「おっ放していいんですか」

「いいとも」彼は云った、「まさか銭を呉《く》れてやることもないだろう」

向うで六助が寝返りを打った。二人の番太はあいまいに笑った。かれらは事実を知らなかった、ただ溺れている六助が助けられたものだと信じ、それにしては腑におちないところがある、というくらいに思っているようであった。――やがて駕籠が来ると、律之助はなにがしかを包んで、そこに置いた。

「みんなで菓子でも喰べてくれ」

そして彼は立ちあがった。

六

「それはいつのことだ」

「五日まえだ」

「で、――そいつを」と高木新左衛門が云った、「そのまま放してやったのか」

「うん」と律之助は頷いた。

「よけいなお世話かもしれないが」と高木が云った、「律さんのやりかたはおかしいよ、そんなふうに聞きこみをして廻るぐらいで、なにか出ると思ってるのかい」

「昨日借りた金のことなんだが」

「まあお聞きよ」と高木が云った、「たとえばその六助というやつをいためてみれば、頼んだ人間がわかる、というふうには思わないのかね」

「思えないね、そう思えないんだ」

「どうして」

「ちょっと口では説明できない」と律之助は云った、「どう云ったらいいか、――つまり、これは普通の探索という方法ではだめだ、自分の勘で当ってゆくよりほかにない、という気がするんだ」

「悠暢《ゆうちょう》なはなしだな」と高木が云った、「それで望みがありそうかね」

「ありそうだね、六助という男の現われたのがその証拠さ、いちどはちょっと諦《あきら》めかけたんだが」

「断っておくが」と高木が云った、「あの娘にはまもなく申し渡しがあるらしいよ」

律之助は「あ」という顔をした。

「ことによると、五六日うちかもしれない、どうやらそんなような話だったよ」

「――慥かなんだな」

「らしいね、もう月番（老中）へ文届けを出したそうだから」と高木が云った、「とにかくそのつもりでやってくれ、いよいよとなったらまた知らせるよ」

律之助は頷いた。

「それで」と高木が云った、「昨日の金がどうしたんだ」

「うん、あれは暫く借りておけるかどうか、聞いておきたかったんだ」

「いいだろう、おれがうまくやっておくよ」

律之助は「頼む」と云った。

役所を出た彼は、数寄屋橋のところで辻駕籠に乗り、深川へいそげと命じた。蛤町の堀に面した、正覚寺の門前で駕籠をおり、寺の中へ入ってゆくと、差配の源兵衛が迎えに出て来た。

「集まっているか」と律之助が訊いた。

「へえ」と源兵衛が答えた、「なかで日当に不服を云う者もありましたが、あらまし集まっております」

律之助は頷いた。

彼はまえの日、源兵衛に命じて、「日当を出すから」といい、お絹と卯之吉の相長屋の者を、その寺へ集めさせた。両方で三十一世帯、稼ぎ手の男には二匁、女には米三合というきめ（費用は役所から借りた）である。当時は腕のいい大工でも日に三匁がたいがいの相場だから、不服を云われる筈はなかった。

かれらは本堂に集まっていた。だらしなく寝そべったり、やかましく話したり笑ったりしていたが、律之助が入っていって須弥壇《しゅみだん》の脇に坐ると、かれらも静かになり、こっちへ向いて坐り直した。

「今日、此処へ集まってもらった理由は、たいていわかっていると思う」

律之助はそう口を切った。

それから彼は事件の内容を詳しく話し、お絹が下手人である筈はないと主張した。二人が好きあっていたことは慥かである。しかし卯之吉にも父親があるし、お絹には寝たきりの父と、白痴の弟があるので、結婚はできないが、さりとて諦めてしまったようでもない。というのが、――卯之吉は二十五歳にもなるのに、まだ嫁も貰わないし、酒も飲まず、わる遊びもせずに稼いでいる。お絹もあたりまえならもっとみいりの多い、楽なしょうばいがある筈だ。たとえ身売りをしないまでも、あの縹緻なら相当な料理茶屋で稼ぐこともできるだろう、それをそうはしないで、手足を汚してその日稼ぎを続けて来た。聞くところによると石担ぎや土方までやったそうだ、――これは卯之吉に義理を立てていたのではないか。二人のあいだに「やがては夫婦になろう」という約束があって、卯之吉はそのために身を堅く稼いでいたし、お絹も浮いたしょうばいで楽をしようとしなかったのではないか。

「私はそうだったように思う」と律之助はかれらを見た、「みんなは相長屋だから、私よりも詳しく知っている筈だ、もしも私の想像がまちがいで、二人はそんな仲ではなかったと、知っていて云うことのできる者がいたら、そう云ってくれ」

誰もなにも云わなかった。律之助が端のほうから、順々に顔を見てゆくと、みな眼を伏せたり顔をそむけたりした。

「よし、では私の想像が当っていたものとして続けよう」と彼は云った、「私は最近まで牢廻りを勤めていた、そして事件の内容は知らずにお絹を見て、こんな牢などに入るような娘ではないと思った、ちょっと信じられないかもしれないが、われわれのような役を勤めていると、ふしぎにそういう勘がはたらくんだ」

それから彼は口書を読んだこと、その内容がどうしても腑におちないので、吟味与力になったのを幸い、再吟味の決心をしたこと。そして、お絹自身も真実を語らないし、冬木町の長屋をまわっても、誰一人として助力してくれる者のないこと、などを諄《じゅん》々と述べた。

「頼む、頼むから力を貸してくれ」と律之助は云った、「卯之吉のほかに、誰かお絹につきまとっていた者がある筈だ、お絹が下手人だとなのって出たには、なのって出るだけの理由がある筈だ、ほんのひと言でいい、奉行所の面目にかけても、決して掛り合になるようなことはしない、どうか頼む、思い当ることがあったらひと言でいいから云ってくれ」

かれらはやはり黙っていた。頑《かたく》なに沈黙を守るというよりは、彼の云うことなどまるで聞いてもいなかった、というふうにみえた。

「だめか、――」と彼は云った、「貧乏な者には、貧乏な者同志の人情がある筈だ、相長屋の一人は殺され、一人は無実の罪でお仕置になろうとしている、それを黙って見ているのか、黙って指を咥《くわ》えて見ているのか」

大勢の者と膝《ひざ》をつき合せて語れば、なかに一人くらいは義憤に駆られて口を割る者があるだろう。多人数の前だと、常にない勇気を出してみせる者がよくある。律之助はそれを覘《ねら》ったのだが、やはり結果は徒労のようであった。

――なんという腰抜け共だ。

彼は怒りのために胸が悪くなった。しかしけんめいにそれを抑えて云った。

「此処で云えなければ、私が訪ねていったときそう云ってくれ、頼むよ」

そして差配の源兵衛に、日当を分配するように命じた。

## 七

律之助は寺から出ていった。

力のぬけた、だるいような気持で、冬木町のほうへ歩きだすと、寺の土塀に沿った横丁から、一人の若者がひょいと出て来て、こちらを見るなり立停り、それからすぐに、身を翻《ひるがえ》してうしろへ走り去った。

ほんの一瞬のことであったが、その若者の顔を律之助は見た。吃驚《びっくり》したような眼と、伸ばした月代と、蒼黒《あおぐろ》いような骨ばった顔を。

「六助だな」と律之助は呟いた。

そして土塀の角までいって、その横丁を覗いたが、若者の姿はもう見えず、そこに四五人の子供たちが遊んでいるばかりだった。

――そして、その子供たちはいっせいにこちらを見たが、中の一人が「また来たのかい」とよびかけた。

「よう、――」

と律之助は云った。それはいつかの、伝次というあの悪童であった。

「よう」と律之助は云った、「はたちのあにいか、どうした」

「そりゃあおらの云うこった」と子供は云った、「こないだあんなめにあったくせに、おじさんまだ懲りねえのかい」

律之助は子供の眼をみつめ、それから云った。

「おまえ見ていたのか」

「いなくってよ」とその子供は云った、「いまだって六さんが逃げたのを見てたぜ」

「六助を知ってるんだな」

「知ってればなにか訊こうってのかい」とその子供は云った、「へっ」と彼は小賢《こざか》しく肩をしやくった、「そんなまねしてると、こんどこそ本当に大川へ死骸が浮くかもしれねえぜ、悪いこたあ云わねえから、この辺をうろうろするのはもうやめたほうがいいぜ」

「手に負えねえ餓鬼どもだ」と、うしろで声がした。律之助が振返ると、しなびたような老人が立っていて、彼に会釈をした。

「わたしゃあ弥五という船番ですが」とその老人は云った、「よろしかったらわたくしの小屋でちょいとひと休みなさいませんか」

律之助は老人の顔を見た。その老人は寺へ集まった者たちの中にいたようである。彼は頷いて「休ませてもらおう」と云った。

その小屋は亀久橋の角にあった。腰掛のある一坪の土間と、畳三帖ひと間だけの雑な小屋で、老人はそこから、岸に繋いである船の見張りをするのだと云った。

「こんな狭い堀へ入る船だから、ろくな荷は積んじゃあいませんが、それでもうっかりすっと、なにかかにかやられるもんですから」と老人は云った、「なにしろこの辺の人間ときたら、いや、こっちもそんなことの云える柄じゃあございませんがね」

老人は土間の焜炉《こんろ》で湯を沸かしながら、おっとりした調子で自分のことを語った。――弥五郎というのが本当の名で、若いじぶんから船頭になった。結婚を二度したが、二度とも失敗し、それ以来ずっと独身をとおした。中年以後、水売りの船を三ばい持ったこともある、酒と博奕《ばくち》でそれも失い、足腰がきかなくなってから、この堀筋の頭たちの好意で、船番をするようになった、というように話した。

律之助は黙って聞いていた。弥五は沸いた湯で茶を淹《い》れ「お口には合わないだろうが」と律之助にすすめると、自分も茶碗を持って、畳敷きの上り框へ腰を掛けた。

「さっき寺でお話をうかがいました」と弥五は云った、「それで申上げるんですが、――旦那のお気持はよくわかりますが、もうお諦めなすったほうがいいと思うんですがな」

「――どうしてだ」

「どんなに旦那が仰しゃっても、みんなは決してお力にはなりません、たとえなにか知っているにしても、それを云う者は決してありゃあしませんから」

「つまり、――」と律之助は云った、「みんな誰かを恐れているというわけか」

「いいえ、自分たちがなにを云ってもむだだ、ということをよく知っているからです」

「どうして、なにがむだなんだ」

「われわれのような、その日の食にも困っている人間は、なにを云っても世間には通用しません」と弥五は云った、「仮に旦那にしたってそうでしょう、土蔵付きの大きな家に住んで、財産があって、絹物かなんぞを着ている人の云うことと、その日稼ぎの、いつも腹をへらしている人足の云うことと、どっちを信用なさいますか、いや、お返辞はわかってます」

弥五は戸口を見て首を振り、「あっちへいって遊びな」と云った。律之助が見ると白痴の直次郎が戸口に立っていた。彼は律之助に笑いかけ、「あ、あ」といいながら、手に握っている菓子を見せた。

「旦那の仰しゃることはわかってます」と弥五は云った、「が、まあ聞いて下さい、私の十五のときのことですが、人に頼まれて賭場《とば》の見張りに立ったことがありました」

弥五は賭場の見張りとは知らなかった。小遣い銭が貰えるので、云われるとおり見張りに立ったのだが、手入れがあって、みんな逃げたあと、彼一人が捉《つか》まってしまった。それから目明しに責められた。

——きさまの親分の名を云え。

——賭場へ集まった者は誰と誰だ。

ちょうど賭博厳禁の布令の出たときであった。自分は知らずに頼まれたと云ったが、てんで信用しないし、拷問にかけると威され、恐ろしくなって、頼んだ男の名を告げ、その人に訊いてくれればわかると云った。するとその目明しは、——その男となにか利害関係があったらしい、——この野郎でたらめをぬかすな、といって殴りつけた。

「その目明しは云いました」と弥五は微笑した、「そういうことが云いたかったら、人のいないところで壁か羽目板にでも云うがいい、そうすれば痛いめにだけはあわずに済む、覚えておけってな、――まったくです」と弥五は微笑したまま云った、「わたくしゃあつくづくそうだと思いました、なにか云いたいことがあったら、壁か羽目板にでも向って云うに限る、そうすれば、少なくとも痛いめにはあわずに済む、――私だけじゃない、いつも食うに追われているような貧乏人は、多かれ少なかれ、みんな同じようなめにあって、懲りて、それこそ懲り懲りしていますからな、……へえ、連中からなにかお聞きになろうということは、わたくしゃあむだだと思うんでございますよ」

律之助は頭を垂れていた。

「うんめえ、あ」と戸口で直次郎が云った、「おいたん、ね、こえ、うんめえ」

律之助は茶碗を置いて立った。

## 八

「有難う、じいさん」と律之助は云った、「なるほどそんなこともあるかもしれない、私には、なんとも云いようもない、しかし、――」彼はちょっと口ごもった、「とにかくやってみるよ、たとえ世の中がそうしたものだとしても、それならなおさら、やってみる値打がありゃあしないか」

弥五は微笑しながら頷いた。律之助は赤くなった。

「じいさんから見たら青臭いかもしれないが」と彼は云った、「とにかく、やるだけはやってみる、——お茶を有難う」

小屋を出た彼は、そのまま蜆河岸へいった。いっしょに直次郎がついて来た。直次郎は例によってしきりに話しかけるが、彼は黙って、兇行のあった空き地へ入っていった。

伝次たちがこの菓子を取ろうとするんだ、と直次郎がまわらない舌でいった。いつも取ろうとするんだ、「わからんな」が伝次たちには買ってやらないから、いつもおれのばかり取ろうとするんだ、と云った。

「ひどいもんだ」と律之助は呟いた、「——ひどいもんだな、じいさん」

彼は枯れかけた雑草を眺めまわした。するとふいに、彼の頭の中でなにかがはじけた。彼は直次郎のほうへ振返って、その手に持っている菓子を見た。それは(いつかのと同じ)鹿子餅であった。

——家には玩具なんぞもあった。

雨の日に訪ねたとき、直次郎はやはり菓子を喰べていた。玩具を出して来て、いっしょに遊ぼうとせがんだりした。

——玩具は新しかった。

まだ新しかったようだ、と律之助は思った。どっちも不似合いだ、鹿子餅も玩具も。稼ぎ手のお絹は七十余日まえからいない、たぶん相長屋の者たちが、協同で二人をやしなっているのだろう、たぶんそうだろう。

「そうとすればなおさら、鹿子餅や玩具はおかしい」と彼は呟いた、「——待てよ」

律之助は直次郎を見た。

「その菓子は誰から貰ったんだ」

「う、――」と直次郎はいった。

「いまなんとかいったようだな、誰かが伝次たちには買ってやらないって、――誰が伝次たちには買ってやらないんだ」

直次郎の顔に苦痛と恐怖の表情があらわれた。それはいたましいほど直截《ちょくさい》に、苦痛と恐怖感をあらわしていた。

――口止めをされているな。

と律之助は思った。よほど厳しく口止めをされたのだろう、いま訊いてもだめだ。彼はそう思って歩きだした、慥かに直次郎はその名をいった、うっかりして聞きのがしたが、慥かになんとかいった筈だ。

「思いだしてみろ」と彼は舌打ちをした、「――うん、思いだせないか」

律之助は差配の家へ寄った。

源兵衛は家にいた。源兵衛は日当の分配を済ませたといい、残った金を返した。律之助はそれを受取って、勝次と直次郎を誰が世話しているか、と訊いた。長屋の者が面倒をみている、と源兵衛が答えた。長屋の者だけかと訊くと、家主の相模屋でも助けていると答えた。主人の儀平が哀れがって、米味噌ぐらいはみてやれ、といったのだそうである。

「そうか」と律之助がいった、「相模屋が付いているんなら安心だな」

「ええまあ」と源兵衛はあいまいにうす笑いをし、それから急になにかをうち消すような調子で、「しかし旦那は渋うがすからな」といった。

律之助は直次郎の言葉を思いだした。源兵衛が「旦那は渋いから」といった。その「旦那」が記憶をよび起こしたらしい。

——わからんな。

若旦那だ、と律之助は思った。

「ええと」と彼はいった、「相模屋には息子が二人いた筈だな」

「相模屋さんにですか、いいえ」

「二人じゃあない」と彼はまたいった、「するとあれはひとり息子か」

「清太郎さんですか」

「うん」と律之助はいった、「私はてっきり二人いるんだと思った」

源兵衛は黙った。律之助は源兵衛を見た。源兵衛は黙っていた。律之助の胸はどきどきした。彼は「面倒をかけたな」といって、差配の家を出た。彼の頭は回転し始めた、さっきなにかがはじけたように感じたが、それからしだいに思考がまとまってゆき、中心がはっきりうかびあがって、それを軸にくるくると回転し始めたようであった。

彼は平野町の番所へ寄った。そして、番太の一人を外へ呼びだした。

「おまえに頼みがある」と律之助は囁《ささや》いた、「明日相模屋の清太郎をお手当にするから、逃げないように見張っていてくれ」

「若旦那をですか」とその番太は息をのんだ。

「そうだ」と彼はいった、「誰にもいうな、いいか、勘づかれないようにしろよ」

その中年の番太は「へえ」といった。律之助は上《かみ》ノ橋で辻駕籠に乗り、まっすぐに南の役所へいそがせた。役所へ着くと、梶野和兵衛という同心を呼び、相模屋清太郎の看視を命じた。和兵衛は「臨時廻り」が分担で、わけを話すとすぐに了解した。

「そいつは番太が内通しますね」

「それが覘いなんだ」と律之助はいった、「番太は町に雇われた人間だし、相模屋は土地の大地主で家主だからな、——これで清太郎が動いてくれれば、しめたものなんだが」

「逃げるようだったら縛りますか」

「高とびをするようならね」と律之助はいった、「しかし任せるよ」

「承知しました」

「なにかあったら家のほうへ知らせてくれ、夜中でも構わないからね」と彼は念を押した、「変ったことがなくとも、私のゆくまで見張りは頼むよ」

「承知しました」と和兵衛は云った。

梶野和兵衛は手先を二人伴《つ》れてでかけた。律之助もいっしょに役所を出たが、堀端でかれと別れ、辻駕籠をひろって小伝馬町の牢屋へいった、石出帯刀は登城ちゅうであったが、志村吉兵衛がいて、彼が用件を話すと、すぐにその手配をしてくれた。

頼んだのはお絹と話したいこと、そしてお絹との対話を、隣りの部屋で記録してもらうことであった。

「その役の者を二人控えさせました」と志村が用意のできたことを知らせた、「二人とも達者ですから、懸念なくお話し下さい」

律之助は「よろしく」といって立った。

詮索所へゆくと、もうお絹が坐っていた。ほかには誰もいず、狭い白洲は、黄昏《たそがれ》ちかい片かげりで、いかにもひっそりと、うすら寒げにみえた。お絹はこのまえと同じように、おちついた静かな顔をしていた。

「おまえに知らせることがあるんだ」と律之助は口を切った。

九

お絹は黙って眼をあげた。

「おまえはこのまえ、父親や弟のことはもういいんだ、といったな」と彼はいった、「二人のことはもう心配はない、といったように思うが、そうじゃなかったか」

お絹はけげんそうな眼をした。

「どうしてですか」と彼女はいった。

「稼ぎ手のおまえがいなくなったあと、寝たっきりの親や、あたりまえでない弟がどうして生きてゆくか、私はそれが心配だった」と彼はいった、「おまえは気にしていなかった、それで、なにかわけがあるのかと思った、稼ぎ手のおまえがいなくなっても、二人が安楽に暮してゆけるような、なにか特別な理由でもあるのかと思った、そうじゃあなかったのか」

　お絹の眼に警戒の色があらわれた。

「そうじゃなかったのか」と律之助はいった。

「どうしてですか」とお絹はいった。

「知りたいか」と彼はいった、「知りたくなければはなしはべつだ、おまえは自分からお仕置を望むくらいなんだから、親や弟は、乞食になろうと、餓死にをしようと構わないかもしれない」

　お絹の顔が歪《ゆが》んだようにみえた。しかしなにもいわなかった、律之助も黙って暫く待ち、それから静かに立ちあがった。

「待って下さい」とお絹がいった。

　律之助は構わず歩きだそうとした。

「待って下さい」とお絹が叫んだ。

　律之助は振返った。

「お父つぁんや直がどうかしたんですか」

「聞きたいか」

「旦那はお父つぁんや直にお会いになったんですか」

「会った」と彼はいった、「まだ長屋にいることはいたからな」

「それで稼ぎ手のおまえがいなくなって、あとがどうなるかわからないのか」

「親は寝たっきりの病人、弟は自分のことさえ満足にできない」と彼はいった、
お絹は黙った。律之助はまだ立っていた。

「わからないのか」

「まだって、――どういうわけですか」


お絹はこくっと唾をのんだ。律之助は立ったままで、お絹を見おろした。

「長屋の者たちに人情があったって」と彼は続けた、「みんな自分たちの暮しに追われている連中だ、雨が四五日降れば、自分の子に食わせることもできなくなる連中だ、十日や半月なら米味噌ぐらい貢ぐこともできるだろう、しかし、――五十日も七十日も、そんなことが続くかどうか、おまえにはよくわかってる筈じゃないか」

「それじゃあ」とお絹がいった、「お父つぁんや直は、どこかよそへゆくんですか」

「よそへだって、――」

「そうじゃないんですか」

「おまえは」律之助は坐った、「二人が閑静な田舎へでもいって、暢気に遊んで暮せるとでも思っているのか」

お絹の顔がひきしまり、律之助を見あげる眼はおちつきを失って、不安そうな色を帯びてきた。

「長屋を出ることは慥かだよ」と彼はいった、「また、いざり車ぐらいは、長屋の者たちが拵《こしら》

えてくれるようだ、直次郎だって、いざり車を曳《ひ》くことぐらいはできるからな」

「嘘です」お絹が叫んだ、「そんなことがあるもんですか」

「どうして、――」

お絹は黙った。

「どうして嘘なんだ」と彼はいった、「あの二人になにかほかのことができると思うのか、寝たっきりの病人を抱えて、直がちゃんと稼いでゆけるとでも思うのか、――冗談じゃない、直にはいざり車を曳くことはできるだろう、一文めぐんでくれ、ぐらいのこともいえるかもしれない、雨の降るときはお寺かお宮の縁の下へ入って」

とつぜんお絹が叫び声をあげた。

「嘘です、嘘です、そんな筈はありません、旦那は嘘をいっているんです」

「そんな筈がないって」と彼はいった。

「そんな筈はありません」とお絹がいった、「どうしたって、どんなに間違ったって、お父つぁんや直が乞食になるなんて」お絹の眼から涙がこぼれた、「そんな、そんなひどいことがあるもんですか、そんなむごいことが」

「あったらどうする」と律之助はいった、「血のつながる親類でも、人殺しなどをした者が出れば、その家族とはつきあわなくなる、それが世間というものだ、まして他人同志のあいだで、そんな者の面倒をいつまでみてゆけると思うか」

「約束をしたんです、あの人は約束をしたんです」

「相模屋の清太郎か」

「あの人はちゃんと約束したんです」お絹は泣きだした。泣きながら彼女はいった、「お父つぁんや直は、一生安楽に暮させてやる、土地がいづらければ、どこか湯治場《とうじば》にでもやって、一生不自由のないように面倒をみてやる、相模屋の暖簾に賭《か》けて約束するって」

「それで清太郎の身代りになったのか」

「あたしはもう、疲れてました、しんそこ疲れきってました」お絹はしゃくりあげながらいった、泣く児が泣き疲れて、うたうような調子で、お絹はゆっくりと続けた、「お父つぁんや直が、安楽に暮してゆけるなら、自分はどうなってもいい、卯之さんは死んじまったし、生きていたってしようがない、生きているはりあいもないし、もう軀も続かない、なんでもいいから休みたい、手足を伸ばして、ゆっくり、いちど休めたら、それでもう死んでもいいと思ったんです」

律之助はなにもいわなかった。

「八つの年におっ母さんに死なれてから、あたしずっと働きとおしました」とお絹はいった、「お父つぁんに倒れられてからは、二人をやしなうために、自分は三日も食わずに働いたこともあります、でも疲れきっちゃいました、――お父つぁんがなんとかなったら、卯之さんといっしょになる約束でしたが、その卯之さんも死んじまったし、お父つぁんと直のことはひきうけてくれるというもので、それであたしは承知したんです」

「清太郎を呼んでやろうか」と彼がいった。

「あたしは約束は守ってもらえると思ってました」とお絹はいった、「二人のことは安心だし、この牢屋へ来てっから、生れて初めて、ゆっくり手足を伸ばして休めたし、——本当に生れてっから初めて、暢びり休むことができたし、もういつお仕置になってもいいと思っていたんです」

「清太郎を呼んでやろう」と彼はいった。

「あたしいってやります」とお絹はいった、「あたしも約束を守ったんだから、あの人も約束を守って下さいって、——あたしそういってやります。ええ、きっとそういってやります」

十

律之助は高木新左衛門と酒を飲んでいた。

三十間堀の船宿の二階で、外は雨であった。あけてある窓から、対岸に並んだ土蔵と、その上の、鬱陶しく雲に塞がれた雨空が見えた。

「清太郎は逃げようとしたのか」

「その晩、菱垣船に乗ろうとした」と律之助がいった、「それでしかたなしに、梶野は縛ってしまったらしい」

「ばかなもんだ」と高木がいった、「——しかし、お絹が口を割ったとすれば、居据ってしらをきるわけにもいかなかったろうがね」

「もちろん親が逃がしたのさ」

「殺したのは、——」

「二人が逢曳をしているのを見たんだ」

「ふん」と高木はいった、「金持のひとり息子か、……ああいう手合にはよくあるやつさ、大地主で、質両替商で、家主で、土蔵には金が唸《うな》っている、金で片のつかない事はないと思ってるんだ」

「おれはまいった」

「長屋の連中もつかまされたんだな」と高木がいった、「貧乏ということは悲しいもんだ」

「おれはまいったよ」と律之助はいった、「長屋の女房たちの露骨な敵意も、子供たちの悪童ぶりも、弥五の若いじぶんの話も相当なものだった、しかし、お絹が、——疲れた、といったときにはまいった」

「盃があいているぜ」

「あたしは疲れた、しんそこ疲れきってました、といわれたときには、おれは、——」と律之助は頭を垂れ、それから、低い声でいった、「お絹が罪を背負ったのはそれなんだ、親や弟が安楽に暮せる、卯之は死んだ、生きているはりあいがない、そういうことよりも、生きることに疲れきって、ただもう疲れることから逃げだしたいという気持で、——ああ、おれにはそれがよくわかった、おれはそのことだけでまいったよ」

「まいったのはもうわかった、盃を持てよ」

「まいったのがわかったって」

「盃を持ってくれ」と高木がいった、「まいったことはわかったから、もう一つのことを話してもらおう、——律さんはどうして、この事件を、そう熱心に再吟味する気になったのか、わけはあとで話すと、いつかいった筈だぜ」

「一杯ついでくれないか」

「重ねてやれよ」高木は酌をした。

「こうなんだ」

「もう一つ、ぐっとやれよ」

「こうなんだ」と律之助がいった、「——父が死ぬときに、遺言のようなことをいった、父の誤審がもとで、無実な者を死罪にしたことがある、誤審ということがわかったのは、三年もあとのことだったそうだ、父はそれ以来、良心に責められて、一日も心のやすまるときがなかった、もともと、人間が人間を裁くということが間違いだ、しかし世間があり秩序を保ってゆくためには、どうしたって検察制度はなければならないし、人間が裁く以上、絶対に誤審をなくすこともできないだろう、——父はそういった、自分の誤審は殆んど不可抗力なものだった、それは同僚も上司も認めてくれたが、それでも良心はやすまらなかった、無実の罪で死んだ者のために、いつも冥福を祈りながら、とりかえしのつかない自分の罪に、夜も昼も苦しんだ、父はそういった、——だから、おまえだけはこの勤めをさせたくないって」

「しかもすすんで勤めに出た」

「すすんでね」と律之助は窓の外を見た、「もしできるなら、父の償いがしたい、一つでも償いをして、死んだ父にやすらかに眠ってもらいたい、と思ったのでね」

「それは、知らなかった」と高木はいった、「そういうことなら、今日の酒は、二重の祝杯ということになるじゃないか」

「どうだかな」

「なにか不足があるのか」

「お絹は牢屋のほうがいいといった」と律之助はいった、「——長屋へ戻れば、お絹はまた稼がなければならない、寝たっきりの親や、白痴の弟を抱えて、——」

「しかし、やがては、おちつくところへおちつくさ、それは一人のお絹の問題じゃあない」

「慥かにね、——」と彼はいった。

律之助は窓の外を見ていた。雨の三十間堀へ、苫《とま》を掛けた伝馬船が一艘、ゆっくりと入って来るのが見えた。

# いびき

松本清張

# 一

上州無宿《じょうしゅうむしゅく》の小幡《おばた》の仙太《せんた》は博打《ばくち》の上の争いから過《あやま》って人を殺して、捕縛された。彼は、その日から人知れず異常な恐怖に襲われた。

仙太は六尺近い大男で、二十八の壮齢である。力も強ければ、度胸もある。博打は渡世であるが、その世界でも顔はよいほうである。今さら、処刑を恐れる男ではなかった。それにどうせこういう罪は死刑になるようなことはなく、せいぜい遠島ぐらいと刑量まで知っている。その男が何を恐れたか。

いびきである。

仙太は人一倍のいびきかきであった。十七八の時まではそうではなかったが、二十《はたち》を過ぎてからいびきをかくようになった。それが年齢《とし》とともに高くなって、二十四五のころになると、壮快な高いびきとなった。

「どうも兄哥《あにい》のいびきは少々高すぎるぜ。おかげで昨夜《ゆうべ》は耳についてこっちはろくに眠れやしねえ。」

同じ部屋に同宿の者があると、きっと朝になってこういう抗議をうけた。実際、そういう連中は不眠のために眼が赤く血走っていた。

「そうか、すまねえ、すまねえ。」

仙太は、はじめはそうあやまっていた。

しかし、どう心がけても、いびきが生理的なものである以上、こればかりは抑制する方法がなかった。ぐっすりと眠りこんで意識を休止させている間に、いびきは生きもののように暴れるのである。

彼自身が、どうかすると自分のいびきに眼をさますことがあった。

もういびきに手がつけられないと知ると、かえって性根がすわって、遠慮がなくなった。

「おう、おれはいびきかきだからな、うるせえと思う奴は、どこかに逃げてくれ。」

博打《ばくち》のあげく、仲間と同室して雑魚寝《ざこね》でもするようなときには、彼はそう宣言した。しかし彼のいびきは襖を隔《へだ》てた隣室の者にも同じくらいな迷惑を与えた。

「ひでえ男だ。てめえ一人、いい気でいびきをかいて寝てやがるんだからな。」

一晩じゅう、耳にさわって眠れなかった連中がこぼした。正面きって苦情が言えないところに一方的な被害感があった。

ところが、ある時、何年間か牢住まいをすませた男が、仙太のいびきに閉口したあげく、彼が眼をさますのを待って、こういうことを言った。

「仙太、おめえのいびきは娑婆《しゃば》にいる間は泰平だがの、いったん牢にへえったら、無事にはすまねえぜ。」

「いびきで三年も出牢が延びるとでもいうのかえ？」

「三年ぐれえのことじゃねえ。命にかかわるぜ。」

どうせ、おめえも一度は牢の飯を食うことがあろう、その時の心得に聞いておけ、と言って、彼は次のようなことを話した。

一つの牢にはだいたい七十人ぐらいがはいる。混むときには、もっと多い。これだけの人数が間口四間、奥行三間の中に詰めあう。名主、一番役、二番役、角《すみ》の隠居、詰《つめ》の隠居、穴の隠居、三番役、四番役、五番役、頭かぞえ役などの役付がひろい場所をとって、平囚《ひらしゅう》はその残余の場所にひしめくのである。彼らは夜、眠るときでも充分に手足を伸ばすことができない。

平《ひら》の囚人は、昼間は役付の連中の眼が光って勝手な振舞いができぬ。食うことと眠ることが彼らの唯一《ゆいいつ》の愉《たの》しみである。眠っている間だけが、窮屈な拘禁《こうきん》を忘れ、娑婆《しゃば》の夢に遊ぶのである。

だから、もし、この極楽の睡眠を妨害する者があったら、彼らの憎悪は骨の髄からその男に向かう。眠りを邪魔する者といったら、病人の呻吟《しんぎん》と、いびきをかく男である。

病人でも重病になれば、浅草か品川の溜《た》まりに移したが、少々の程度では、そのままにした。牢医が毎日一回きて診立《みたて》をし、煎薬《せんやく》などを与えるが、あまり効《き》きそうにも思えない。病人は苦しいから呻《うめ》く。夜中でも水を求める。せっかく眠りこんで愉《たの》しい夢を見ている同囚にとっては、こんなよけいな者がいることは迷惑だ。夜中、病人が人知れず同囚の手によって圧殺されることは珍しくない。一人でも減ったら、それだけ手足がいくらかでも伸ばせる。

翌朝、死亡を見回りの牢番に届け出る。昨夜、急病にて死にました、と言えば、牢番もたいてい事情がわかっているから、ああ、そうか、と言って死体を引きとるのである。別に検《しら》べもしない。無宿者は乞食が死体を引きとって千住《せんじゅ》あたりへ取り捨てるのだ。

「いびきの高《たけ》え奴も同じこと。おれの知った奴ぁ、ただの一晩でうるさがられて、あくる朝は仏さまに早変わりよ。ま、おめえなんざ、せいぜいその用心をしとくこったな。」

おどかすねえ、野郎、とその場は言ったが、このときから仙太は己《おの》れのいびきに対して恐怖をもった。

このいびきを癒《なお》そう、癒そうと、こっそり信心をかけるほど苦労したが、こればかりはどうにもならなかった。あの男が言ったとおり、いつかは入口三尺四方の牢格子《ろうごうし》の内に四つ這《ば》って送りこまれる日が来るであろう。同囚七八十人の間で、ごうごうと傍若無人《ぼうじゃくぶじん》にいびきをかく新入りの己れを考えたら、鳥肌が立つのである。

ところが、その恐れたことが、あんがい早くやってきた。つまらぬことから博打うちを一人殺す仕儀となった。

岡引《おかっぴき》に捕らえられ、奉行所へ連行されて、役人の取調べをうけた。すらすらと白状した。彼にとって罪科の軽重はどうでもよい。一晩でも無事に牢屋の中で過ごせるかということであった。

二

奉行所での判決で、三宅島《みやけじま》に遠島されることになった。小幡の仙太はよろこんだ。江戸を離れた

予想しないことではなかったが、遠島と聞いて、小幡の仙太はよろこんだ。江戸を離れたははるかな孤島ではあるが、牢住まいではない。そこでは庄屋の指図をうけて、漁師か百姓かの手伝いをして苦役《くえき》をすればよい。夜は小屋に寝る。一人というわけにはいかないが、いびきがうるさいからとて殺されるほど囚人は混んではいない。おとなしく勤めていたら水汲み女ぐらい女房代わりにつけてくれるかもしれない。

ところが、遠島というから、すぐに島送りになるのかと思ったら、そうではなかった。

島へ舟が出るのは、一年のうち、春秋たった二回である。だから遠島の判決があっても、何月何日出帆と決まるまでは、牢舎へ預かりということであった。

仙太はいったんよろこんだが、それを聞かされて蒼《あお》くなった。出帆は、いつのことかわからない。それまで何カ月も牢舎の生活である。それでは同じことではないか。六十日も八十日もこの大いびきが無事にすむとは思われない。

「恐れながら、お伺い申しあげます。」

仙太は役人にきいた。

「この次、島への発向はおよそ何月ごろにございましょうか？」

「そうだな。」

と、その役人は、ちょっと考えてくれた。

「まず、九月の半ばを過ぎることはあるまい。」

「ありがとうぞんじます。」

仙太は実際にありがたそうに言った。今は八月の末である。そんなら一カ月の辛抱である。舟の出帆日が早ければ、もっと短い。そのくらいの期間なら、気を張って、なるべく高いいびきが出ぬよう、浅い睡眠をとることにしよう。困難だが、気の持ち方一つでは、緊張によってできぬことではない。——


そう決心すると、仙太は落胆からふたたび生気を取り戻した。

その日の夕刻、仙太は伝馬町《てんまちょう》の大牢に送りこまれた。

いったいに一牢舎に七十人が定員であるが、むろん増減がある。仙太が入牢《じゅろう》したときは百人に近かった。大きな事件を検挙したときには、そういうことがあるのだ。

いくら人員がふえても、牢内役人と称する役付囚人の場所まで侵害はできなかった。名主は見張畳と称して畳を十二枚重ねた上に、一人すわっている。それ以下は格式に応じて重ねた畳や一枚畳の上に一人でいる。それからは順に、三四人で畳一枚、五六人で畳一枚、新入りまもない者は一枚の畳の上に七八人がすわるのである。囚人がふえれば、一枚の畳にすわる者が増加するだけだ。役付は広々とした己《おの》れの座から平然とその混雑を見おろしている。

仙太は三尺の入口から這って牢内にはいるやいなや、衿《えり》首を摑まれて、骨にひびがはいるのではないかと思われるほどキメ板で打擲《ちょうちゃく》された。

「やいやい、娑婆《しゃば》から、うしゃぁがった大まごつきめ、そっ首を下げやあがれ。」

どなっているのは牢役人の一人だ。

「ご牢内はお頭《かしら》、お角役《すみ》さまだぞ。野郎、うぬがような大まごつきは夜盗もし得めえ、火もつけ得めえ、割裂《かつさき》の松明《たいまつ》もろくにゃあ振れめえ。直《すぐ》な杉の木、曲がった松の木、いやな風も靡《なび》かんせと、お役所で申すとおり、ありていに申しあげろ。」

「へえ。」

と、仙太は這いつくばった。

「人を一人、殺《あや》めて、ここへ送られてめえりやした。」

「なに、人殺しだと、うなあ博打うちだな。喧嘩か?」

「へえ。」

「よし。渡世人なら、つべこべ言うことはねえ。ツルを持ってきたか?」

「へえ。」

仙太は、仲間から教えてもらったように、着物の襟をといて隠した二朱金一枚出した。それは相手に奪うように取りあげられた。

「おう、こっちへ来う。」

やはり衿首を摑まれて、ずるずると牢の隅へ連れていかれた。臭気が鼻にきた。

「やい、娑婆《しゃば》じゃなんというか、厠《かわや》というか、雪隠《せっちん》というか。ご牢内じゃ名が変わり詰《つめ》の神様というぞ。詰には本番、助番とて二人役人あって、日に三度、夜に三度、塩磨きにする所だ。穴は縦八寸に横四寸、前に打ったが舝隠《きんかく》し、回りに打ったが抹香縁《まっこうぶち》、その抹香縁へ糞でも小便でもかけてみろ、うぬが娑婆から着てうせた一張羅で拭かせにゃならねえ。うぬが名前を名乗って借りゃあがれ、それとも二人役人の受け答えねえうちに、古道具屋の造酒徳利《みきどっくり》か、六尺棒をのんだ人足みたように如意《にょい》切《き》り立ちをしていやがると、ご牢内の畳仕置《しおき》をするから、そう思え。」

それから、いきなり足蹴にされて、六尺の大男が土間に転がされた。

「やい、ご牢内の法度《はっと》申しつけるぞ。聞いておけ。牢は初めてか、もと来たか。もと来ても初めて来ても、畳一畳一畳《たたみいちじょういちじょう》格式あってむずかしい所だ。うぬが今転んだところは、お戸前口とも獄屋門ともいう。牢内は段々仕置《しおき》の多い所だ。もっそう仕置、海老《えび》手鎖《てぐさり》、三足手鎖、狭屋《さや》砕《くだ》け、段々撲《ぶ》って撲ちまわすから、日に二本のもっそう飯をくらって謹慎していろ。」

さすがに死の仕置があるとは、表向きには言わなかった。

三

畳一枚について十人がひしめいている。手足を伸ばして寝るなど思いもよらなかった。膝を抱え、おたがいの身体に凭《よ》りあって眠るのである。

その晩、仙太は一睡もしなかった。眠る段ではなかった。身体が苦しくて仕方がない。眠れぬからいびきは出なかった。

明け方から、不安な、うすい眠りに誘われたが、さすがにそのくらいでは寝息程度であった。眠っているようでも、神経が尖《とが》っていた。

朝になると、例の牢役人から、また衿首を握られる。片手は帯にかかっていた。

「やい、ゆうべ来た新入り。これ、うぬが物は娑婆《しゃば》じゃあ名がなんという。帯というか、褌《ふん》というか。よく聞け。娑婆じゃ帯とも褌とも言おうがご牢内じゃあ名が変わり、帯のことは長物、ふんどしのことは細物というぞ。それをいけ粗末《ぞんざい》に振りまわし、同座の相囚人《あいめしうど》が首でもくくとうぬが下手人に出にゃあならねえ。うぬが窮命仰せつかったお奉行さまから出牢証文の来るまでは、肌身離さず、きっと守っていろ。」

しかし仙太の場合は、奉行の出牢証文が来るのはさして遠くなかった。舟の都合がつくまでの期間である。二十日か、三十日か。その間だけの牢内ぐらしである。この期間さえ、なんとか乗りきればよい。

いびきを出すまい、出してはならぬ、仙太は、その一心で二晩を過ごした。

幸いなことに、横になれないから、熟睡ができなかった、すわったまま、膝を抱えて同囚と身体を凭《よ》せあう。うとうとと、浅い眠りばかりであった。

しかし、少しでも深い眠りに誘いこまれかけると、自分で、はっとして眼がさめた。いびきが思わず出たのではないかと、恐る恐るぐるりを見回した。誰も気づいたようには見えない。みんな意地きたなく眠りこけている。手足をのびのびと伸ばさなくとも、すわったままで熟睡ができるらしい。こういう場所では、どんな体位をしていようと、眠りの本能のほうが貪欲なのだ。高いいびきこそなかったが、百人ばかりの寝息が、何か気味悪い底力をもった音になって、狭い牢内に充満していた。

仙太はふと十二枚の畳の上にいる名主の方を見た。名主は山のようなその高さの上で、畳いっぱい、大の字になって仰向いて倒れている。いかにも傍若無人《ぼうじゃくぶじん》に、気持よさそうな寝かたであった。そのほか一番役でも、二番役でも、角《すみ》の隠居でも、穴の隠居でも、畳を貰っている役付は、それぞれ思うままの自由な格好で寝ていた。それから、ときどき、さも気楽そうに寝返りを打っていた。

「もうしばらくの辛抱だ。」

と、仙太は己れに言いきかせた。

「島送りになれば、あのように気楽に勝手放題、横になって寝られるのだ。」

ところが、新しい囚人は毎日つづいた。牢内はつまってくるばかりである。もっとも、新入りとなると、いきなり畳の上にすわらせられるのではなかった。土間の上に膝を揃えて、まず、最初の夜を明かした。すると、例の牢役人は、こんなことを言ってきかせるのだ。

「やい、うぬがゆうべ、ちょっくり夜を明かしたところは、無宿の大牢の落間《おちま》だあ。あすこへ、へえっても十日や二十日、五十日、百日で上がるところじゃねえが、ご牢内は先年より格式があって、下座の牢人、五器口前のお牢人さん、あれも娑婆じゃ神妙らしい若者だって、畳の端《はし》をお願いなされ、今朝、また、お角役《すみやく》さまにお願い申して、畳の端に出してやる。畳の端へ出りやあ、うぬが掛りは、本番、助番という役人の下知に従い、はいはいと言って働かにゃならねえ。それも娑婆の気質《かたぎ》を出して、向こう通りの同座の囚人《もの》を相手取り、喧嘩口論がましいことでもするとご牢内の格式の仕置を申しつけるぞ。」

あとから新入りがつづくから、五日もすると仙太も新入りの末座からよほど進んだ。

するとその日の夕方、かなり元気のよい若い男が入牢《じゆろう》してきた。

その男は二十三四だったが、牢役のキメ板をうけると、馴染《なじみ》の女に情人ができたので、その現場に暴れこんで両人に手疵《てきず》を負わせたのだと威勢よく申し立てた。

「ここは初めてか、もと来たか？」

牢役人にきかれて、

「へえ、三度めでござんす。」

と、彼はどんぐり眼《まなこ》を動かして答えた。

三度めぐらいの度胸を、その若者は態度に持っていた。物腰がいかにも牢慣れていた。

「おう、ご牢内もめっぽう混むじゃねえか。」

落間に膝を突いてすわった彼は、銭湯にでもはいったような調子であたりの者に話しかけたが、誰も返事をしない。はじめから気負ったその様子が、先輩の同囚に嫌われていた。

夜は、宵の五ツを過ぎると、牢内は眠りにはいった。その男の眠り方が、また見事である。はじめてここへはいったものは胸がつまって容易に眠れぬものだが、彼はなんの屈託もなく、眼を閉じると隣りの囚人の肩に顔を預けて、心地よさそうに熟睡した。

高く低く、嗚咽《おえつ》する声がすぐ聞こえてきた。その調子はしだいに高まってきた。声は嗚咽でなく、若者のいびきだとわかった。

まず、周囲の者が眼をさました。彼らは忌々《いまいま》しい顔つきをして若者の顔を睨んだが、もとよりそれで唸《うな》り声が低くなるはずはない。

仙太は、その男に腹が立った。いや、自分と同じ奴が現われたという安心と同時に、なんの遠慮もなく高いびきをかく彼に憎悪を覚えた。

それから、次に襲ったのは、このままでは無事にはすむまいという好奇心である。

## 四

その若者が四五人の同囚の手によって息の根を絶たれたのを仙太が見たのは、三晩めである。

それまで、「うるせえ野郎だ。」とか、「この野郎、ちっとは静かにしていろ。」とか、さんざん毒づかれていたが、若者はこづかれても、鼻を摑まれても、その時だけはちょっと休んでいるが、たちまち、いびきは息を吹きかえすのであった。しかも休んだ間の立遅れを取りかえすように、前よりいっそう高くなった。それがよけい、横着《おうちゃく》げにみえた。

「えい、眠れやしねえ。」

みんな苛々《いらいら》していた。

「この野郎のいびきで毎晩起こされてたんじゃこっちの身体が持たねえ。気違《きちげ》えになりそうだ。」

「いっそ、いびきをしねえように、やっちまうか。」

「やれ、やれ。」

ひそひそと声が交わされて、相談がまとまった。唯一の愉《たの》しみである睡眠を奪われた囚人どもは、狂暴になっていた。

見たのは、真夜中の九ツごろである。六人が共謀だ。一人が若者を抱いて、こっそり後ろに倒した。若者はまだ、気持よさそうにふてぶてしい眠りをつづけている。ゆっくり後ろへ身体を倒されたことによって、さらに快適な眠りにはいったようだ。

一人が半紙を何枚も重ねて、仰向いている若者の鼻の上をおおった。半紙は、水に湿《しめ》らしてある。しっとり水を吸った紙は、彼の鼻孔に密着した。

ふいにいびきがやんだ。すかさず、一人が馬乗りとなって、その紙の上から、強い力のはいった手で押さえた。若者は手足を動かそうとしたようだった。が、四五人の力が重石《おもし》のようにその手足を押さえている。

濡れた半紙の上から押さえた手の圧力は、いよいよ加わった。鼻も口もふさがれて、若者は声一つ立てえない。顔が苦痛に歪《ゆが》み、真っ赤になった。手足を必死に動かそうとして、苦しんでいる。押さえているほうも懸命だ。赤かった彼の顔色は、やがて紫色に変わった。その手足が運動の意志をやめ、痙攣《けいれん》を起こしたのは、すぐその後であった。それでも、馬乗りになった男も手足を押さえた男たちも、しばらくは力を抜こうとはしなかった。

すべてが声一つないうちに演じられた。積上げの畳の上に寝ている牢名主も、膝を抱えて寝息を立てている大勢の囚人たちも知らない間の出来事だ。

仙太は息をつめて見ていた。

すると、その六人は、死体を落間の隅に片づけ、そこが一人ぶん減ったので、いかにも寛《くつろ》いだようにすわって、ゆっくりと安心して眠りにかかった。いびきは、もうなかった。

仙太はふるえあがった。

伊豆七島への遠島は、秋は九月の中旬を過ぎることがない。南北町奉行《みなみきたまちぶぎょう》、寺社奉行、勘定奉行などで裁断した囚人は一手に集められて、お舟手奉行《ふなて》の手に渡される。

仙太が望みどおりに、お舟手当番所のある霊岸島《れいがんじま》から囚人舟に乗りこんだのは、九月の初めだった。江戸の町には、ひんやりした風が吹いていた。

澄《す》み渡った青い空にかかった鰯雲《いわしぐも》を舟の上から見たとき、仙太は初めて、命が助かったと太い息を吐いた。

もうこれからはなんの遠慮もなく、いびきをかいて寝られるのだ。恐ろしいことは何もなかった。島の小屋で手足を思う存分伸ばして寝られるのである。いびきがうるさいからといって殺されることはないのだ。己れの眠りに神経をとがらす必要は、もう絶対にない。

ありがたい、ありがたいと仙太は心の中で手を合わせた。よくまあ、今日まで牢屋に無事にいられたものだ。あの殺された若者のことを思うと、鳥肌が立った。若者の死体は、例によって病死の届け出で、別にうるさい詮議《せんぎ》もなく、あくる朝、乞食の手によってタンカに載せられて、どこかに運びだされてしまった。猫か犬の死骸よりも簡単だった。

もう五日も長くいれば、仙太自身も彼と同じ運命になるかもしれなかった。どのように睡眠を押さえていても、人間の努力には限りがある。そのうち、欲も得《とく》もなく眠りこんでしまうのだ。その前後不覚の眠りの中に、勝手ないびきが死を誘ってくるに違いない。してみると、遠島にしてくれた奉行は命の恩人のようなものである。

仙太を乗せた舟は霊岸島を出ると、品川沖でいったん、風待ちした。具合よく東風が吹いたので、帆を張った。

すると乗船している囚人一同は、遠ざかっていく陸地の方に向かって、声を出して泣きはじめた。

「江戸も、これが見納めぞい。」

と喚《わめ》いている。江戸を離れるのが、そんなに悲しいか。仙太には実感が来なかった。むしろ死の虎口《ここう》をのがれた思いだ。この気持は誰にもわかるまい。

舟は相州《そうしゅう》浦賀《うらが》へいったん到着した。ここで流人《るにん》一同の人別《にんべつ》改《あらた》めがある。

「三宅島《みやけじま》追放、上州無宿、仙太はいるか？」

役人は帳面を見て呼んだ。ここでは管轄《かんかつ》が伊豆《いず》の韮山代官《にらやまだいかん》と変わるのだ。

「へえい。これにおりまする。」

仙太は声を張りあげて答えた。たしかに島送りの組の中にいるぞと念を押したような返事の仕方だった。役人は不思議そうな目つきをして仙太を見たが、すぐに帳面に眼を戻して次の人名の点呼に移った。

舟はふたたび出帆した。今度こそ本土とお別れだ。相模《さがみ》、伊豆の山々がまず海の下に沈んだ。左手に見えていた房州の遠い山々がつぎに消えた。最後に、いつまでも見えていた富士が視界から没してしまった。

流人一同はふたたび涙を流して泣きだした。艫《とも》に立っている護送の舟手役人は見ぬふりをしてあらぬ方を眺めている。

みんな蒼い顔をしてしょげている中で、仙太だけはひどく血色がよかった。

五

それから一年が過ぎた。

仙太は島でまじめに働いた。流人は島に上陸したとき、ならべてある草鞋《わらじ》をはく。草鞋の裏には人の名前が書いてある。それが監督をうける名主の名である。仙太の名主は田中四郎兵衛《しろべえ》といった。

仙太は百姓仕事をやらせられた。身体は大きい。膂力《りょりょく》はある。力仕事なら誰にも負けない。それに怠《なま》けずに、よく働く。名主は仙太を信用した。

仙太にとっては、現在が、牢内での生活からみると、極楽のようなものであった。手足は存分に伸ばせる。気ままな寝返りはできる。いびきはかき放題である。誰に遠慮もない、のびのびとした自由があった。

流人《るにん》は伊豆七島では百姓家に預けられたが、三宅島にかぎり小屋をあてがわれた。棟割《むねわり》長屋のようになっている。隣りで、仙太のいびきが高いと笑う者はあるが、苦情を言う者はなかった。

仙太はいきいきと働いた。それが苦にならない。

同じ流人の仲間は、一日でも早く島から帰りたいばかりであった。海岸から江戸の空を眺めて泣いている。仙太は一度もそんな気持になったことがない。

名主の四郎兵衛は、たいそう仙太に目をかけてくれた。

「仙太、不自由な島にいては、江戸が恋しくなんねえか?」

名主がきくが、仙太は、

「いえ、ちったあ恋しい時もありますが、これで慣れてしまえば島もまんざらじゃねえようでごぜえます。」

と答えた。少しも恋しくないと言えば嘘になる。が、江戸の牢でなくてよかった。まったく、助かったと思っている。

「仙太。」

ある日、名主がにたにた笑って言った。

「おまえ、女房を持たねえか?」

「女房？」

仙太はびっくりした。

「そんなものが持てますか？」

「表向きはご法度だ。水汲み女に好きな奴がいれば一緒になれ。わしは眼をつぶっている。」

「別に好きな者もいねえが——。」

「そんなら、わしが見つけてやる。」

仙太は考えて、

「女房を貰うのはいいが、あっしゃ人一倍のいびきかきでね、女が一晩でおどろいて逃げだすかもしれませんぜ。」

名主は笑いだした。

「馬鹿野郎、お姫さまじゃあるめえし、いびきぐらいで驚くような神経の弱《よえ》え女はこの島にはいねえ。」

流人《るにん》でも成績のよい者は、島の水汲み女と同棲することが黙認されていた。

その女は、おみよといった。浅黒い皮膚をしていて、笑うと、白い歯が眼立つ。眼が、くりくりしてかわいかった。

仙太は初めていっしょに寝た晩、

「おれ、いびきかきだからな。うるさかったら耳の穴に綿でもつめて向こうをむいてくれ。それでもいやだったら、このまま逃げてくれてもいいぜ。」

と言いきかせた。愛想《あいそ》をつかして、離れるなら離れろ、と度胸をきめて、遠慮会釈《えしゃく》もなく、ぐっすりと眠った。さぞ、大いびきをかいたことであろう。

朝、眼がさめてみると、おみよは逃げもせず、ちゃんといた。どうだ、うるさくなかったか、と問うと、少し笑って、首を横に振った。

女というものは、亭主が大いびきでも、少しも気にかからず安眠できるものだ、ということを仙太は日が経つにつれて悟っていった。

平和な日が、こうして半年あまり続いた。仙太にとってはそうみえた。が、彼は知らないが、実際は、裏では穏《おだ》やかでない計画が進んでいた。

「仙太、ちょっと、こっちへ顔をかしてくれ。」

ある日、呼びにきたのは、流人の信州無宿の安《やす》と、武州小金井《ぶしゅうこがねい》の伍兵衛《ごへえ》である。二人は賭場《とば》の間違いで人を殺《あや》めてここへ来ていた。

「なんだ。」

「なんでもいいから、そこまで来てくれ。」

島には洞穴《ほらあな》がいくつもある。その一つに二人は仙太をともなった。

「へえ、連れてきやした。」

安《やす》が洞穴《ほらあな》の奥に向かって言うと、おう、と返事して、小太りの男が顔を出した。眼が大きく、顔に筋を引いたような刀疵がある。四十格好の年配だが、鼻が太く、唇の厚い、いかにも精力的な感じの男だった。

仙太はその男の顔を見ると、自分から先にお辞儀をした。その男は、蟹《かに》の仁蔵《にぞう》といって、江戸に帰れば五百人の子分をもった親分だという触れこみであった。彼は人を斬った罪で永年《えいねん》追放を食い、もう五年もここにいる。島の流人の間には、なんとなく強持《こわもて》のする存在として恐れられていた。

「仙太、まあ、こっちへへえれ。」

仁蔵は、やさしく言った。

洞窟《どうくつ》の中は暗い。その暗黒の中で、四五人の者が、蠟燭も立てずに、詰めあっていた。顔は見えぬが、容易でない相談がはじまっていることは仙太にもわかった。

「仙太、おめえに話すのがちっと遅れたが、まあ勘弁してくれ。」

仁蔵は暗がりの中から、穏やかな声を出してあくまで下手に出た。

「ここでみんなと相談しているが、こんなケチな島にいつまで閉じこめられていてもしようがねえ。おめえだって、そうだろう、いい若え者が何年も潮風にさらされて色を黒くしても始まらねえやな。塩《しょ》っ辛え女《あま》っ子の肌をなめて辛抱できるおめえでもあるめえしよ。そこでよ、おいらここにいるみんなと談合して、一思いに島抜けを決めたんだ。どうでえ、おめえもよかったら、入れてやるぜ。」

嫌《いや》とは言わせないものが仁蔵の穏やかな口調の中にあった。暗いから顔は見えないが、そこにいる五六人の呼吸は殺気立って、仙太の身体に迫っていた。

「返事のねえところをみると、考えているんだな。考えるなあもっともだが、何も危ぶむことはねえ。手順はちゃんとできてるんだ。名主の四郎兵衛のところに公儀《おかみ》から預かった鉄砲が三梃、蔵の中にしまってある。みんなで竹槍を振るって名主をおどかし、蔵の鉄砲を取りだそうという寸法よ。次はその鉄砲で漁師を脅《おど》かして舟を二艘おろさせ、伊豆へ向かって白帆を立てさせる算段だ。どうでえ、うめえ策略だろう。孔明《こうめい》の知恵でも、こうはいかねえぜ。失敗《しくじり》はねえとおれは踏んでいる。いま決心しねえと、おめえの損だぜ。一力《いちりき》の大星《おおぼし》じゃねえが、こうしておいらが皆からやいのやいのと急《せ》きたてられているところよ。」

誰かが、仙太、へえってくれ、と口を添えた。

仙太は島抜けする意志は少しもなかった。住んでしまえば、この島暮らしも悪くはない。江戸には、まもなく赦免となって大手を振って帰れるのだ。何も獄門首を賭《か》けることはなかった。

それに、おみよとも別れがたい気持になっていた。おみよはひたむきに仙太につくしている。情熱的な女で、火のような吐息と粘《ねば》い肌を、毎夜、仙太にぶっつけてきていた。仙太が江戸に帰る日が来たら死ぬとまで言っている。その短い寿命を知って、一生の血を一度にたぎらせているようにみえた。

それから名主の四郎兵衛にも恩義があった。彼も裏切りたくはない。

が、流人同士の仁義というか、密着感が、瞬時にそれらの理屈や感情を押しのけてしまった。あるいは仁蔵の持っている、のっぴき言わせぬ魔術と、その暗がりの雰囲気の興奮が、仙太に、心の奥とは、うらはらな返事をさせた。

「そうか、そいつぁありがてえ。」

返事を聞いて仁蔵の声は、闇の中でも明かるかった。

「おめえは力が強いからよ。何かと頼むぜ。それじゃ、みんな。これで頭数は揃った。へたな忠臣蔵じゃねえから、いちいち血判は取らねえ。男同士だ、おたがいの心のなかで手をしめてくんな。」

六

仙太は、ほかの流人たちと逃げまどった。

計画に失敗《しくじり》はないと蟹の仁蔵は断言したが、実行にかかってみると、さんざんな敗北だった。まず、名主の四郎兵衛を竹槍で脅《おど》かし、鉄砲三梃を取りだしたまではよかった。しかし別な場所に鉄砲が二十梃も隠されていたことまでは気がつかなかった。

島抜けの一味が漁師を脅迫しているとき、四郎兵衛は鐘を鳴らして人数を招集した。島役人やほかの名主たちも、それぞれ屈強な部下を連れて馳《は》せ集まった。二十梃の鉄砲が各人の手に渡った。

島抜けの人数は十六人だった。半刻《はんとき》もたたぬうちに、そのうちの十三人が包囲されて射殺されたり、海にとびこんで溺れたりした。実にたあいもなく計画はつぶれてしまった。

仙太は、夜にまぎれて山の方へ逃げた。蟹の仁蔵と信州無宿の安とが同行者だった。太った仁蔵は息を切らしてあえいでいた。

草の茂みに姿を隠して、下の方を見ると、闇の中に無数の篝火《かがりび》が散って見えた。

「これじゃ、のがれられっこはねえ。」

安が、気落ちしたような声を出した。

「何を言やがる。今からそんな弱音を吐いてどうする？」

「だって親分、どっから逃げるんだ。蟻の這い出る隙もねえようだぜ。」

「なんとか出るのだ。おめえ、鉄砲を放すんじゃねえぞ。」

「へえ。」

「それさえありゃ、まだ漁師の脅《おど》かしは利《き》く。舟を出させて伊豆へ渡るんだ。てめえ、死にたくなかったら、ちっとは、性根をすえて、しっかりしろ。」

「親分。」

仙太は小さく呼んだ。

「今晩はここで野宿かえ？」

「そうだ、今、動いちゃ危ねえ、もう少し、様子を見るんだ。」

蟹の仁蔵は、ここでもまだ指図する貫禄を失っていなかった。三人は、じっとそこにうずくまった。

「夜が明けたら山狩りするかもしれねえ。それまではここは安心だ。眠るなら、今のあいだに眠っておけ。」

仁蔵は低い声でそう言った。なるほど麓《ふもと》の篝火《かがりび》は、少しもこっちへ上がってこなかった。

仙太はこういう事態になったことに後悔したが、もう追っつかなかった。おみよの顔も遠くへけしとんだ。今は生きてこの島を出ることだけが執念になっていた。

昼間の疲れで眠気が出てきた。仙太の意識がぼやけてきたとき、急に強い力が彼の身体をゆすった。

「おい、仙太、仙太。」

仙太は、はっとして眼をあけた。仁蔵の手が、ぐっと肩を摑んでいる。

「てめえ、たいそうないびきかきだな。そのいびきじゃすぐわかってしまうぜ。もっとおとなしくならねえか。」

仙太はふいにたたかれたような衝撃をうけた。いびき。

これだ。またしてもこいつが苦しめにきた！

「へえ。」

と言ったが、身体《からだ》じゅうが冷えていくのを覚えた。また、いびきを立てぬ苦行なのだ。

「ちっとでも声を出しちゃならねえ。どこにあいつらが来ているかわからねえからの。」

仁蔵はたしなめた。

それからどれくらい時間が流れたか。頭を草の上に載せていた仁蔵と安は、いつのまにか寝込んでしまっていた。軽い寝息が微風のように心地よさそうだった。

畜生、と仙太は舌打ちした。どうしておれにはこういう寝息が出ぬのか。なぜ、おれの意志にさからっていびきが勝手にわめくのであろう。

星が動かずに空に貼りついていた。篝火は麓《ふもと》に小さく居すわっていた。仙太の瞼《まぶた》がしびれてきた。

急に顔の感覚がひどい痛みをうけて、眼をさました。仁蔵の声がにくにくしそうに耳もとでした。

「やい、いびきをたてるなと言ってるのがわからねえか。てめえのいびきじゃ、おいらがここにいることをまるで一町四方に知らせてるようなものだ。てめえ、おれを獄門台の道連れにするつもりか。」

安は横で黙っていたが、敵意のこもった眼を光らせていることは、仙太にわかった。

——それから四晩、三人は逃げまわった。二晩は山と洞窟《どうくつ》に寝た。次の二晩は百姓家の物置小屋の屋根にひそんだ。

四晩とも、仙太は一睡もできなかった。眠りの淵《ふち》に引きずりこまれかけると、横面《よこづら》がしびれるほど仁蔵からたたかれた。

「野郎、またいびきをしやがる。てめえは島を出るまで眠るんじゃねえ。また、追手が捜しに来るのがわからねえか。」

仁蔵も必死だった。仙太を睨む眼は殺気立っていた。仁蔵も安も、こうなると恐怖は追手の追跡よりも、まず仙太のいびきであった。

仙太は江戸の牢内の時と違い、屋根裏だと身体を楽々と転がすことができるので、かえって始末が悪かった。瞼《まぶた》をあけようとどんなに努力しても、筋肉の感覚が麻痺《まひ》して、血管の血が止まったように気が遠くなるのであった。

すると、たちまち顔を殴打された。

「野郎、また、始めやがった。」

仙太は、ふらふらとなった。こうなると責苦は、どんな拷問よりも酷烈だった。眼をさましていても、夢を見ているように幻覚と幻聴があった。おみよの笑う声と、鼻をすり上げて泣く秘密な愉《たの》しい時の声とが入れかわって聞こえたりした。

「野郎、しっかりしろ。」

今は、安までが殴《なぐ》ってきた。

眠い。ねむい。ねむくて仕方がなかった。大いびきを立てて、眠ったら、どんなに爽快であろう。追手など、どうでもよかった。もう、どうにでもなれと思った。

夢とも、うつつともなく、さまよった意識に、仁蔵と安との話し声が、空洞の中から聞こえているようだった。

「こっちの身が危ねえ、殺してしまうか。」

などと言っている。

仙太は今にも己《おの》れの鼻孔の上に濡れた半紙がおおってくるような幻《まぼろし》をみた。殺されてたまるか、と思った。味方から殺される不合理が、勃然《ぼつぜん》と、ぼやけた意識の中にも、怒りとなってこみあがってきた。

彼は、ふらふらと立ちあがった。まだ膂力《りょりょく》が残っていた。納屋《なや》の大きな棒を握ったままでは、覚えていた。

それを無意識に振りあげた。二人の男が何か言いながら動いていたが、たあいなく倒れるのがうつろな影のように見えた。

仙太は棍棒《こんぼう》を投げると、大の字に転がった。ねむい。ねむい。やっと眠れる！

解放された高いいびきが、そのあとに起こった。

# 怪異投込寺

山田風太郎

## 北国の弥陀三尊の立姿

松葉屋の花魁《おいらん》薫《かおる》は、当代の名士蜀山人が、「全盛の君あればこそこの廓《さと》は花も吉原月も吉原」という頌歌《しょうか》をささげたほどの遊女であった。

その奇行の数かずは、『傾城《けいせい》問答』とか、『青楼美人鏡』などにみられるが、そのなかでもっともこの女の面目を発揮しているのは、お忍びで登楼してきた津軽侯《つがるこう》を振った話であろう。

これらの本には、名は明記してないが、おそらく津軽越中守寧親《やすちか》であろうと思われる。例の相馬大作につけ狙われた殿さまだが、この話は大作が刑死した文政五年の翌年のことだから、この殿さまも、復讐鬼といってもよい恐ろしい刺客《しかく》がこの世から消えた安堵のあまり、ついうかうかとこのような行状に出たものとみえる。

ところが、これに薫はそっぽをむいた。想像するのに、当時相馬大作は、斬られたとはいえ、いや斬られたからこそ、江戸ッ子にとって血をわかす悲劇の英雄であったから、自然と津軽侯の方は赤ッ面《つら》の敵役となっていたせいもあろうが、それにしても、わざわざ、薫に賜った黄金《きん》の盃を、その眼前で、庭を掃いていた若いものにやって、平然とふところ手をしていたというのだから、相当な度胸である。

「余はかえる。――」

こういって立ちあがったときの津軽侯の顔色は蒼白になって、眼もギラギラとぶきみなひかりをはなっていたという。

しかし、これで薫が罪を受けたということもなかったらしい。ずっと以前、尾州侯と姫路侯が、やはりこの吉原に傾城買いに通って、押込《おしこめ》隠居になったり国替になったりしたことがあるくらいだから、表沙汰にもできないし、なんにしてもおのれの沽券《こけん》をおとすだけの話にちがいない。

その一方、こういう話もある。――

そのころ、年に数度、フラフラと廓にあらわれる老人があった。釘みたいに腰のおれ曲った、小さな、うす汚ない爺いだが、それを見た女郎たちはみな顔いろをかえた。

「また、鴉爺《からすじじ》いがきたよ――」

鴉という形容は、その姿にではなく、この老人のうすきみのわるい習性からつけられた。死人が出ると、そのまえから鴉がその家の空で鳴くというが、この老人にどんな嗅覚《きゆうかく》があるのか、彼が姿をあらわすと、きっと数日中に廓の女の病死者か心中者が出るのである。

彼女たちは彼をおそれ、にくみ、禿《かむろ》のなかには唾《つば》をはきかけたり、草履をなげつけたりするものもあったが、薫だけは、往来でゆきあえばじぶんの方から寄っていって、やさしい笑顔で話しかけ、見世にくれば若い者を通じてそくばくかの金をあたえた。そして、いつもていねいにたのむのだった。

「十郎兵衛さん、くれぐれも仏の供養をねがいんすにえ」

この老人は、道哲寺《どうてつじ》の墓番だった。

道哲寺、正確には西方寺という。明暦《めいれき》のむかし、道哲という乞食坊主が、日本堤《づつみ》の東詰にささやかな堂宇をいとなんで、囚人、ゆきだおれ、引取人のない遊女などの屍骸《しがい》を葬《ほうむ》って、あつく回向《えこう》したのがそのはじめだが、時代とともにだんだんぞんざいになって、いまでは心中者、下級の遊女などの哀れな屍骸が出ると、一朱二朱の安い埋葬料でかつぎこみ、犬猫同様に穴のなかへ投げ込むので、俗に「投込寺」と呼ばれている。その墓穴を掘るのがこの老人の仕事だといえば、世にこれほど陰惨で、いやしく恐ろしい職業はなかったろう。

そして、この鴉爺いの十郎兵衛が姿をみせてから数日後、はたして廓に死人が出た。日本橋の町家の息子が、廓通《がよ》いにうつつをぬかして、分散の憂目にあったあげく、西河岸の安女郎と心中したのである。

それから十日ばかりたって、松葉屋の見世先に、ひとりの老婆があらわれた。半分気がちがっていて、泣いたり、わめいたり、しばらくは言葉の意味もわからなかったが、やっとききわけてみると、

「薫とやらいう売女を出しやい。出雲屋《いずもや》を分散させ、息子を殺した薫を出しやい」

と、さけんでいるのだった。老婆は、このあいだ西河岸で心中した若者の母だったのである。松葉屋の新造や禿や若い者は、ゲラゲラと笑った。

「出雲屋？　きいたことがねえと思っていたら、はははは、なあんだ。あいつのことか」

「こいつあまったくお門ちげえだ。婆さん、婆さん、それなら西河岸の方へいってみな」

「おめえさんの息子さんの心中した相手は一ト切百文の安女郎だ。やい、ゆかねえと水をぶッかけるぞ」

しかし、その死んだ男は、この見世や薫とまったく無縁というわけではなかった。最初のうち、彼はたしかに薫の客だったのだ。二度か三度――それだけで、うぶな若者は、色道の深淵につきおとされた。薫の白い繊《ほそ》い手は、出雲屋を一撃二撃でうちくだく魔の斧《おの》であった。

さわぎをきいて薫はうなだれた。そして、みなのとめる手をふりきって、悄然《しょうぜん》として見世先へ出ていった。

「おふくろさま、わたしが、あなたのお恨みなさんす薫でおざんすにえ。どうぞ、おこころのすむようになさりんし」

そして彼女は、土間に大輪の牡丹《ぼたん》のようにくずおれて、老母の草履の雨をうけた。……

それからまた、こんな話もある。――

薫が津軽侯を振ってから一ト月ばかりのちのこと、松葉屋の見世先へ、つぎはぎだらけの股引をはき、醬油《しょうゆ》いろの手拭いで頬かぶりをした若い百姓男がやってきて、

「ここのうちに、薫太夫という豪勢に美しい花魁がいなさるときいて、わざわざ見物にきまし

ただ。どうぞちょっくらその女に逢わしてくんろ」

と、たのんだ。

笑いの渦のまいているところへ、ちょうど薫が、禿、新造、三味線もち、夜具もちなどをしたがえて、雪の素足に駒下駄をはき、鳳凰《ほうおう》のように揚屋からかえってきて、その男をじっと見ていたが、微笑して、

「わたしが薫でありんす。こちらにお腰をおかけなされて、おやすみなんし」

といって、手ずからお茶をくんで出した。すると、百姓男は恐悦して、

「とてものことに、酒をひとつ御馳走になりますべいか」

という。薫は禿にいいつけて、酒を出させた。みな、薫がどうしてこんな相手を、こう鄭《てい》重《ちょう》にもてなすのかわからないので、あきれていた。

「おらは、冷は一向いけねえでの」

と、百姓男はいって、ふところから長さ六七寸の割木を二本とり出すと、炉《ろ》の傍へあがりこんで燗《かん》をした。

彼は茶碗でひとつのみ、薫にさした。薫がこころよく受けて酬《かえ》したのをまた一杯のんで大きな舌鼓《したつづみ》をうち、

「何年となく念をかけた太夫さまを見せていただいたうえに、そのお酌で酒までのませてもらって、おらは、はあ、あしたおッ死《ち》んでも思いのこすことはねえだ」

と、上機嫌でかえっていった。

松葉屋にえもいわれぬ香りが満ちはじめて、そのもとが炉に燻《く》べられたさっきの二本の割薪《わりまき》の紫の煙であることがわかったのは、そのあとであった。それが伽羅《きゃら》の名木であると知れて、人々はあっとどよめいた。

「あれはどなたさまじゃ」

「あの百姓は？」

口々にといかけるのに、薫だけは襟に白いあごをうめて、ものかなしげに微笑んだまま首をふった。

「知りんせん。きっと、どこか御身分のあるお方が、わたしをからかいに見えたのでおざんしょう」

――これらの奇話は、いうまでもなく、薫という遊女の「意地」と「張り」、そして人並すぐれたかしこさを物語る逸話として、ほこらしげに紹介されているのである。

意地と張り、抜群の美貌と聡明さ、その四つのものから、この薫という「遊女」は成り立っていた。

人は武士なぜ傾城にいやがられ

それからまた一ト月ばかりたってから、差紙《さしがみ》をうけて仲の町の揚屋にねりこんだ花魁薫の禿や新造は、座敷に端然と坐っている若い武士の顔をみて、眼をまるくしてしまった。

「これは――」

「あの伽羅のお百姓！」

　おどろかなかったのは、薫だけであった。あまり平然としているので、謎めいてさえみえる笑顔のまま、裲襠《うちかけ》をひろげて坐るその姿を、武士はまじまじと見ながら、

「おぬし、拙者がこういう身分のものと、あのときから見ぬいておったか？」

「ほ、ほ、なんの知りんすものか。どなたさまでおざんすえ？」

「拙者は、何をかくそう。五千石を頂戴する直参《じきさん》。……先日の無礼はゆるしてくれい。じゃが、あれにておぬしという女がようわかったぞ。あれならば、おぬしを身請《みう》けしてわが妻としても恥ずかしゅうない女。――」

「よしなんし」

　と、薫は笑った。

「うそ」

「なに、うそ？」

「それほどあなたさまがわたしをお見込みなんしたら、なにゆえわたしがまだあなたさまをどこの御家中と知らぬ、それほどおろかな女と思いんす？」

　眼は冷たく、美しかった。

「ほ、ほ、ほ、そのお顔は、いつか津軽の殿さまがおいでなさんしたとき、その御家来衆の末座にみえたお顔」

武士は愕然《がくぜん》とした。口をぽっかりあけたまま、しばらく声も出ない。

薫は、すっと裾をひいて立ちあがった。

「廓にきて、おかしなてれんで女郎を化かそうなど、とんだお考えちがいでありんしょう」

「あいや！」

武士の顔いろは、この世の人とも思われなかった。

「お、お待ち下され。こ、このままゆかれては、拙者腹をきらねば相ならぬ！」

「まあ、大袈裟《おおげさ》な」

「大袈裟ではござらぬ。いかにもわが殿越中守さまの仰せつけ、なんとしてもそなたとちかづきにならねばならぬが、なにせ、一ト月二タ月まえにたのんでおいて、やっと拝顔の栄を得るほどの全盛のそなた、たとえ、ようやく逢えたとしても、並大抵のことではその心をとらえることはかなうまいと推量し、考えあぐねてあのような小細工《こざいく》を弄した次第。……」

「して、わたしと馴染になって、何をしろと殿さまがいいなさんしたえ？」

武士はだまりこんだ。

「ほ、ほ、わたしの寝首でもかけといいなんしたか。それともわたしをつれ出して、高尾のように鮟鱇《あんこう》斬《ぎ》りにでもしろといいなんしたかえ？」

「め、滅相もないこと。私は……実は侍ではない。絵師なのじゃ。津軽藩御抱えの絵師なのじゃ」

「絵師？」

薫はふしんな眼いろになった。

「絵師が、なぜ？」

しかし、うっかり白状して、相手はいよいよ窮地におちいったようである。みるもむざんな苦悶が、そのねじり合わせた両手にあらわれた。

「もし、あの殿さまが、絵師のあなたに何をおいいつけなさんしたえ？」

「薫どの、たのむ、私の素姓はさておき、どうぞ私と馴染になってくれい。こう土下座して願い申す。……」

「まあ、こんなおかしな口舌《くぜつ》を、廓はじまって以来きいた花魁はおざんすまい。……ほ、ほ、どうやらめんどうらしい御用の様子、おきのどくでありんすが、薫はゆっくりきいてあげるひまがおざんせぬ。せめてものことに、野分《のわき》、野分」

と、傍の妹女郎を呼んで、

「野分、おまえ、この妙な御使者の御用をきいてあげなんし」

「あっ、待て、薫どの！」

と、絵師は声をしぼったが、薫はふりかえりもせず、しずしずと出て行った。つづいて、ほかの番頭新造、禿たちもぞろぞろと去る。あとに、絵師と振袖新造の野分だけがのこった。

ながい沈黙がつづいた。野分は、変な客といっしょにとりのこされて困惑したが、見ていると、彼の苦しみがあまりにふかいので、立つはおろか、とみには声もかけかねた。

「もうし」

と、やっといった。

「殿さまは、どんな御用をお申しつけになりましたえ?」

心のやさしい遊女であった。よりすがって、ひざに手をかけ、

「ことしだいによっては、わたしから花魁におねがいしてあげんすほどに。……」

「ははははは」

と、急に絵師は笑い出した。自嘲とも自棄ともきこえるかわいた笑い声であった。

「薫の絵をかくのじゃ」

「薫さまの絵、そんな御用」

「それが、ただの絵ではない。枕絵《まくらえ》じゃ」

野分は、口をポカンとあけた。この若い絵師は、用もあろうに、春画の使者を命じられたのである。

「笑ってくれい、かかる主命で廓にきた私を」

「けれど、あの殿さまが、なぜそのような」

「おそらく殿は、薫どのをしたわれるあまり、左様な絵をお望みあそばしたものではあるまいか。しかし、おこころはしらぬ。先祖代々津軽藩の御抱《おかかえ》絵師として禄《ろく》を食《は》んできた家筋のものとして、わしは主命にしたがうまでだ。……が、それももはやかなわぬこととなった。薫どのにははやくも一蹴され、こうおまえに白状したうえは、薫どのの枕絵をかくなどとはとうて

い望めぬ沙汰」

そして、重い吐息をついた。

「腹切ろう」

野分は笑いかけた。遊女の笑い絵がかけぬとあって、このひとは腹を切るという。なんだかひどく可笑《おか》しい。しかし、それも承知でなお切腹を口にせねばならぬこの若い絵師を眼前にして、笑いはとまり、同情にみちた眼で、じっと相手をながめやった。

しばらくして、野分はひくい声でいった。

「廓では花魁にさしさわりのあるときは、わたしが名代に立ちんすけれど……その絵もわたしが名代では」

「なに？」

と、絵師はまじまじと可憐な若い遊女の顔を見かえして、

「それはなるまい。それが出来るなら、私もこれほど苦労はせぬ。殿が御覧あそばしても、たとえ薫どの自身がみても、あきらかに薫どのとわかる絵でなくば……」

「わたしは、花魁から、何もかも手ずから伝授を受けた妹女郎でありんすにえ」

野分はいたずらッ子らしく笑った。

「こんな役はわたしもいやでおざんすけれど、こんなことで腹をきるあなたは、もっときのどくでおざんすから申しんす。……」

――それからさらに一ト月ばかりたった或る日、花魁薫は、また津軽越中守の座敷に呼ばれ

た。

薫は、越中守の左右に居ながれる家来のなかに、その絵師の顔をちらっとみたが、べつになんの表情もなく、つんとして孔雀《くじゃく》のように坐った。彼は、蒼い、おびえたような頬のいろをしていた。

越中守がしたしく盃をさすのを、薫はそつなく受けているが、依然としてそのものごしは冷えびえとしている。しかし、越中守は上機嫌であった。いつかの怒りも水にながしてサラリとした顔いろで、時の将軍が吹上の御庭に、吉原仲の町の茶屋を模《も》してつくって遊んだ話などをしゃべっている。

「薫よ」

と、やや酒がまわったころ、越中守は呼んだ。

「余はまた、そなたにつかわしたいものがあるが喃《のう》」

うすきみわるい笑顔である。

「そなた、また気にいらんで、庭掃《にわは》き男などに投げあたえるやもしれぬが、それはそなたの勝手。……これよ」

と、うしろをかえりみた。家来がこたえて、そのまえに薄い大きな桐の箱を置いた。

急に薫はふりかえった。がばと野分が片腕をついたからである。野分も最初から蒼い顔をしていた。彼女は、越中守が薫の姿をえがいた秘画をなぜ欲しがるかよくわからなかった。すくなくとも、善意に解釈していた。しかしいまや越中守が、大名らしくもない陰険な方法で薫を辱《はずか》しめ、しッぺ返しをしようとしていることはあきらかだった。その桐の箱のなかには、あの絵師寒河雲泉《さむかわうんせん》のかいた枕絵——すくなくとも、越中守は薫と思いこんでいるが、その実、顔だけ薫で、肢体《したい》は野分をえがいた恥ずかしい絵が入っているにちがいないのである。

薫は、ふしんな顔で、越中守に美しい眼をもどした。

「薫、あけて見やれ」

越中守があごをしゃくり、薫がその箱をおしいただいて、ふたに手をかけたとき、遠く往来から騒然とした物音がきこえてきた。

黄金咲くみちのくの客をふり

「なんじゃ、あのさわぎは？」

と、越中守がふりかえったので、末座に侍《はべ》っていた揚屋《あげや》の亭主が、あわてて出ていった。しばらくして、いそぎ足でもどってきたが、手で口をおさえている。

「亭主、いかがいたした？」

「恐れながら……お耳をけがすほどのことではございませぬ」

「たわけ、何ごとじゃと申すに」

「はっ、恐れ入ってござります。実は……なんたる愚かなおいぼれか、西河岸の切見世のやぶれ障子からなかをのぞいて、女郎と客のあられもなき醜態を写生いたしおりました絵師があり、見つかって、つかまり、会所へつき出されてゆくさわぎらしゅうございます」

「なに、遊女と客の？」

亭主は、越中守のたくらみを知らないから、恐縮して、平蜘蛛《ひらぐも》みたいにあたまをたたみにこすりつけた。

越中守は苦笑した。

「醜態と申すか。ばかめ、その醜態を商売としておるお前ではないか」

「恐れ入ってございます。……」

「よいよい、しかし、老人と申したな。老いてなお春画をえがいて売らねばならぬ、またふびんなものではないか。会所へ参って、大目に見てやれと申すがよい」

越中守、ひどく同情的である。

「はっ、御意の趣き、しかと会所に申しつけまする。しかし、あの老人は、こういうことがいままでに何度もございまして、しかも善男善女の法悦のかぎりをかいて何がわるい。どうじゃ、この絵をみて合掌礼拝する気にはなれぬかなど大言壮語をつかまつる絵師でござりますれば、かようなこともちとみせしめになるかとも存じまする」

「なんという絵師じゃ、それは？」

「はっ、葛飾《かつしか》北斎と申し――」

「なにっ、北斎！」

と、越中守はさけんで、眼をきらっとひからせた。

江戸に住んで、この不世出の大画人の名を知らぬものはない。およそこの世の森羅万象《しんらばんしょう》を描きつくして、その徹底したリアリズムで美の真髄《しんずい》に肉薄し、ときにまた百二十畳の紙の上をはしって四斗樽《だる》の墨汁と五俵の藁《わら》たばで大達磨《おおだるま》をえがくかと思えば、米粒に雀三羽をえがいて人々の胆をぬく神技をふるう。そして、絵よりもなお世人を驚倒させるのは、その奔放不羈《ほんぽうふき》な奇行であった。

曾て、将軍家斉が鶴狩のかえり、浅草伝法院に北斎を召して席画を所望したとき、帯のような唐紙《とうし》の上を、足に朱肉を塗った鶏をあるかせて、みごとに紅葉をえがき出したといわれる。そのくせ、家の中には、文字通り鍋一つ、茶碗三つしかないという恐ろしい貧乏ぶり。それだけもって、生涯に九十三回引っ越しをしてまわったという大奇人だから、その真意はしらず、一ト切百文の地獄宿をのぞいて、春画をかくくらいのことはやりかねない。

しかし、津軽侯がただならぬ表情になったのは、単にその名を知っていたからばかりではない。実は先年から、しばしば浅草藪《やぶ》ノ内《うち》明王院の地内にある北斎の陋居《ろうきょ》へ使者をやって、邸へ呼ぼうとしたことがあるのである。ところが、どういうわけか、北斎はへそをまげてしまって、使者の口上にとり合わなかったいきさつがあるのだ。

「北斎じゃと申すか」

と、越中守はもういちどさけんだ。もはや御抱絵師の絵どころではない。

「亭主、北斎を呼べ。はやく、ここへ呼んでくれい」

そして、うろたえて立ちあがった亭主の背を、せきこんだ声が追った。

「そうじゃ。その北斎がえがいた絵とやらも、わすれずに持参いたさせるのじゃぞ」

やがて、この上もなくはなやかな席へ、これはまたこの上もなくむさくるしいひとりの老人が飄然《ひょうぜん》として坐った。

頭ははげて、馬のようにながい顔である。雨にたたかれ、日に照らされ、その顔の色は黒びかりしていたが、奇妙に陽性の精気があふれてみえた。それは白い眉の下から放射される眼光のせいらしい。北斎はこの年六十五歳であった。

「北斎よな、近う寄れ。余は津軽越中じゃ」

と、こちらから声をかけると、

「お初にお目にかかります。わしは葛飾《かつしか》生まれの百姓八右衛門と申すものでございます」

といって、そっぽをむいてしまった。背なかのあたりに何かいるらしく、腕をまわして、ポリポリとかいている。

それから、何をきいても、「ああ」とか、「いや」とかこたえるのみで、迷惑そうな表情が露骨に浮び出している。ただ、あの異様なひかりをはなつ眼が、花魁薫の姿だけに、ときどきじっとそそがれた。

ききしにまさる傍若無人《ぼうじやくぶじん》ぶりに、手持無沙汰の津軽侯は、ともかく亭主のもってきた例の押収画《おうしゆうが》を手にとったが、ひと目みて、「ううむ」とうなり声をあげてしまった。絵は数葉ある。もとより色はつけてなく、矢立をはしらせたのみの素描《すがき》だが、まことに北斎が礼拝合掌せよと豪語したのもむべなるかな、その男女秘戯の肉塊《にくかい》の描線《びようせん》は、凄《すさま》じいまでの力感にあふれていたのである。

「見よ、見よ」

思わずしらず、題材の何かということもわすれて、越中守はうわずった声をもらした。

「みなのもの、まわして見よ、この北斎の絵を。——」

そのとき、つつと末座からまろび出したものがある。御抱絵師の寒河雲泉であった。あれよというまに、薫のまえにおかれたままの桐箱のふたをはねあけると、なかの絵をわしづかみにし、ひきちぎり、ズタズタにひき裂いてしまった。

「と、殿……おゆるしを。……」

べたと伏せた肩がふるえている。絵師として、このうえの恥辱にはたえられないのであった。おなじ内容でも、その技倆《ぎりょう》は天地よりもまだかけはなれていた。それはまざまざと越中守もいま見てとったとおりである。

「未熟者め」

と、越中守は苦い顔で吐き出すように叱りつけたが、破られた絵そのものにはさらに未練はなかったらしく、すぐにつくり笑いの顔を北斎の方へむけた。

「北斎、そなた、余がしばしば呼んでやったのをおぼえておるか」

「左様、どこかのお大名が、高びしゃなお使者をよこされてござりますな。あれは、殿さまでござりましたか」

「高びしゃ？　……ああ、それは使いの者がわるかった。いたらぬ奴であったのじゃ。余の本意ではない。ゆるせ、ゆるせ。……して、どうじゃ、かような場所ではからずもそなたに逢えたのは天の配剤《はいざい》、機嫌をなおして、余に何かかいてみせてくれぬか」

北斎は顔をあげて、いならんだ遊女たちを見まわし、ニヤリとへんな笑いを浮かべた。

「紙」

と、ひとこといった。

「それ」

狂喜する越中守の声に、亭主や家来がキリキリ舞いをして、北斎のまえに紙をのべた。

北斎は、矢立の筆をとると、一気にびゅうっと墨をはしらせた。穂先がまわる。とまる。かすれて飛ぶ。

「これにて、御免」

ペコリとおじぎをして、スタスタと老人の出ていったあと、一同はのぞきこんで、いっせいにあっとさけんだ。

なんとそれは一つの大男根の絵だったのである。

が、見るがいい。その雄渾豪宕《ゆうこんごうとう》の筆触《ひっしょく》、それは壮厳な大富嶽の図にもおとらぬ力と気品に満ちみなぎっているではないか……。

## 道哲にきけば極楽西の方

松葉屋の見世先に、ブラリと北斎がやってきた。

「葛飾村の百姓八右衛門じゃ。逢う気があったら逢うてくれと、薫太夫にきいてくれ」

と、無愛想にいう。あれから十日ばかりのちのことである。

薫は声をたててよろこんで、北斎をじぶんの座敷にとおした。

「これはこれは北斎さま、ようおいでなんした。お酒でものんで、ゆっくりあそんでゆきなんし」

「遊びに来たのではない。用があるのじゃ」

横をむいて、ブスリという老人に、薫はくつくつ笑った。

「ほ、ほ、わたしに用とはえ？」

「お前をかいてみたい」

「まあ、わたしを、あの、北斎さまが」

「お前の枕絵をかいてみたいのじゃ」

かがやいていた薫の眼が、ふっとひそめられた。いかに遊女にせよ、これには面くらわないわけにはゆかない。――が、さすがに薫である。すぐにまたにっと片えくぼを彫って、

「枕絵といえば、殿御が要《い》りんしょう。さあ、どこのどなたさまが、わたしと寝て、あなたに

かかれて下さんしょうか」

「殿御は、蛸《たこ》じゃ」

「蛸?」

ここにいたって、薫もあっけにとられて、口もきけなくなってしまった。が、老人の黒い頬には妖しい血潮のいろがさし、眼はむしろ森厳のひかりをおびて彼女を見すえていた。

「大きな蛸が、はだかのお前を可愛がっておる図柄じゃ。八本の足でお前の足をひらき、胴にまきつき、乳房をおさえ、口を吸っておるのじゃよ。どうじゃ? 気にいったろう?」

気にいるどころのさわぎではない。いかにも北斎らしく、奇警倫《きけいりん》を絶する着想だが、

「まあ」

「お前は蛸の化物に魅込《みこ》まれるほど美しいぞ。よろこべ」

薫はじっと北斎を見つめていたが、やがて哀しそうにいった。

「北斎さま、そんな大きな蛸がありんしょうか?」

これには、無愛想な老人も、ニヤリとうす笑いをうかべたようである。

「蛸はわしにまかせろ。お前はわしの眼のまえで、はだかになってみせてくれればよい」

またながいあいだ、薫は、この怪奇な、うす汚ない老人を――古今の大画家の姿をながめていた。やがて、その眼の奥から、名状しがたい微笑が、花に透く日のひかりのように洩れてきた。

「ようありんす。薫ははだかになりんしょう。どうぞ、おこころのままにかいておくんなん

し」

——たとえ千両の金をつまれても、薫がこんな肢態をみせたことがあろうか。座敷の外に、彼女の最も愛する引込《ひっこみ》禿《かむろ》のさくらを立たせ、薫は縮緬緞子《ちりめんどんす》の豪奢《ごうしゃ》な夜具のうえに、一糸まとわぬ雪の姿をなよなよと横たえた。

「手を投げろ……くびをうしろにおとせ……片足を蒲団の外にひろげろ。……」

北斎のうめくような声につれて、この世のものならぬ白牡丹はゆるやかにひらき、しぼみ、たわわに揺れた。北斎は画帖をとり出して、グイグイと力づよく素描してゆく。……

——と、突然北斎は、小石にあたまをうたれたようにふりむいた。

「誰じゃ」

飛んでいったのは、庭向きの明《あかり》障子の傍である。ガラリと一瞬にあけられて、キョトンと立ちすくんだ不吉な鴉《からす》みたいな顔があらわれた。

「な、なんじゃ、お前は」

一喝されて、その男は、くぼんだ眼窩《がんか》のおくから、やにのたまった哀れッぽい眼をあけた。

「へ、へい。……わたしは、西方寺の寺男で——」

「ああ、十郎兵衛爺さん？」

と、こちらで薫がほっとしたようにつぶやいた。

そして、北斎のがみがみと叱りつけている声をしばらくきいていたが、やがて十郎兵衛が犬みたいに追っぱらわれようとしたとき、何を思ったか、急にいたずらッぽい笑顔になって、

「北斎さま、とてものことに、その爺さまにも、わたしのこの姿をみせてやっておくんなんし」

と、声をかけた。

「この男に？」

「北斎さまよりほかの人間に、わたしのこの姿を見せるのはいやでおざんすけれど、ほ、ほ、それは人間ではありりんせん。……生きている遊女のからだを拝んだら、死んだ遊女への仏ごころが、いっそうふかくなるでありんしょう……」

そして、このあらゆる男を獣にかえる魔の白珠にもまがう美女の肢態は、枯木のようなふたりの老人の視線のみるにまかせた。……

もっとも、せっかくの薫の大慈悲心も、投込寺の墓番にとって、どれほどの功徳であったか。さっきそっと盗み見していたにはちがいないが、こうまざまざと匂いたつ全裸の美女を見せつけられては、いるにもいたたえぬように、しばらく十郎兵衛はモゾモゾとうごいていた。

北斎は、いつしか傍に口をあけたっきりになった寺男の存在を忘れて、芸術の光炎の中に沈みこんでいる様子である。……と、そのとき、廊下を、ド、ドとはしってくる跫音がきこえて、禿のさくらと何やら口早に問答している気配がした。

薫は、身をおこした。

「さくら、どうしなしんしたえ？」

「薫さま、たいへん、あの野分さまと津軽の絵師さまがいっしょに毒をのみんして、北斎さまを呼んでいなさんすとか——」

「なんじゃと？」

と、北斎も顔をふりむけた。

「津軽の絵師とはなんじゃ。ま、よい、いまゆくぞ」

あわてて身支度をしながら、薫はふと傍の影をみて、はじめて吐気のようなものを感じた。

そこにキョトンとして、あの鴉爺いが立っている。……果然、彼があたりをウロウロしていた意味がわかった。やっぱりこのぶきみな老人は、事前に屍臭《ししゅう》をかぎつけてきたのである。

それに何を問いかけるいとまもなかった。薫は、北斎のあとを追って、心中をはかったという妹女郎の野分の部屋にかけつけた。

が、その部屋に一歩足をいれたとき、薫は息をのんで棒立ちになってしまった。北斎も、両足をふんばって、凝然《ぎょうぜん》として見下ろしていた。

ふつうの心中ではなかった。緋牡丹《ひぼたん》のような褥《ねや》の上に、あの寒河雲泉と野分が一体となってからみ合っていたのである。

「先生、北斎先生！」

と、雲泉は声をしぼった。

「か、かいて下さい。私たちのこの姿を！」

「な、なんじゃ、毒をのんだときいたが——」

「毒はのみました。ふたりとも、これから死んでゆくのです。しかし、死ぬまえに、どうぞこの姿をかいて下さいまし。北斎先生にかきのこされたら、私たちは死んでも心のこりはありません。……」

そうあえぎながらいったとき、雲泉の口のはしに血の泡がうかんで、下の野分の頬におちた。

「な、なんだ、お前ら、気でも狂ったのか！」

「死ぬことには、正気のつもりです。おきき下され、私は津軽藩に絵を以て仕えてきた家の子です。それが、その技未熟のゆえをもって、殿の御勘気をうけ、永のおいとまをたまわりました。しかし、それに不服はないのです。それが当然なのですから……それが当然だとは、十日まえ、先生のあの絵を拝見したとき、心魂に徹して思い知らされたのです。御扶持《ごふち》などが何でありましょう。これでも、一心不乱に画業にはげみ、生涯その道にささげようと志していた人間でした。しかし、その望みはみじんにうちくだかれました！」

「薫さま、かんにんしておくんなんし。名代のつもりが、へんなめぐりあわせになりんした。……」

と、野分は息もたえだえにいった。その唇からも、血の糸がひいた。

「わたしは、このおひとがいとしゅうなりんした。いいえ、惚れんした！」

「ただいまこちらに参って、北斎先生がおいでだと承り、急にかくごをきめたのでございます。どうぞ、先生！　おろかな私たちの死にざまを――いいや最後のいのちの燃えようを、先生のお筆でしかとかいて下さいまし。それならば、たとえふたりの骸《むくろ》は畜生同然にあの西方寺へ投げ込まれようと、魂はまことの西方浄土へとんでゆくでありましょう。……」

「よし、きいた！」

と、北斎はさけんだ。

「北斎、たしかにお前らのまぐわいの図をかいてやるぞ。成仏《じょうぶつ》しろやい」

そして、ふところから、さっきの画帳をとり出した。

雲泉は、ひたと死力をしぼって野分を抱いた。野分はおののく腕を雲泉のくびにまき、両の足を雲泉の背にくみ合わせた。生きながらの菩薩《ぼさつ》の姿だ。吸いあった唇のあいだから、歓喜のうめきにつれて、血の泡がふいた。

死にゆくものだけがうごき、詩《うた》をうたう。北斎の眼はかがやき、耳は狼《おおかみ》みたいに立って、それを見、それを聞いた。薫は凝《こ》ったように立ちつくしている。

やがて静寂《せいじゃく》がおちたとき、同時に北斎の筆もとまった。

「野分、野分」

薫はかけよった。野分と雲泉は、微笑を彫刻したまま、息絶えていた。

蒼白になって、ふりかえると、北斎も銅像のようにうごかない。ふたりの屍骸《しがい》を見下ろしているのかと思うと、そうでもないらしく、眼を半眼にして、じっと何やら考えこんでいる。

「……どうも気にかかる」

と、つぶやいた。

「北斎さま、なにが？」

「さっきの爺いがよ」

と、意外な返事であった。

「あの投込寺の鴉爺さま？　あれがどうしんしたえ？」

「ふっと、どこかで見たおぼえがあるのだ。以前に……といっても、きのうおとといのことではない。十年、二十年……いいや、もっとむかし、わしの若いころ……ううむ、投込寺といったな」

北斎は画帳の一枚をピリピリと裂いた。

「薫、この絵を、この男の殿さまがまたあそびに来たら、やってくれ」

そういうと、老人はくびをひねりながら、風のように出ていった。

腥い風の吹きくる道哲寺

吉原で心中した男女は、まっぱだかにされて、その屍骸に荒菰《あらごも》をかけられたまま、三日間、地上にさらされる。それから、早桶を荒縄でくくられて、道哲寺に投げこまれる。

この犬猫同様の埋葬は、この奇怪な世界の一種の迷信からきていた。それは、心中するほどの男女なら、それまでによほど辛い恨めしい原因があったであろうから、もし人間なみに葬ると、あとでたたられるかもしれない。いっそ犬猫を葬るようにして畜生道《ちくしょうどう》に堕《お》してしまえば、もう人間にたたることはあるまいと考えられたからである。

野分と雲泉の屍骸も、松葉屋の裏庭に放置された。けれど、その菰をかけたあたまの傍には、さすがにほそい線香のけむりがたちのぼっていた。

花魁薫と禿さくらのしてやったことである。三日めの夕ぐれ、ふたりはそこにじっとうずくまって、手を合わせていた。

すっと、そこに人の影がさした。顔をあげて、さくらはさけんだ。

「北斎さま」

「十郎兵衛はきておらぬか」

と、北斎はしゃがれた声できいた。

薫は、北斎が、あの鴉爺いにおぼえがあるといってとび出していったことを思い出して、いぶかしげにくびをかたむけた。

「さあ、あの爺さまなら、もうこのふたりをひきとりに見えんしょうが……あの爺さまがどうかしんしたかえ？」

「いま道哲に寄ったら、こっちに出かけたといいおったが、逢いたいのじゃ」

北斎の眼は、異様なかがやきをおびていた。

「なに御用？」

「用か――」

といって、北斎はだまりこんだ。やがて、くびをふって、

「いやいや、逢わぬ方がよいかもしれぬて。……」

と、つぶやいた。なぜか、ひどく疲れている様子である。

薫はしばらくその姿をふしぎそうに見ていたが、微笑して、

「北斎さま。蛸の絵はおかきなさんしたか？」

ときいた。北斎は気弱な表情でくびをふった。

「かけぬ。かけぬ。……わしは当分絵はかけぬ。……」

「なぜ？　北斎さま、いったい、どうおしなんしたえ？」

「薫、お前はあの投込寺の爺さまの名を知っておるか？」

と、北斎は顔をあげて、またきいた。よほどあの老人に思考をうばわれているようである。

「あれは、十郎兵衛」

「左様、姓は？」

「姓まであってかえ？」

「むかしはあった。斎藤十郎兵衛」

「斎藤十郎兵衛。そうきいても、とんとあの爺さまらしゅうありんせんが。……もし、あの爺さまは、お侍だったのでおざんすか？」

「いや、たしか阿波《あわ》の殿さま御抱えの能役者《のうやくしゃ》だときいた。……三十年もまえのことじゃ」

北斎は物思いにふけりつつ、ひとりごとのようにしゃべった。

「或る日、わしのところに役者の梅幸《ばいこう》が来おった。無礼な奴が、いちど家に入って、なに思ったか、外の駕籠《かご》から毛氈《もうせん》をとってきて、ひきかえしおった。……」

薫は微笑した。この先生の汚ないのはそのころからのことかと可笑しかったのである。しか

し、北斎はいったい何をしゃべろうとしているのであろうか。

「わしは腹をたてて、梅幸めが何をぬかそうと知らぬ顔をしておった。あいつもふくれあがってかえっていったがの。しばらくして、あやまってきて、幽霊の絵をかいてくれという。あれの幽霊の役はおやじの松助以上じゃが、おそらくその工夫にわしの知慧をかりたかったのじゃろう。あたまをさげてたのんでくれれば、わしもきいてやらぬでもない。で、幽霊の絵をかいてやったわ。それからあいつは、芝居のたびにわしを呼んでくれたのじゃ。役者によばれるうえは、纏頭《はな》のひとつもやらねば具合がわるかろう。そこで、いつのことであったか、わしは一張羅《ちょうら》の蚊帳《かや》を二朱でたたき売って、あいつを桐座にたずねていった。……あの能役者とは、そこの楽屋で逢ったのじゃ」

北斎はこぶしをかたくにぎりしめていた。

「能役者——というと、あの十郎兵衛爺さまのこと？」

「そのころは、爺さまではなかった。わしより四つ五つ上か。——能役者でありながら、狂言役者の絵をかいた。わしは文晁《ぶんちょう》にも歌麿《うたまろ》にも抱一《ほういっ》にも竹田《ちくでん》にも、あたまをさげぬ。じゃが、あいつの役者絵だけには、たたきのめされたわ。あいつの絵のなかの人間は、くやしいが、わしのかく人間よりも生きておった！」

老人は、ふかい溜息をついた。

「ふしぎな男じゃ。あれが絵をかいたは、たった一年足らずであったろうか。それから、あの男は消えた。そのわけは知らぬ。死んだという噂もきかなんだが、あとになって、死んだかと思うておった。とにかく、あの男は、暗い海の流れ星のようにひかって、それっきり、この世から消えてしまったのじゃ。……」

「北斎さま」

「薫、お前、投込寺の墓守の番小屋をみたことがあるか？」

「そんなこと、ありんせん。……」

「いってみろ、小屋の壁じゅう、絵だらけじゃ。わしはこのあいだあの爺さまを追っていって、中をのぞいたのじゃ。爺さまはいなかったが、わしはその壁をグルリと見まわして、あっと息の根がとまった。忘れるものか、忘れてなろうか、暗い銀色の雲母摺《きららずり》に浮きあがった濃墨の線、まさしく三十年前の役者絵が生き生きと――」

と、いいかけて、恐怖にみちた顔をふり、

「いいや、役者絵ではなかった。おなじ筆法だが、幾十枚ともしれず、それは、みんな死んだ遊女の絵であった！」

なんともいえない鬼気におそわれて、薫とさくらはおびえたように立ちあがった。

北斎は魂の底からこみあげてくるようにうめいた。

「あいつは、わしより生きた人間をかいた。そしていま、わしなどのはるかにおよばぬ筆で死びとをかいておる！」

「北斎さま。……」

「だれもしらぬ。わしだけが知っておる。いや、後の世がかならず評判するじゃろう、いまの世に、この北斎以上のえらい絵かきがおったとな。……」

「北斎さま、あの爺さまは、ほんになんとおっしゃるお方でありんすえ？」

北斎はふかく息を吸いこんで、刻《きざ》むようにいった。

「東洲斎写楽《とうしゅうさいしゃらく》。――」

早桶や禿一人が見送りて

やがて来るものの影をおそれるように北斎が去ってから、ながいあいだ薫は襟に手をさしいれて、たたずんでいた。

やがて、さくらにうながされて見世に入ってから、彼女は亭主の半左衛門に、妙なことをたのみこんだ。まもなく西方寺から屍骸をひきとりにくるのだが、その死人、寒河雲泉の死に際して、北斎が津軽越中守へ渡してやってくれと自分に託したものがある。これを今夜のうちに、津軽邸に自分からとどけにゆきたいというのである。

「こんな夜に」

と、亭主が眼をむくと、

「今夜でなくば、仏が浮かばれぬような気がいたしんす」

と、物思わしげにいった。

遊女が大名の屋敷に推参するなどきいたこともないが、しかしただの大名ではない。いくどかこの廓に通って、薫にぞッこん惚れている津軽侯である。それに、用も用だし、亭主はうなずいた。

その夜、松葉屋から、野分と絵師の屍骸を入れた二つの早桶がそっと出た。そして大門のところで、さきにいって待っていた薫が駕籠にのり、さくらがこれにしたがった。一方は西方寺へ、一方は本所三つ目の津軽屋敷へゆくのだが、偶然途中がおなじになったのである。

雨気をふくんだ星のない夜のことで、人通りの絶えた日本堤《づつみ》のまんなかで、突然、駕籠のなかですすり泣きがおこった。

「花魁、どうおしんしたえ」

と、さくらがきくと、

「ここまで同行したのも、よほど前世から縁のふかいひとにちがいんせん。もういちどつくづくと野分の顔を見とうありんすにえ」

と、薫は泣きながらいった。

そして、やおら駕籠から出ると、二人の駕籠かき、四人の早桶かつぎ、それに西方寺から迎えにきた鴉爺いの十郎兵衛に、ちょっとそこの茶店で酒でものんでいておくれといって、酒代《さかて》をくれた。

そうときいて、鼻のあたまに皺《しわ》をよせてうれしがる鴉爺いを、薫はじっとながめていた。

駕籠と二つの早桶を、手ぢかの無人の茶店のよしずのかげに置くと、彼らは嬉々としてとなりの店に入っていった。

飲むことなら、仕事の前後をとわない手合だが、それでもやはり早桶が気にかかるとみえて、案外はやく彼らは赤い顔でもどってきて、礼をいった。

「たっぷり、新造と別れを惜しみなさいやしたかえ？」

と、ひとりが歯をむき出して笑うと、さくらは涙顔でコックリうなずいた。薫ももはや心みちたか、すでに駕籠のなかにかくれて、ひっそりとしていた。

本所にゆく駕籠とさくらをさきに送って、二つの早桶はすぐに日本堤東はずれの西方寺に入った。

読経《どきょう》も回向もない。早桶はすぐ墓地にかつぎこまれる。穴はすでに十郎兵衛の手で掘られていて、屍骸をなげ入れて埋めるのも彼の役である。というより、なぜかこの老人は、むかしからその仕事をひとりでやりたがった。

「爺さん、いいかえ？」

「うむ」

「じゃあ、たのんだぜ」

と、四人の早桶かつぎは、桶を穴のそばにおいたまま、足早に立ち去った。さっき花魁からもらった酒代《さかて》がまだたんまりのこっていたからである。

その夜ふけ、日本堤をかえってきた駕籠が途中でおろされた。その傍に薫とさくら、そして二人の駕籠かきが立って、おびえたような眼で、うしろの空をふりかえった。

その門前をいま通りすぎてきた西方寺の甍《いらか》に垂《た》れさがった雨雲が、ドンヨリといもりの腹みたいに赤い。

その方で、遠くわあああというさけび声がきこえたかと思うと、木の葉みたいにとんできた一つの影が、

「火事だ」

「どうした？」

と、こちらから声をかけると、

「なに、大したことはねえ、投込寺の墓番の小屋がやけてるんだ」

とさけんで、さきに廓の方へかけぬけていった。会所に知らせにいったらしい。

陰気な雨がふり出して駕籠はいそいでかつぎあげられ、そのあとを追った。

西方寺の墓番の小屋は全焼した。なぜ燃えたのかわからなかったが、それは誰かもいったように、たしかに大したことではなかった。

しかし、同時に、墓地であの鴉爺いが死んでいることが発見されたのである。これもなぜ死んだのかわからない。老人は、埋めたばかりの土の上に、蜘蛛《くも》みたいに小さくまるくなって、うごかなくなっていた。顔をあげさせると、きんちゃくのような口のはしから、血がたれていた。しかし、それも結局大したことではなかった。鴉が一羽、地におちたようなものだと人々は考えたのである。

「てめえの死ぬ匂いはわからなかったのかな」

と、誰かがいって、みな笑った。

## おもしろや花間笑語の仲の町

半年ばかりたって、春風に浮かれたように葛飾北斎は飄然《ひょうぜん》として津軽屋敷にあらわれて、たのまれもしないのに、上機嫌で『群馬野遊之図』を描いた。――その屏風一双は、いまも津軽元伯爵家につたわっているという。

しかし、そのとき北斎は、ふと妙な話を耳にしたのである。

笑い絵を口にくわえた屍骸。

津軽家では噂のひろがるのをおそれて秘密にしているらしかったが、半年ほどまえの或る雨の夜、鉄金具もいかめしいその表門に、ひとつの屍骸がよりかかって坐っていたというのだ。しかもその屍骸は、一枚のみごとな枕絵を歯にくわえていたというのだ。――それがどうやら、そのまえに扶持《ふち》をとりあげられた御抱絵師だったらしいときいて、北斎の顔いろがしだいに変った。

その宵、北斎は吉原へ出かけて、おりよく仲の町で、高い駒下駄をはいた揚屋がえりの花魁薫をつかまえた。

ちょうど夜桜の季節である。仲の町の中央は、青竹の垣でかこって山吹をうえ、そのなかに植えこまれた数十本の桜と、それに数倍する雪洞《ぼんぼり》が相映じて、この世のものならぬ花の雲、灯の波にゆれていた。

その花と灯のかげで、北斎は薫に息ざし迫ってささやいた。

「薫」

「まあ、北斎さま。おひさしゅうありんすねえ」

「ききたいことがある。あの晩、投込寺へいった二つの早桶には、何が入っていたのじゃ？」

「あの晩……？」

薫は大きな瞳をいっぱいに見ひらいて、北斎を見かえして、それからひくく平然とこたえた。

「あの晩でおざんすか。——一つは野分、一つは……わたし」

「では、津軽家へいったのは？」

「さくらと、あの絵師さまのむくろ。……駕籠から出てきたのが屍骸と知って、ほ、ほ、かついでいった駕籠かきはひっくりかえったそうでおざんすが、さくらが、ここまでくれば罪はおなじといいふくめ、お仕置よりこの方がよいでありんしょうと小判をやって口を縫いんした。……そのかえりに、西方寺から出てきたわたしをのせてかえったのでありんす。……北斎さま、どうしてそれがわかりなさんしたえ？」

「わからぬわい、薫、お前、投込寺で、な、何をしたのじゃ？」

「鴉爺さまをあやめ、絵を焼きんした。……」

まわりは、どよめく人の波、渦、流れであった。そのなかに、ささやくような問答をつづけていた北斎の声は、このとき、思わずひッ裂くばかりに大きくなった。

「な、なぜだ？　薫、あれは——あれは天下に絶する大絵師であったのだぞ！」

「わたしは、鴉爺いと思っておりんした。……」

薫の声は、依然としてもの憂げにつぶやくようだった。

そして、それっきり、彼女は唇をやわらかくとじて、ウットリと万朶《ばんだ》の花を見あげていた。

理由はそれだけなのか。実に、そうなのだ。彼女があの大天才を闇から闇へ、永遠に消し去ったのは、ただそれだけの動機なのであった。

しかし、茫然と口をあけたままの北斎を駒下駄のうえから見下ろすと、やがてこの恐るべき誇りにみちた遊女は、あわれむように笑いながらいうのだった。

「わたしはひとにだまされるのは好きいせん。ひとさまのてれんてくだはいやでありんす。……」

「ば、ばかめ！　だれがお前をだました？　だれがお前をてれんてくだにかけた？」

「あの爺さまは、わたしの意地と張りに恥をかかせんした。……」

薫の双眸《そうぼう》にかがやく灯の光芒《こうぼう》に吸いこまれて、この刹那北斎は、ふとまた魔のような芸術的意欲にとらえられていた。

夜桜の下で、青い竹垣にもたれかかった禿のさくらは、このあいだちらッちらッとこちらに可憐なながし目をくれながら、うたうように、長く尾をひいてつぶやきつづけていた。

「おいらんがいっちよく咲く桜かな。……おいらんがいっちよく咲く桜かな。……おいらんがいっちよく……」

# 願人坊主家康

南條範夫

「慶長十七年壬子《みずのえね》八月十九日、（中略）御雑談の中、昔年御幼少之時、有二又右衛門某と云者一、銭五百貫奉レ売二御所一之時、自二九歳一至二十八九歳一、御二座《おわす》駿河国一之由令レ談《かたられ》給、諸人伺候皆聞レ之云々」

——駿府記——

一

後奈良帝の御宇《ぎょう》、天文の頃、駿府今川氏の居城の東南に、少将井ノ社《やしろ》と言う神社があり、その社前の地域は、宮の前町と呼ばれていた。

土地が低く、湿地が多く、雨が降れば、忽ち屋内に水の流れ込む細民街である。

ここに住んでいた者は、主として、簓《ささら》者と呼ばれた一団である。

男は、多くは、近くにある牢獄の雑役をつとめる傍ら、灯心・付木《つけぎ》を売るのを生業とした。

女子は、笠の上に裏白《うらじろ》の葉としめを付けたものを被り、破竹《ささら》の八寸《すん》許りのものを叩いて拍子をとり、市中を回って、銭を乞うたが、年をとると比丘尼《びくに》になり、戦陣に付いていって、生首を洗ったり、その首に化粧をさせたりする役をつとめた。

一般の社会からは、別扱いにされていたことは言う迄もない。

この頃、お万と言う沼津辺の貧家の娘が、城下の富士市《いち》に売りに出され、この簓者の七右衛門と言う男に買われた。

七右衛門は、簓仲間では、最も勢力と財力のある男だったが、非常な色好みだったので、仲間の娘はどれも気に入らず、さりとて、一般の家からは嫁に来る者がある筈はないので、人買市に行って、美女を物色し、お万を手に入れたのである。

お万が、於大《おだい》と言う娘を産み落としてから間もなく、七右衛門は病死した。

お万は比丘尼となって、源応尼と言い、仲間の人々に助けられつつ於大の養育に苦しい日を送ったが、たまたま沼津から甥の大河内源三郎が駿河城下にやってきたのに会い、その援助を得るようになってからは、どうやら一息つけるようになった。

於大は、母の若い時に似て、美しい娘に成長した。

天文十年、武田信虎が、実子晴信（信玄）に逐《お》われて駿河にやってきた年のことである。源応尼は、源三郎に向かって、前々から秘かに考えていたことを、口に出した。

「どうじゃな、源三郎、於大を嫁にせぬか。ささら者と言うても、わしは、もともとこの仲間の者ではなし――」

遠慮勝ちに言う叔母の顔をみて、源三郎は、手を振った。

「だめ、だめ、だめじゃ」

「やはり、駄目かの」

源応尼が、がっかりしたように言うと、

「いや、叔母御よ、考え違いしては困る。於大がいやだと言うのではない、於大には、もう、情夫《おとこ》がいるのじゃ」

「えっ、まことか、それは――誰じゃ、その対手《あいて》は」

「松本坊じゃ」

と、源三郎が答えるのを聞いて、源応尼は、複雑な表情になった。

江田松本坊と言うのは、少し前、下野国《しもつけ》から城下に流れてきた祈禱師《きとうし》で、城中の武家たちにもかなり信用され、なかなか繁昌している。同じ宮の前町ながら、源応尼の住んでいる処からは、二町ばかり離れた処に居住していた。

「叔母御よ、どうした。松本坊ならば、文句はあるまい。この源三郎よりは、ずんと上種《じょうだね》じゃ。於大も、よいところに目をつけおるわ」

嘘か真《まこと》か、江田松本坊は、下野国都賀郡の出で、新田義重の裔孫《えいそん》と称している。新田の支流に、江田、世良田《せらた》、徳川の三家のあることは、周知のところであった。

「新田の末裔などと言うのは、怪しいが、何れにしても、松本坊の符呪禁厭《おふだまじない》はよく利くそうじゃ。収入《みいり》も悪くない。於大の淫奔《いたずら》は、存外、ほめてやってもよいかも知れぬぞ」

年は若いが、苦労人の源三郎に言われる迄もなく、源応尼も、一応はそう考えたのだが、一人娘だけに、心配でもあった。

「それにしても、他国者は、油断がならぬ。殊に松本坊は、なかなか女子《おなご》好きじゃと聞いている」

「はは、女好きじゃからこそ、鄙者の娘に手を出したのじゃ」

こうした会話があってしばらく後、於大は松本坊の家に移り、翌天文十一年暮《くれ》、国松を産んだ。

松本坊が、全く唐突に、姿を消したのは、国松が三歳になった時である。

「朝比奈殿の館に、祈禱にゆく」

と言って、朝方、家を出たきり、二度と戻って来なかった。

「あれは、北条家の間者《かんじゃ》だったらしい」

などと言う取り沙汰もあった。

於大は幼児をかかえて、忽ち、衣食に窮した。みかねた源三郎が仲に立って、於大は、石田村富士見馬場の久松土佐と言う老人の許に、再嫁した——事実は、妾になったのである。

土佐との間に子供が生まれると、於大は、土佐に気兼ねして、国松を、宮の前町の老母源応尼の許に送って、養育を頼んだ。

源応尼は、源三郎と共に、国松を愛した。

少年国松は、骨格逞《たくま》しく、健康であったが、容貌醜《みにく》く、背丈が低く、ややどもりであった。

少年は、ささら仲間の悪童たちと一緒になって、清水山で木攀《きのぼ》りをやり、安倍川で水泳ぎをし、八幡山で椎《しい》の実を漁《あさ》り、軍神森で合戦ごっこをして遊んだ。

或る日、源三郎が、源応尼に言った。

「叔母御、国松は、なかなか偉い児じゃぞ。仲間と遊んでいるのを見ておると、ちびの癖しおって、一番落ち着いておるし、年上の者まで、何となく手下にして、指図しおる」

「お前のひいき目じゃ、あれはどもりじゃから、余り物を言わんので、落ち着いとるように見えるのじゃろう。それに、小さい割に力があるので、年上の児も怖れるのじゃ」

「いや、それればかりではない。どこか、違うた処がある。このまま、ささら者にしてしまうのは惜しい、学問でもさせてみたらどうじゃ」

「と言うて、この暮らしでは、そのようなゆとりはない」

「なに、寺に入れてしまうのだ。寺で学問に励《はげ》めば、どのようなえらい上人《しょうにん》さまにもなれる。ささら者では、このまま一生埋れてしまうぞ」

国松が、東照山円光院と言う浄土宗の寺に入れられるようになったのは、こうした話し合いの結果である。

国松は剃髪《ていはつ》して、名を浄慶《じょうけい》と改め、住職智短《ちたん》上人から、経文《きょうもん》と、文字を読み書きすることを教えられた。

小坊主浄慶は、頭を円めても、依然、従来の悪童ぶりをやめない。しばしば、いたずらを仕出かしては、智短和尚にひっぱたかれたが、とうとう大失策をやってのけた。

慈悲尾山増善寺に使いにやられた時、山門内で、小鳥を捕えて、丸焼きにして、喰っているところを見つかってしまったのである。

寺内は固《もと》より殺生禁断、まして増善寺は、国主今川家の菩提寺《ぼだいじ》である。

智短和尚は、浄慶を寺から逐った。

浄慶、時に九歳。老祖母源応尼の暮らしを知っているだけに、今更、のこのことそこへ戻ってゆく訳にもゆかない。

乞食坊主となって、巷《ちまた》をさまよい歩いている中に、又右衛門と言う悪党にだまされて、青銅五百貫を以て売り飛ばされた。

買ったのは、宮の前町の願人《がんにん》酒井常光坊である。

願人と言うのは、妻帯肉食の修験者《しゆげんじや》で、諸国をめぐって加持《かじ》祈禱を行なうのを表向きの職業とした。

が、駿河城下の願人は、そのほかに、秘密の職業を持っていた。

今川氏の隠密《おんみつ》役である。

隣接する猿尾町に住む猿回しその他の陰陽師《おんようじ》、説教者などと共に、今川家のために、諸国をめぐって、その動静を偵察するのだ。

浄慶は、常光坊に従って、九歳から十九歳に至る十年余、駿・遠・甲・信・豆・相の、至るところの山野を跋渉《ばつしよう》し、城池を窺《うかが》い、人情風俗を実地についてたしかめた。

この間に得た知識は、彼の終生の財産となったが、彼は、同時に、それ以上のものを、この時につかんだのである。

それは、戦国の世に生まれて、卓越した才幹を持つものが、必ず抱くべき青雲の野望であった。

ささら者出身と言う抜き難いインフェリオリティ・コンプレックスを、彼は、この期間に完全に克服したのだ。

彼に、その克服をなさしめたものは、彼が現実に、各地で目にし、耳にした事実であった。

「伊勢の一浮浪士も、時運に際会し、知謀を逞《たくま》しくすれば、倏忽《しゅくこつ》の間に一城の主となり、一代にして武相の覇者となれるのだ。京の油売りも、知と胆《きも》とさえあれば、美濃《みの》の主権者となれるのだ」

小さな古編笠《ふるあみがさ》を被り、紺麻の破れ法衣《ごろも》をまとった短軀醜面の願人坊主は、野宿の夜に星を仰いで、赫々《かくかく》たる未来を想い描いた。

十六七歳の頃からは、回国を終えて駿府に戻ると、各地の事情を報告する為に、城内にゆく度に、細心に、城中の様子を探った。

なかんずく、彼の異常の注意を以て探ったのは、岡崎城主松平元康と今川家との関係である。岡崎は、彼の回国中、最も屢々《しばしば》足をとめた地域であった。

遂に彼は、自分のよき理解者である源三郎に、その野望を打ち明けた。

「おれは、三河の岡崎城下で、いや、三河一帯至るところで城主元康に対する不満を耳にした。元康の家中は、完全に二つに割れている。元康始め、老臣酒井将監《しょうげん》たちは、今川家に頼って、松平家の安全を保つことに汲々としているのだ。その為には、嫡子《ちゃくし》竹千代を人質として送ってきているし、今川家の命令とあれば、何事も、犬のように這いつくばって、唯々諾々《いいだくだく》と聞いている。若い連中は、これに不満で堪《たま》らない——先代広忠、先々代清康は、もっと気概《きがい》をもっていた。必ずしも、今川家の言う事許りに従ってはいない。自分たちも今川の手から脱して、独立したい——と考えている。そして、その為に、むしろ、織田家と手を握りたいと思っている」

突然、燃え上がるような激しい口調でしゃべり出した浄慶の様子に、源三郎は驚かされた。

「三河の松平家の内輪が、二つに割れていることが、お前に何の関係があるのだ」

「おれは、伊勢新九郎長氏（北条早雲）や、斎藤道三のやったことを考えているのだ。岡崎の内紛をうまく利用すれば、岡崎城を乗取れるのではないか」

「こいつが——」

源三郎が、しばし啞然として、浄慶の顔をみつめていたが、戦国魂は、この源三郎と言う落魄の男の胸奥《きょうおう》にも、半ば眠りながらも、潜伏していたのであろう、大きくうなずいて、

「途方もない事を考える奴だ。だが、できぬ事ではないかも知れぬ。しくじっても、もともとだ」

「そうなのだ。だが、おれは必ず成功してみせる。この土地で、本当に信頼できる同志を二十人も集めさえすれば、あとは、何とかしてみせる」

「よし、その二十人は、おれが引き受けよう」

浄慶が、どのような秘策をその醜怪な頭脳の中に作りあげていたのか分からぬ。

源三郎は、浄慶と同じ年頃の、覇気《はき》と野心に溢れた巷の青年たちを、少しずつ手なずけて、同志としていった。

浄慶は、三河方面に頻繁《ひんぱん》に出向いて、何事かを、何者かに遊説《ゆうぜい》して回った。

永禄三年春、浄慶は、待望の時機が、遂にやってきたと判断した。

ひそかに還俗《げんぞく》して、自ら世良田二郎三郎元信と名乗ったのは、この頃である。世良田姓を称したのは、自分を棄て去った父が新田氏の裔だと聞いていたからで、酷薄な父の姓江田をとらず、同じ新田の支流である世良田を称したのだ。

元信は、言う迄もなく、当時の二雄将、今川義元と織田信長の名にあやかろうとしたからに違いない。

秘略は、既に充分に練《ね》られていた。

布石は、既に手落ちなく打たれていた。

餌食《えじき》として狙《ねら》われたのは、岡崎城主松平蔵人元康の嫡男竹千代である。

二

三河国岡崎の領主松平元康は、天文十八年、年僅かに十二歳で、父広忠の跡をついだが、今川、織田両雄の間に介在して、独力で領国を保つことは到底出来ない。

今川氏の幕下《ばっか》に属し、義元の媒妁によって、関口刑部少輔《ぎょうぶしょうゆう》氏広の娘瀬名姫（後の築山殿）を妻に迎えたが、織田・今川両家の関係が悪化するに伴い、今川家への忠誠を証明する為、瀬名姫とその間に生まれた竹千代とを、人質として駿府城に送った。竹千代時に年二歳である。

義元は、これを城の西北、宮ヶ崎の邸に置いて、看視した。

だが、この竹千代の乳母として傭い入れられた豊満柔和《にゅうわ》な女性が、大河内源三郎の妻であり、世良田元信の手先であったことは、今川家中は勿論、誰一人として気づくものはなかったのである。

永禄三年四月、義元は、宿願の上洛を果たそうとして、駿・遠・参の大軍に出動命令を下した。

岡崎城主元康が、その先鋒の一人として、織田勢の囲む大高城の救援を命ぜられたことは、史書の記す通りである。

しかし、この元康は、史に伝える如き、今川氏の質子《ちし》竹千代の成人した人物ではない。竹千代は、未だ三歳、上述した如く、この時駿府宮ヶ崎の邸で、裏切者の乳母の乳を吸っていたのだ。

その幼児竹千代が、忽然として、何人かの為に誘拐《ゆうかい》されて、姿を消した。

出陣を眼前に控えて、繁忙を極めていたとは言え、今川家も、大切な質子の喪失には、狼狽した。

捜索の手は、城下を隈なく探り、遂に、願人浄慶、今は世良田二郎三郎と名乗る無頼の徒が、乳母を手引きとして盗み出したものであることを突きとめた。

宮の前町の源応尼、その甥大河内源三郎、二郎三郎の実母於大とその良人久松土佐、二郎三郎の主人酒井常光坊らは、悉く捕えられたが、肝心の二郎三郎元信と、盗まれた竹千代の消息は、杳《よう》として知れない。

元信は、充分の手筈を定めておいたのだ。夜に乗じて、竹千代を葛籠《つづら》に入れ、同志と共に、これを擁して、大崩れの石田湊に走り、ここで船をやとって、遠州掛塚の浦に赴き、かねて連絡してあった鍛冶師服部平太の家にひそんだのである。

　この地を根拠にして、元信は、東三河である渥美《あつみ》半島を縦横に走って、同志をつのった。

　大義名分は、ととのえていた。

「岡崎城主松平元康、暗愚にして、今川家の走狗《そうく》となり、下僕の如く駆使されている。われわれは、幼君竹千代を奉じて今川の軛《くびき》を脱し、織田家に頼って、松平家の独立と繁栄とを図らんとするものである」

　と、言うのだ。

　岡崎の城中にも、領内にも、今川に心を寄せるものと、織田に心を傾けるものとは、相半ばしている。

　元信は、これを狙ったのだ。

　一家の内訌《ないこう》、重臣の相剋《そうこく》、君臣の離反こそは、外来の徒が、赤手空拳《せきしゆ》を以て、その実権を奪取する好機であることを、北条氏が今川家に於て、斎藤氏が斎藤家に於て、実証してくれている。

　そのような内訌相剋離反があれば、最もよくそれを利用し、もし充分に顕著でなければ、これを激発することこそ、風雲児が野望を達成するための第一の前提なのだ。

　元信は、願人として回国中、松平家にその兆候が充分にあることを知った。

　不平の徒にとっては、無限の可能性を約束する幼児竹千代が、駿河に質子として養われていることそ、願うてもない好機である。

元信の全知力は、この餌《えさ》を利用して、岡崎家中を分裂せしめ、その実権を奪取する陰謀に向かって傾注されたのである。

果然、今川家の傲慢《ごうまん》横暴と、元康の卑屈とにあきたらぬ連中は、竹千代に惹《ひ》かれて、続々と世良田元信の許に集まってきた。

古橋宗内、内藤与兵衛、本橋金五郎、阿部四郎五郎など、駿府から元信に従ってきたもののほかに、酒井忠次、石川右近、内藤正成、平岩親吉《ちかよし》等、元康の家臣で親今川政策に不満の武士たちが、元信の奉ずる竹千代の傘下《さんか》に集まった。

特に東三河一帯に蟠踞《ばんきょ》していた大久保一党が、大挙して参加してきたことは、元信を力づけた。

同じ東三河の素封《そほう》家であり、古くから松平家に属しながら、反今川派であった鳥居忠吉は、竹千代に謁《えつ》して、

「我倉庫には軍糧が充分に貯えてあります、どうぞ良士を養い、松平家の威名《いめい》を回復して下さい」

と涙を流して悦んだ。

元信は、これらの同志を率いて、井伊氏の守る浜松城を襲い、城下の大安寺に火を放った。

城兵が驚いて門を出ると、元信らの一隊は、すかさずつけ入って城内に突入し、一夜にして、これを占領した。

永禄三年五月六日である。

　この同じ日、元信の竹千代奪取に激怒した今川義元は、源応尼を狐ヶ崎の河原場に引き出し、出陣の血祭りとして斬首した。

　源応尼斬首の報を、浜松城内で耳にした元信は、唇を噛んで、うめいた。

「畜生め、このおれの手で、今川の一族、根絶やしにしてくれるぞ」

　実際には、彼は、今川一族に対して、更に痛烈な復讐《ふくしゆう》をした。後年《こうねん》、彼は、今川家を亡ぼして、その領土を奪ったのみならず、かつては、雲の上の人の如く仰いだ義元の嫡嗣《ちやくし》氏真《うじざね》を、己れの家臣とし、しかも最も無力な幇間的存在として、終生蔑視《べつし》したのだ。

　五月二十日、義元の戦死によって、今川の大軍は完全に崩れ去った。

　敗走の将兵は、怒濤の退くように、三河から遠江、更に駿河へと流れ、沿道の諸地方は、名状すべからざる大混乱に陥った。

　今川方に誼《よし》みを通じていたものは、

「織田勢は、勢いに乗じて、三河から遠江に攻め入るだろう、一体どうしたらよいか」

と、思いがけぬ義元の死に、途方に暮れた。

　竹千代を奉じた世良田元信にとっては、絶好の機会である。

　直ちに部下を率いて浜松を発して三河に入り、豊川の沿岸を溯《さかのぼ》って、八名《やな》郡中島郷に山砦《さんさい》を構え、織田方の旗幟《きし》を明らかにして、その近郷《きんごう》を掠奪《りやくだつ》した。

　菅沼新八郎を攻めて菅沼郷、田峰郷を手に入れ、設楽《しだら》ノ加茂の隘路《あいろ》を超えて西加茂郡に入って鈴木重教の守る寺部城を襲い、更に、梅ヶ坪、挙母《ころも》、広瀬、伊保の諸城を攻めて、所々に火を放った。

元信が狙ったのは、岡崎城主松平元康が、この挑戦に応じて兵を出してきたならば、一戦してこれを敗り、竹千代を抱いて、岡崎城に乗り込もうと言うことである。

元康は、勿論、この挑戦に応じた。

戦国の慣いには、親も子もない、兄も弟もない。我が子竹千代を看板にして、自分の地位を脅《おびや》かそうとする叛賊を、放置《ほうち》しておくことは出来ないのだ。

元康は、大軍を発して、元信に襲われている諸城を援け、元信の軍を逐って、尾州石箇瀬《いしがせ》で、大いに闘った。

寄せ集めの軍兵《ぐんぴょう》の悲しさ、元信の軍は、二度闘って、二度敗れ、元信以下の同志は、辛うじて、戦場を離脱し、山野に身をひそめ、野武士の群れに脅かされ、飢渇《きかつ》に苦しみつつ、七八日を経て、漸く、遠州掛塚の、竹千代の隠れ家《が》に辿りついた。

追跡の手は、きびしい。

元信は、再び、願人姿に身をやつし、竹千代を伴って、織田信長の許に逃れようとした。

潮見阪近辺で、追手の兵に追われて危なかったが、どうやらきり抜け、三河田原の領主戸田康光及び五郎父子の助力によって、舟便を得て、伊勢に渡り、更に熱田に至って、加藤忠三郎の家に、身を休めることが出来た。

酒井、阿部、石川らの同志は、直ちに竹千代を清洲に伴って、信長の助けを乞うべきことを主張したが、元信は、待てと、これを押えた。

「今、この姿で、竹千代君《ぎみ》を奉じて清洲に赴《おもむ》けば、われわれは、敗亡流残の極、已むなく脱れてきた窮鳥として、わずかに餌を与えられるに過ぎぬ。同じ売りつけるものなら、多少でも、体裁をととのえて、高く売りつけよう」

「どうするのです」

「水野下野《しもつけ》に、口を利かせるのだ」

参尾両州の境に接する刈谷城の水野下野守信元は、岡崎松平の姻戚《いんせき》であるが、早くから、織田家に誼《よし》みを通じている。

元信は、これに戸田五郎を使者として送った。

「今川氏敗亡後、松平家は、去就に迷っているに違いない、恐らく、ただ従来の行き掛かり上、急に織田家と結ぶことができないのであろう。貴君こそ、松平氏の姻戚として、調停者となり、松平織田両家を結ばしむべき最適任者である。松平の儲君《ちょくん》竹千代を織田家に質子として送って説得すれば、恐らく、織田家に於ては何の異存もあるまいと思われるが如何」

水野信元は、直ちに快諾《かいだく》し、竹千代を伴って、自ら清洲に赴き、信長に説いた。

信長からは、岡崎に向かって、交渉する。

ただし、その交渉は、極めて高圧的であった。

「爾今《じこん》、今川の手を離れ、当家と和すべし、同意なくば、竹千代の命なきものと知られたし」

このような無礼な言は、戦国武士の甘受できるものではない。因循《いんじゅん》な元康も、憤激して、痛烈な返事を送った。

「義元公歿しても、尚、氏真は健在である。我家と今川家との多年の旧誼《きゆうぎ》は、到底、今、にわかに棄つるを得ない。竹千代の命は、御自由になさるがよい」

信長は激怒して、竹千代を殺そうとしたが、側近にいさめられた。

「今、竹千代を殺せば、松平家とは、永久に敵となります。助けておけば、いつかは、味方になることもありましょう」

信長は竹千代を、名護屋万松寺天王坊に拘置する一方、水野信元に命じて、岡崎方の諸城を攻撃させた。

岡崎城内の反織田熱を知る元信は、和睦の成立は期待していなかった。彼が待望したのは、信長が、その戦勝の全軍を率いて岡崎城大攻撃を敢行することであった。

彼は、その際竹千代を立てて、その先鋒となろうと考えたのである。

だが、冷徹狡知《れいてつこうち》の信長は、水野勢を出動せしめただけで、麾下《きか》の将兵は、ただ一騎も、出さなかった。

元信の目算は、完全に、外れた。

三

梟雄《きようゆう》世良田二郎三郎元信は、未曾有の窮地に陥《おとしい》れられた。

僅かの同志とともに、他郷に流浪し、頼るべき何ものもなきに至ったのである。

青雲の野望は、全く挫折したかに見えた。

窮地に陥《おちい》れば陥るほど、ますます気力を揮《ふる》い起こし、奇略をめぐらす元信の真価は、しかし、この時に、遺憾《いかん》なく発しられた。

彼は、落胆の極にある同志に向かって、奇想天外なことを言い出したのである。

「やむを得ぬ。岡崎の元康に降伏を申し入れよう」

「ええッ」

さすがに、一同は、唖然とした。

驚愕の一時が過ぎると、阿部新四郎が、おぼつかなげに呟いた。

「元康の殿が、受け入れてくれるでしょうか」

「大丈夫、成算がある。織田家に向かって強い事を言ったものの、岡崎城中には、不安の思いが漲《みなぎ》っているだろう。この際、われわれ、反今川方とみられている者が、こぞって、岡崎方に復するならば、久しく二つに割れていた松平家中は一本になり、岡崎城の力は倍加するのだ」

岡崎城主松平元康に向かってなされた世良田元信らの降伏提案は、次の如きものであった。

「われわれが、儲君《ちょくん》を奉じて殿に手抗《てむか》い致したのは、織田家と結んで、松平家の独立と勢威とを固めたいと存じたからに他なりません。しかし、織田家の暴慢《ぼうまん》なること、今川家以上である事が明白になった以上、われわれも殿の下に一致団結して、松平家を護りたいと思います。今迄のお詫びのしるしに、われわれ一手を以て、加茂郡山中城を奪って御覧に入れます。しばらく山中城をわれわれにお預け下さらば、織田勢を喰いとめて、一歩も三河の地へ入れないようにしてみせましょう」

元康は、老臣酒井将監《しょうげん》に相談した。

「不埒《ふらち》な奴らだが、何と言っても、家中が二派に分かれて、親と子を別々に押し立てて争っているのは、まずい。この際、目をつむって彼らの申出《もうしいで》をきいてやって、家中一本になるのがよいと思うが――」

「されば、私も、左様に存じます。それに、かの世良田元信なる男、素姓不明の者ながら、抜群の才幹《さいかん》あることは疑いありませぬ。彼を、手なずけて、殿の部下としてしまえば、大きな拾いものになるかも知れませぬ」

「うむ、少なくも、差し当たり、彼奴《きやつ》らの手だけで山中城を奪ってくれれば、三河の防備上、頗《すこぶ》る有利となることは間違いないな」

「要するに、得る処多くして、失う処のない申出、受け入れてやりましょう」

主従は、この甘い見透しが、どんな結果を齎《もたら》すかを深く考えることもなく、元信の降伏を受諾した。

降伏を受け入れられると、元信は、伊勢から三河に奔走して、分散した同志を集め、新しい味方を募《つの》った。

百姓でも猟師でも、身分は問わぬ、立身功名を望む者は、馳《は》せ参ぜよ――と触れて、屈強の若者、浮浪の士など三百余名を集めることが出来た。

　このにわか集めの兵を率いた元信は、山中城を急襲して、容易にこれを手に入れた。

　昨日まで、頼りとしていた織田方は、今や仇敵である。これを襲って、松平家に対する忠誠を示さなければならない。

　元信の一党は、広瀬の城主三宅左衛門を払楚坂に破り、沓掛城主織田玄蕃亮《げんばのすけ》信平とその城下に闘い、さきに調停を依頼した水野信元とさえ十八町 畷《なわて》で激闘して、大いに破った。

　元康が、世良田元信の手腕をますます高く評価するに至ったのは、当然である。

　ちょうどこの時、奇妙な流言があった。

　信長が死んだ――

　と言うのである。

　桶狭間の快勝以来、全く鳴かず飛ばず、清洲城内に屏息《へいそく》している信長の身辺については、近辺の諸国は何れも、不気味な不安感を持っていたので、このような流言となったのであろう。

　元信は、元康にすすめた。

「噂の真疑は知らず、織田方の逼塞《ひっそく》しているように見えることは確かです。この機を逸せず、一挙に清洲を襲えば、桶狭間での彼の獲たと同じ奇効を収めることが出来るでしょう」

　将監もこの案に賛成した。元康は乾坤一擲《けんこんいってき》を覚悟し、一万の大軍をこぞって尾州に発向し、森山に陣を取った。

　時に永禄四年十二月六日――何人も思いもよらなかった椿事《ちんじ》の勃発したのは、この陣中である。

陣中にあった重臣阿部大蔵定吉が、水野信元に通じて、裏切りするとの雑説が流れたので、定吉の子弥七郎は、大いに憂悶《ゆうもん》していた。恰《あたか》も、早朝、陣屋の中に馬が暴れ込んで騒動するのを聞きつけ、弥七郎は、父定吉が誅殺《ちゆうさつ》されるものと思い込み、村正の刀を抜いて、元康の背後から、ただ一太刀で斬り斃したのだ。

全軍は、大混乱に陥った。

織田方の未だこれを知らぬのを幸いに、各武将は、各々我勝ちに兵をまとめて、倉皇《そうこう》として引き揚げ、目もあてられぬ醜状を呈した。

辛うじて軍を退いたものの、岡崎城中は、火の消えたよう。老臣たちが相談した結果、元康の急死は固く秘したまま、とりあえず、松平の一族である三木の領主蔵人信孝と、その弟十三郎康孝を推して、城の取りしきりをせしめる事にした。

元信は、一旦山中城に戻ったが、翌年二月、にわかに兵を起こし、岡崎城下に進み、城外の大林寺の良倪上人《りようげいしようにん》を介して、城将信孝、康孝に申し入れた。

「さきに人質として織田家に送った竹千代君は、にせものである。真の竹千代君は、今この軍中に奉戴している。岡崎城の正当の主は当然この竹千代君だ。諸君宜しく、力を合わせて、この幼君を守り、松平の社稷《しやしよく》を守ろうではないか」

思いがけぬ竹千代の出現に、主を喪《うしな》って途方に暮れていた城中は、欣喜《きんき》して、これを迎え入れた。

今や、元信は殊勲第一等の人である。

岡崎の実権は、自《おのずか》ら、彼とその同志の手中に帰した。

彼の宿願の第一歩は完全に達せられた。

――が、彼は、この時、更に、驚くべき手を打ったのである。

四

元信は、元康の旧臣たちを集めて、宣言した。

「竹千代君の成人されるまで、元康殿の横死は、飽迄《あくまで》も秘密に致しておかねばならぬ」

これには誰も一応、異存はなかった。だが酒井将監が直ちに反問した。

「それは当面の策としてはよいが、いつ迄も、殿が病臥《びょうが》と言う口実は通るまい」

元信が、にやりと笑って、答えた。

「元康殿の病は、間もなく快癒《かいゆ》される」

「なに、それは、どう言うことだ」

「この元信が、竹千代君御成人まで、元康殿の身代わりとして、行動するのだ」

「ば、ばかな、何を言う」

「そのほかに、方法はないのだ。織田、今川、武田に、三方から強圧されているこの松平を、立派に支えてゆく方法は、それ以外にないのだ」

将監始め、旧今川派の家臣たちは、驚愕《きょうがく》の思いに、しばし茫然としていた。やがて、気をとり直すと、憤然として、元信に喰ってかかったが、元信の駿府以来の同志と、元信について いた旧織田派の連中は、断乎《だんこ》として、元信を支持した。

彼らは、この時既に、元信の手腕に、絶対の信頼をおくようになっていたのである。

駿府の願人坊主世良田元信は、この日から、岡崎城主松平元康として、活躍を始めた。

その擬装《ぎそう》を、より完璧《かんぺき》ならしめるために、彼は、元康の室、築山殿を、名義上、自分の室とした。

「勿体なき事ながら、しばらく私の内室と言うことにして戴きます。勿論、名義だけのこと——何事も、竹千代君の御成人までの御辛抱です」

と言う元信の要求に、築山殿はうなずくよりほかなかったのである。従って、元康の嫡子竹千代は、元信の嫡子となった。

松平元康として、彼が最初にとった政策は、織田家との和睦《わぼく》である。

彼は、自ら清洲に赴いて、信長と和し、竹千代の妻として、信長の徳姫を貰い受けた。

一説によれば、この時、織田家の家中の者で、元康をよく知っている者があり、清洲に来た元信をみて、

「あれは松平元康どのではないぞ」

と囁《ささや》いたので、出迎えに出た織田家中の侍共が、一斉に騒ぎ出した。

とみるや、十四歳になった許りの本多平八郎忠勝が、大薙刀《おおなぎなた》を揮《ふる》って進み、

「三河より岡崎城主松平元康参着、何故に乱れ騒ぐぞ、無礼であろう」

と、大声で罵ったので、一同静まり、事なきを得たと言う。

信長が果たして、この自称元康を、にせ者と見抜いたかどうかは、不明である。たとえ、にせ者と看破《かんぱ》したとしても、結果は恐らく同じであったろう。

信長にしてみれば、対手が、元康であろうと、にせ者であろうと、問う処ではない。三河の実権者として、自分の背後を固めてくれる人物でさえあればよかったのだ。

織田家と結んだ元康即ち元信は、今川氏との関係を断絶した。元康の名は、今川義元が名付親となってつけたものであるからとして、家康と改めた。

外部からみれば岡崎城主松平蔵人元康が、家康と改名したものとしか思われない。その内容が、世良田元信にすりかえられているとは、知る由もないのである。

家康の眼前には、難問が山積していた。

その第一は、依然として鬱積《うつせき》している旧今川派の不満である。

彼らは、今や全く、名実共に岡崎城に君臨するに至ったこの忌々しい風来坊を、主君として奉戴することは、どうしても我慢がならなかったのだ。

松平家の老臣酒井将監が、反家康の陰謀の中心となったことは言う迄もない。

松平の一族である監物《けんもつ》宗次、三蔵信次、七郎昌人《まさんど》や、同志の本多弥八郎、蜂屋半之丞、石川半三郎らを集めて、密議をこらした。

「何と、このままでは、松平の家は、あの素姓の知れぬ悪党めに奪われてしまうぞ。竹千代君成人の暁には、政権をお返しすると言うているが、何の、きゃつ、そんな殊勝な心はありはせぬ」

「そうじゃ、このままでは、われわれ旧今川派の者は、日に日に追いつめられて、除《の》け者にされてゆくばかりじゃ」

「だが、残念ながら、城内の者大半は、きゃつに尻尾をふっている現状だ。何とか、よい方法はないものかな」

「名案がある。領内の一向宗門徒《いっこうしゅうもんと》を焚《た》きつけるのだ。上宮寺の僧徒は、寺内の籾《もみ》を徴発されて、ひどく憤っていると言う。門徒一揆《いっき》を起こすことに成功すれば、如何にきゃつと雖も、とても鎮め切れまい」

永禄六年九月、三河全土に亘《わた》って、猛烈な宗門一揆が起こり、岡崎城の重臣酒井将監以下多くの武士が、これに加担していると言う情報を受けとった家康は、

——しめた、これで、反対派の奴らを一掃できるぞ。

と、会心の笑《え》みを洩らした。

驚くべきエネルギーを以て、家康は、門徒一揆と闘い、片っ端からこれを粉砕していった。

叛乱半年余、一揆軍悉《ことごと》く敗れ、門徒の寺は凡て破却された。酒井将監は駿河に走り、本多弥八郎も加賀に逃れ、蜂屋、石川らは降伏した。全三河は、完全に、家康の実力の下に慴伏《しょうふく》した。

この頃から後の、家康の事跡については、正史に知られている通りである。

永禄十一年、家康は朝廷に奏して、徳川氏を名乗り、松平は、その一族の姓とした。

利をもつ対手だからである。

「信康は——除かねばならぬ」

と、家康は決心した。

中泉に壮麗な別邸を築いて、信康の館とし、日夜美酒美食をすすめ、翠帳《すいちょう》の蔭に美女を侍《はべ》らせた。

聡明英知《えいち》と言っても、若さは若さである。信康は、次第に美姫《びき》に溺れ、酒食に身を傷つけた。

家康に対する不満も手つだって、彼の所業は、次第に粗暴《そぼう》となり、やや自棄的にさえなった。

正室徳姫の侍女の小侍従《こじじゅう》と言う女を、徳姫の眼前で刺殺して口を裂いたり、踊見物の際踊り子の装束《しょうぞく》や踊り方が気にくわぬと言って弓で射殺したりした。

鷹野に出た折、道で法師に逢って、今日の獲物がないのは、坊主に遭ったからだと言って、法師の首に縄をつけ、馬でひきずり回して殺してしまったこともある。

そうした事実を耳にするにつれ、家康は、

「困ったものじゃ」

と、溜め息し、

「未だ、若いのだから——」

と、いたわるような言葉を洩らしたが、積極的に、戒《いまし》めたり、制止したりすることは、唯の一度もしなかった。

一方、築山殿は、空閨《くうけい》の淋しさに堪えかねて、甲州から来た唐人の医者減敬と言う者と密通したが、その醜聞が外に洩れたのを知ると、減敬を仲介として、武田勝頼に密書を送り、武田の兵を手引きして、織田・徳川を亡ぼそうと申し入れた。

「この企《くわだ》てには必ず信康も加担致させます故、家康を亡ぼした暁には、その旧領は三郎信康に賜わりたし、妾《わらわ》は甲州に赴《おもむ》いて、武田家被管の内にて然るべき方の妻となりたく——」

と、四十女の欲情を丸出しに、恥も外聞も忘れた露骨な文面であった。

勝頼からは勿論、承諾の返事があったが、築山殿の眼に入ったのは、何よりも、

「小山田兵衛と申す大身《たいしん》の侍で去年妻を失い、やもめに成っているのがおる故、築山殿をこれにめあわせよう。信康に内通を納得させたらば、築山殿だけ、先に甲州へ来られるがよい」

と言うくだりである。

心も空になって、一日も早く、小山田の妻になり、楽しい夜を送りたいと、甲州へ旅立つ支度を、内証ですすめた。

その様子を不審に思ったのは、琴と言う侍女だった。これは、信康の内室徳姫に仕える藤川久兵衛の女《むすめ》である。

築山殿が大切そうにしている手箱の底にあった包みを、そっと開いてみると、勝頼からの、織田・徳川討伐の誓詞であった。

仰天して、父に告げ、徳姫に報《し》らす。

徳姫は、築山殿の陰謀、三郎信康日頃の暴状を十二カ条に亘って書きつらねて、父信長に急報した。

信長は、折から家康が信長に献上する馬を宰領して来着した酒井左衛門忠次を、密室に呼んで、右の十二カ条を次々に示して詰問した。

忠次が、その十カ条迄、

「残念乍ら、事実でございます」

と答えると、信長は、

「もう、あとの二条は聞く迄もない。三郎信康、わが婿《むこ》ながら、とても物にはなるまい。腹を切らせるのだな」

と、あっさりと言ってのけた。

忠次、承《うけたまわ》って、直ちに三河に戻り、家康に報告する。

築山殿が小藪村で殺され、信康が二股城に移されて切腹させられたのは、それから間もないことであった。

竹千代奉戴《ほうたい》の名に惹《ひ》かれて、世良田元信に従い、元信が元康の身替わりとなって家康と称するに至った事情を容認した旧織田派とも言うべき連中――酒井忠次、内藤正成、平岩親吉、大久保忠員《ただかず》、忠世父子などは、何故、正当の主君竹千代即ち信康の為に立ってこれを擁護しなかったのであろうか。

大体、事ここに至る前、信康が成年に達した時、政権をその手に返すことを、何故、家康に要求しなかったのであろうか。

それは、戦国動乱の世の実態を考えれば、容易に説明がつく。

主と従が、永世的なつながりをもつものとされ、家来は、如何なる主君に対しても、没我的な忠誠をつくさねばならぬと考えられるようになったのは、江戸以降のことである。

それは、平和のつづくにつれ、その平和を維持するために、支配者がつくり上げた、甚だ手前勝手な「武士道徳」であった。

戦国の時代には、まるで違う。

主は、主としての実力をもっているからこそ、主として仰ぐのだ。

主にその力がなければ、いつでも、これを倒して、自ら主に代わるか、或は、主君として、より適当な人物を以て、これに代えることに何の躊躇《ちゅうちょ》も、矛盾《むじゅん》も感じない。

旧元康の家臣の織田派は、元康に対して、頼むべからざる主君と感じたからこそ、竹千代を奉戴する世良田元信に従った。

その元信の才幹実力が、希有《けう》のものであると知った彼らは、今や、容易に、旧主の遺孤《いこ》竹千代よりも、元信即ち家康を新しい主君と仰ぐに至ったのである。

後年秀吉の宿将《しゅくしょう》たちが、その死後、秀頼を捨てて、家康に従ったのも、全く同じ道理である。

家康の正体を知る信康が、元康以来の旧臣の、家康に心服するのを憎んで、しばしば罵言を加えたことは、彼を益々孤立させることになった。

忠次が、信長の詰問に対して、一言の弁解もせず、却って、信康の不利になるような答えをしたのをみても、旧元康家臣の心は、殆ど全く信康を去っていたものと言ってよいであろう。

六

歳月は、激動の中に流れ去り、家康は天下の権を掌握《しょうあく》した。

世良田二郎三郎元信時代の同志も、部下も、その大部分は既に死んでしまった。

が、家康は、まだ矍鑠《かくしゃく》として生きていた。

慶長十七年八月十九日、既に齢《よわい》七十を超えていた家康は、隠退地である駿府の城内で、気に入りの林道春、後藤庄三郎以下心を許した側近たちと、雑談していた。

ひどく、気がゆるんでいたに違いない。それ迄、唯の一度も口にしたことのない昔のことを思わず、ふっと、洩らしてしまったのである。

「古い事じゃが、わしの幼少の頃、又右衛門某《なにがし》と言う者がおってのう、わしを、銭五百貫で売り飛ばしおって、えらい苦労をしたものじゃ」

一座に居合わせた者は、誰も、この言葉が、何を意味するのか、全く了解し得なかった事、勿論である。

みんな、しばらくは、ぽかんとしていたが、漸《ようや》く、林道春が、

「上様、それは何時頃《いつ》、いずれの地のことでございます」

と、恐る恐る尋ねると、家康は、

「そうだな、九つか十《とお》ぐらい、この駿府でじゃが——」

と言いかけて、ハッと気がつくと、慌てて語を逸《そ》らせてしまった。

その様子が、やや異常と思われるほど不自然であったので、それ以上おし返して問いかえすだけの、勇気を持つ者はいなかったらしい。

しかし、不審に思ったことは、確かである。幼少の頃、家康が駿府に質子となっていたことは、その場にいた凡ての者が知っていたが、又右衛門某に五百貫で売られたと言うのは、初耳である。

道春は、後になって、『駿府記』を著《あらわ》した時、理解し難いままに、家康の話をそのまま記録し、且つ、「諸人伺候《しよにんしこう》、皆これを聞く」と付記して、証人の存在を暗示しておいた。

何故か、この奇怪な数行の記述は、その後何人《なにびと》にも深く怪しまれることなく三百年を経過した。そして、明治も三十年代になって初めて東海道諸県の地方官をしていた融軒・村岡素一郎の鋭い眼にとらえられたのである。

素一郎は直ちに、家康の幼年及び青年時代について、徹底的な調査を開始した。

調べれば調べる程、奇妙なつじ褄の合わぬことが発見された。

彼は、家康の史跡として知られるところを悉《ことごと》く自ら踏査し、墓碑の破片、古文書の断簡零《だんかんれい》墨《ぼく》に至るまで綿密に検討した結果、前節までに記したような事実をつきとめ、遂に極めて大胆な論断を下したのである。

曰く、

「幼にして今川家の質子となって辛酸《しんさん》をなめたと言う松平竹千代と、弱冠十九歳、今川勢の先鋒として大高城を救った松平元康と、信長の盟友として姉川に戦い、豊臣に代わって、天下の覇権《はけん》を握った徳川家康なる者と——この三人は、全く別個の人物である。家康なる人物は、簓者の私生児であり、松平家と何の血縁もなき願人坊主の後身《こうしん》である」

この驚くべき結論を得るに至った過程を、村岡素一郎は、一本にまとめ、文学博士重野《しげの》安繹《やすつぐ》の序を付し、「史疑」と題して、民友社から刊行した。

明治三十五年四月のことである。

上梓《じょうし》について、民友社の蘇峰《そほう》徳富猪一郎が終始、斡旋《あっせん》したことは言う迄もない。

この奇矯な、百八十二頁《ページ》の小冊子《しょうさつし》は、世の視聴をそばだたしめた。

或者は、三百年の迷妄一時に破られたりと机を叩いて叫び、或者は、故意に家康を傷つけようとする妄説のみと痛罵《つうば》した。

囂々《ごうごう》たる論議の的となった該書《がいしょ》が、久しからずして、市井《しせい》の店頭から姿を消し、しかも重版の機会を得なかった事については、徳川宗家の秘かに措置《そち》する処があったからとも言うし、旧幕臣の当局にあった者が、憤激して、強圧の手段を講じたるが為だとも言われている。

# 雪の下

## ―源実朝―

多岐川恭

鎌倉は雪だった。風はなく、静かな綿雪が降っていたが、昼を過ぎるとやんだ。だが晴れ間は出ず、雪空の下は薄暗い。

一人の僧が、鶴岡八幡宮《つるがおかはちまんぐう》に通ずるまっすぐな道を歩いていた。ほかに人通りはなく、白い大きな犬が一匹、雪の溶けかけた道を斜めに横切って、小路に消えただけだ。両側は武将の邸の土塀が続き、雪をのせていた。あたりは吸いこまれるようにシンとしており、僧の足音だけが微かだ。

僧は鶴岡八幡宮の鳥居をくぐり、境内に入ると、笠を持ち上げて、長い石段や石垣、壮麗な社殿をしばらく眺めた。

また、少し雪が降り始めた。僧は石段の端を中途まで登り、そこから雪の積った山の中へ足を踏み入れた。彼は笹や灌木《かんぼく》を分けながら、ゆっくりと登った。松の枝から、雪が落ちてきた。どこかで、溶け水の流れる音がした。

彼が立ちどまった場所は、視界が開けていた。目の下に拝殿の屋根があり、いらかが海のように連なっている。載せた雪が、まだらになっていた。

拝殿の前の広い石畳を、僧はそこに何かがあるように、ジッと見おろした。

僧はふと、背後に人の気配を感じて、体はそのまま、注意を集中した。目の隅で捕えたのは、女の姿だった。女は僧に近付いて立ちどまり、そのまま見ているようだった。僧は向き直った。

「御坊様、何をしていられます」

と女は聞いてきた。被衣《かずき》の陰でわからないが、まだ若い女だった。

僧は笠を取った。風雪に叩かれたような、シワの多い、日焼けした額が現われた。目にきびしい威厳があった。その目を和ませ、目尻にシワを寄せて、僧は言った。

「わしは諸国を回っている僧だ。京から長い旅だったが、ようやく鎌倉にたどりつき、鶴岡八幡宮に参詣《さんけい》しようとて、ここまできたものだ。さすがに、将軍家御信仰の守護神、立派なものだ。あいにくの雪だが……」

「それなら、この下でお参りなされればよろしいのに。ここは木と、藪と、下草ばかりで、おみ足は雪でこごえましょう」

女は、僧の答を別に期待してもいないようで、市街のほうへ顔を向けた。白い道が、由比ガ浜に消え、黒ずんだ海に、何隻かの船がもやっている。小さな屋根を重ならせた商賈《しょうこ》の街が、その手前に見える。近くには、左右に神社や寺、庵などが木の間に堂宇を構えている。そういう風景を雪が彩って、鎌倉は沈んだ美しさだった。

「ここからは、よく鎌倉が見える。京にも、おさおさ劣らぬ町になったものだ」

「昔は、どうでございました」

女は振り返った。被衣の陰から、チラと顔がのぞいた。黒い、みずみずしい輝きをもった瞳と、濃目の化粧が僧の目を捕えた。

「そなたは、この辺りの者か？」

「若菜と申します」

女はためらわずに、遊里の名を言った。

「わしより、そなたはどうして、この雪の日に、こんな場所までやってきたのだ。男と会うのでもあるまいに」

僧は笑った。

「お墓もない人をしのぶために」と、若菜は言った。

「恋人かな？」

僧の表情はもっときびしくなっていたが、若菜は自分だけの思いにとらわれてきたようだった。

「尊いお方でした。若いみ空で、殺されてお果てなされました」

「前《さき》の将軍、実朝《さねとも》公もそうであった。二十八歳の若さであったと聞く。そなたの恋人は、何歳であった？」

「十九でございます」

僧は、のどの奥で、何かつぶやいた。

「そなたは、遊び女《め》か？」

「そうは見えませぬか？」

「別当公暁《くぎょう》殿が、遊里に行っていたとは聞かぬが」

若菜は、澄んだ小さな声で笑った。

「それより、御坊様は、もとは鎌倉の武者でございましょう。お体付き、お顔、それとなくわかります。武家のお方は、たくさん知っておりますから。禅師君《ぜんじのきみ》様も、猛々《たけだけ》しく、こわいお方でした」

「そうであったろうな」

と僧はうなずいただけだった。

「御坊様は、あの日のことをご存じなのでございましょう。あのお方は、この辺りにひそんでおいでになり、夜の闇に乗じて石段の物かげにかくれ、将軍様が御退出のところを、難なくお討ちになりました。たった一人で」

僧は若菜の話を聞きながら、また目を石畳に見おろした。

「大銀杏《いちょう》の陰とも、常夜灯の陰とも言う。側近の者がさえぎる暇もなかったほどの早業と言うほかはあるまい。頼朝《よりとも》公の孫という血筋は争われぬ。剛の者だが、不運だったのだ。わしはいま、そのことの起こったあたりを見ていた。いまは静かで何事もなく、雪が消え残っているばかりだ。ずっと昔のことのようだな。その後、余りにさまざまのことがあって……」

「なぜ、この場所においでになったのです」

若菜はまた、さっきの問いをくり返した。

「ここは寒い。どこか、庵でもあれば一刻《いっとき》借りて、そなたと話したいものだが、山伝いでは難渋だ。ひとまずくだろう」

僧は若菜の返事を待たず、その手をひいて歩きだした。

「御坊様は、何を話してくださるのです?」

一たん社をおりたあと、裾をからげ、山道を苦労してのぼりながら、若菜は聞いた。

「そなたの察し通り、わしは鎌倉殿に仕える武士だった。名もない者だが」

と僧は言った。

「二年前の正月二十七日、わしも警固の列の中にいた。あの騒ぎも、遠目ではあったが見た。境内一円を探しもした。ののしり騒ぐ声、甲冑《かっちゅう》と剣の音、馬蹄《ばてい》の響き、乱れる松明《たいまつ》の光など、いまも目に焼きついている。首のなくなった実朝公の遺体も見た。公暁殿を討ったのは、他の手の者だったが、出家を志したのは、その頃からだった」

「あのお方は、雄々しくやさしいお方でした」

若菜ははずむ息をととのえながら言った。

「本当に、将軍様にふさわしいお方でした。わたくしは、身も世もあらぬように、お慕い申しあげていましたのに」

庵が見えてきた。だれが住まっているかはわからない。高い松の木がくれに、古びたわら屋根と、枝折戸《しおりど》がのぞき、ひっそりしたたたずまいだ。

「あれに行って、火の馳走にあずかろうではないか」

「けがれた女でございます」

「構わぬ。そなたらと、行い澄ました坊主といずれがけがれていよう」

若菜は強いては争わなかった。

庵の主は、尼僧であった。老女が一人、清らかな女の童《めわらわ》が一人いた。

「めずらしい、花やいだお方ですね」

と、あるじの尼僧は若菜を見て微笑しただけだった。僧衣に包まれ、頭を覆っているその尼僧は、僧がピクリと眉を動かしたほど美しかった。まだ三十歳にはなっていないようだった。

若菜は強い瞳で尼僧を見ていた。

僧はいろりの火に手をかざしながら語った。鶴岡八幡の山で、若菜に会ったことも、公暁が若菜の思われ人であったことも。尼僧はひっそりした物腰で、聞いていた。

「わしは出家、こなたも出家だ。世を捨てた者ばかりのまどいだ。そなたの話をくわしく聞きたい。話せば気が晴れるものだ。ふびんであった公暁殿の供養にもなろう」

と僧が言った。

「お話しなさい。定めし、悲しい物語であろうが、御仏にすがる縁となるかもしれません」

と、尼僧が言葉を添えた。若菜の顔は、暖気で美しく照り映えた。

「御仏にすがろうとは思いません。わたくしは遊女でけっこうでございます。わたくしは夜毎の男の胸の中で、あのお方の思い出に生きておりますもの」

尼僧はつつましくうなずいただけだった。僧は黙然と、燃えさかる粗朶《そだ》の火を見ている。

「あのお方は、伊豆《いず》の修善寺で、討られてお討たれになった、二代将軍頼家《よりいえ》様の御子善哉様です。みなし児になられたのを、前将軍様の御猶子《ゆうし》として、仏門に入られました。鶴岡の別当におなりになった頃のことは存じません。わたくしがあのお方にはじめてお会いしましたのは、四年前でした。あのお方が十七歳、わたくしも同じ十七歳でした。禅師君様と申しました。でも、あのお方は、そう呼ばれることはお嫌いでした。どこまでも、自分は武士なのだとおっしゃいました。討られてこうなっているのだと……」

「で、そなたは？」と、尼僧が聞いた。

「三浦の家人《けにん》の娘でございます。父は身分の低い者でした」

「三浦の……」

僧がつぶやいた。

「はい。そして、あのお方が無残な最期をお遂げになったのは、わたくしのせいでございます」

「そなたの……これはまた」

僧は軽く、驚いたようなそぶりを示した。

「仔細を聞きたい」

「討手のなかに、父がおりました。あのお方は、三浦の迎えの者がおそいので、こちらから出向くと言って、みながお止めするのに構わず、かくれていた雪の下の坊を出られました。付き随《したが》う者は一人もなく、馬もなく、具足も召されず、ただ、刀一振りだけで。深い雪でした。きようよりも、もっと……」

「わしも聞いた。山越えの途中、三浦の手の者、長尾定景以下五人の武者に行き合ったという。公暁殿を討ち取ったのは、雑賀次郎と言われている。迎えの人数と思い、呼びかけたのだ……」

「三浦か、待ち兼ねた、とあの方は大音声で申されました。勇ましいお姿でした。たくましい足で、山の雪を踏みしだき、仁王立ちで呼びかけられました。お髪は乱れ、怒った肩が、そびえるように見えました。禅師君に在《お》わすか、とだれかが言って、あとは束の間の夢のようでした。武者が一時に重なり合ったと見る間に、あのお方はどさりと、冷たい雪の上に横たわっていました。武者たちは、大声で話し合いながら、その場を引返し、遠ざかって行きました。一人が振り返って、首のないあのお方の姿を見ました。それが父でした」

「かくれて、見ていたのだな」

「はい。わたくしはあのお方のそばに駆け寄って、いつまでも坐っておりました。その日は父の館を抜け出して、備中阿闍梨《びっちゅうあじゃり》様のご坊に忍んでおりました。将軍様を討ち果したあと、そこへ引揚げる手筈でしたから。あのお方は、将軍様の首を左の脇下にしっかりとかかえこみ、坊様の給仕で、ご飯をおいしそうにお食べになりました。備中阿闍梨様は、ぶるぶるふるえておいでになり、果てはどこかへ身をかくしておしまいになりました。お側には弥源太殿とわたくしと、お坊様がいました。あのお方は弥源太殿を三浦へ使者にお遣わしになり、わたくしに、いまに三浦一党が迎えにくる、自分は共に三浦の館へ行き、諸将を集めて北条《ほうじょう》を討つのだと、勇み立ったご様子で申され、将軍様のみしるしに見入って、機嫌よく笑っておいでになりました。いずれそなたを迎えるが、万事落着するまで、しばらく間があろうとも言われました。あのお方を疑う心は、露ございません。でも、わたくしはいまにも気を失ないそうな気持でした。天にものぼるほどうれしいはずなのに……。きっと、虫が知らせたのです。あのお方は、もうこれが最期だと」

「だが、公暁殿のご最期が、なぜそなたのせいなのだ。まだ聞いておらぬぞ」

と、僧が口をはさんだ。

「三浦殿を頼るように仕向けたのは、わたくしです。父は、わたくしがあのお方のお情を受けていることを、よく知っておりました。知らぬふりをして、それとなくわたくしに、三浦殿があのお方に心を寄せていると匂わせました。源氏の御大将になる人は、あのお方のほかにはない、などと……わたくしは、それをあのお方に伝えました。さびしいお方でございます。お側に、心を許してよい人はありません。わたくしだけを信じてくださいました。三浦殿の同心のことは、膝をたたいてお喜びになりました。これで、仇実朝を殺せばよいのだと」

「それが、そなたの父の計りごとだったのだな」

「はい。頼って行ったあのお方を捕え、ご謀叛じゃと北条殿にさし出されれば、三浦殿の手柄になりましょう。父も、恩賞にあずかるでしょう。三浦のあるじ義村《よしむら》様の子息、駒若丸様は、あの方の仏道の御弟子、わたくしは三浦の家人の娘で、あのお方はますます、三浦殿をお頼みになるようになりました」

「そなた、不審に思ったことはなかったか？　無謀の企てと思ったことは？」

と、僧がたずねた。若菜はうなずいた。

「わたくしはお諫《いさ》め申しました。わたくしはただあのお方がご無事で、お情をかけてくだされ ばよかったのですから。いくさや、将軍職が、わたくしになんのかかわりがありましょう。でも、あのお方の心は、もう千里も遠くへ飛んでいました。わたくしのかたわらであのお方はこうするのじゃ、ああするのじゃと、ものにつかれたように、もくろみを申されました。いつの間に考えたのやら、将軍様を討ち取る手筈も、くわしく決めておられました。最初、わたくしは、どうにかしてお止めしようと気をもんでおりましたが、だんだん考え方が変わってきました。成るも破れるも、どれほどの違いがありましょう。夢のいのちです。あのお方を止めることは、勇み立って走る荒駒を止めることができないようにもうできはしないのです。わたくしは、心置きなく企てを成就なさるようにと、御はげまし申しました」

若菜の言葉は途切れた。老女が、炉に新しい枯柴を入れて去った。日向《ひなた》くさい、香ばしい香りが、薄い煙と共に庵室にひろがった。庵室は暗く、紙燭《しそく》を灯してある。雪明りで、障子だけは白かった。軒端の雪の落ちる音がした。僧は、口の中で念仏を称えているようだった。

「そなたの、いまの身の上は？」

と尼僧が聞いた。

「わたくしは父を殺し、自分も果てるつもりでした。でも、それより前に、父は三浦の館で争論を起こし、殺されてしまいました。下手人はわかりません」

　若菜は微笑をもらした。

「わたくしは家を出て遊び女となりました。世に望みがなくなりましたから。死んでは、あのお方をしのぶことができません。まだあのお方は、わたくしの胸のなかで生きております。わたくしは荒くれ男の腕に抱かれながらあのお方の若くたくましく、美しかったお体をしのびます。わたくしが疲れて、死にたくなる時まで……」

「若菜、公暁殿のお命を縮めまいらせたのはそなたのせいではない。わたくしです」

と、尼僧が言った。手の珠数が鈍く光り、微かに鳴った。

「なにをおっしゃいます」

　若菜は驚いて目を見張った。僧だけは無表情に黙している。

「さきの将軍家を害し参らせる企ては、わたくしと、公暁殿とで練ったものなのです。と言うより、わたくしがそそのかし申したのです。わたくしは、左金吾《さきんご》様（頼家）のお側に仕えた者です」

　僧が初めて、するどい瞳を尼僧に向けた。

「よくたずねて参られた。そちらの御坊に、お礼を申さなければなりません」

「意外なことで」僧は一礼した。

「では、修善寺に？」

「はい。お寺に近いところに住居《すまい》しておりました。寺に女人は居りませぬ故、殿がおひろいで、わたくしのところへ参られました。それも、月に四五たびほど。殿が北条の兵に警固されて、鎌倉を離れ、深山の修善寺におしこめられ給うたのは、一昔前の建仁《けんにん》三年でした。わたくしも、あとをお慕いして、修善寺に住みつきました」

「あなた様は、将軍家の奥方におられたのですね？」

と、若菜が聞いた。尼僧はうなずいた。

「それから一年たらず、殿はむごたらしい最期をお遂げになりました。一騎当千の武勇のお方故、お湯殿で襲われ、敵と刀を交えることもならず、雑兵《ぞうひょう》にお首を掻き切られ給うたのでした。おん年二十三でした。御子公暁殿がお果てなされたのが、十九の年……公暁殿は、ますます御父上に似て参られましたのに」

「禅師君様に、お会いなされたのですか？」

若菜はわずかに上気した口調で問うた。

「何度も。お姿ばかりでなく、お心も、故殿に似ておいでになりましたね。仏道を嫌い、日毎、夜毎、身をやつして坊を忍び出、いずこともなく歩いておられました。そなたと知り合われたのも、そういう折でしょう。いまでも、目の前に浮かんできます。法衣をからげ、太刀をはき、面を覆うた公暁殿が、屈強な夜盗かなんぞのように、この庵にぬっと立った姿が……わたくしは、公暁殿との物語りを楽しみにしておりました。ふと、前にいるのが公暁殿ではなく、故殿ではないかとも思えて」

「頼家公のおん恨みを、公暁殿に晴らさせようとなされた？」

僧が聞いた。

「はい。わたくしは身の上を明かし、故殿のことを、こと細かに物語りました。でも、公暁殿は何もかも、よくご存じでした。心を寄せる武者たちもあり、お耳に入れていたのでしょう。建保《けんぽう》七年正月の、将軍家鶴岡八幡宮御拝賀の儀は、関東にためしない盛儀とのことで、定めし非常の雑踏であろうと思われました。警固も手薄でございましょう。また社殿での御拝賀の時は、扈従《こじゅう》の人も少なく、長いきざはしの登り下りに、武者は付きませぬ。拝賀が終って、みなが眉を開いた時、その時に一番ご油断がありましょう。夕闇ではあり、ひそむところはどこにでもあります。境内では、公暁殿は怪しまれることもありません。公暁殿は故殿に似て勇武の人、万が一にも仕損じることはあるまいと、わたくしはおすすめ申しました」

「物陰から走り寄り、太刀を振り上げざま、父の恨みここに晴らすと呼びかけ、同時に一閃《いっせん》すると、右大臣実朝公の首は落ちていた。その首をむんずとつかみ、走り去るまで、人々はうつけのように見ているだけであったという。惜しいお方であった」

僧は低い声で言った。

「だが、その後のことは？　その後の成行はあまりにおろかしく、無残であったが」

「その後のことは知りませせぬ」

尼僧の言葉はキッパリしていた。

「三浦殿のこと、公暁殿がたばかられたことは、若菜にはじめて聞きました。あのお方はやはり、薄命の定めだったのでしょう」

尼僧は、いとおしむように、若菜の伏せた顔を見た。

「それが、むごいことでした。若菜は、わたくしを憎いと思うでしょう。わたくしは、故殿の恨みが晴らされ、実朝公のご最期を見さえすればよかったのです。公暁殿の身の行末は考えませんでした。公暁殿をいとしく、なつかしくは思っていましたが、わたくしの心は、修善寺で恨み多い生涯を閉じられた故殿の上にだけあったのです」

「あなた様は、あのお方を、ご自分のために死なせたのですね」

と、若菜が聞いた。怒りや興奮の色は、見えなかった。尼僧は静かにうなずいた。

「言いわけじみているでしょうが、故殿は心のまっすぐな、気宇の大きなお方でした。でも、鎌倉の将軍としてのお役目は、勤められなかった方だと思います。気持の美しい一本気のお方だけに……おん弟の実朝公こそ、将軍としてふさわしい人だったのでしょう。わたくしは、実朝公に少しの恨みもありません。ただ、討たれる立場になっただけのことです。そして、公暁殿も、故殿のように、いにしえの強い武人のような人なのです。悪企《わるだく》みや、計りごとや、みにくい力の争いに耐えられる人ではありません。たとえあの時、逃げおおせ、名ある武将の庇護《ひご》を受け、お味方に馳《は》せ参ずる者があったとしても、先は長くなく、いずれ悲しい最期を遂げるようになったのではないでしょうか。また、鶴岡の別当として、おとなしく行い済ましておられても、いずれはたばかられ、討たれる運命ではなかったのでしょうか。この世で、けがれない美しいものは、長くは生きられないのです。清らかに燃えさかって、消えて行くのです」

僧が立って、庵室の障子を開け放った。冷たい、きれいな空気が流れてきた。雪は全くやみ、まだらに雪の残った茂みで、肥え太った雀たちがたわむれ、鳴き交した。

「あの日は、きょうとはくらべられぬ大雪であった」僧は言いながら座に戻った。

「これで、わしの役目は済んだ、と、雪の中に立ちながら、わしは思ったものだった」

僧は二人の美しい女性を見やった。

「わしの話す番が来た。そのためにわしは、この娘を連れてきたのだが」

「もしや、昔北条殿の手の者では……」

と、尼僧が少し眉根を寄せて聞いた。

「わしは、名を捨てている。名乗ることは許されい。初代頼朝公の御前に出た時は、元服間もない若年であった。二代頼家公、三代実朝公にもお仕え申した。先祖は北条の恩顧を受けたが、わしは北条の家人ではなかった。だが、時政《ときまさ》入道殿はさて置き、いまの執権義時《よしとき》殿こそ、鎌倉の柱石と思っている。このお方と、尼御台《あまみだい》様が在さなかったら、さしもの幕府も瓦解《がかい》していたであろう」

「そのようなことは、あまり聞きたくない」

と、尼僧はわずかに苦笑を見せた。

「若菜もそうであろう。御坊の御役目とは？」

「いや、順を追って話さねばならぬ。頼家公は不肖であった。乱暴、女狂いの上、政事《まつりごと》は見ず、蹴鞠《けまり》にうつつを抜かしていた」

「ほかに、何をすればよかったのでしょう。尼御台様と北条の手で、すべては運ばれていました。将軍でありながら、故殿は手足をもがれた人形のようなものでした。尼御台様は実の御子でありながら、殿がお嫌いでした。すぐれたお方であったからこそ、御不満が大きく、無道なこともなされたのです」

「御不満はわかっている。わかった上で、やはり不肖であったと言っている。女子《おなご》は、ほれた男には盲になるそうなが、禅尼殿も例に洩れぬな」

僧は声に出して笑った。笑い声には粗暴な響きが混っていた。

「わしは、尼御台様のおん悲しみをよく知っている。子を思わぬ親があろうか。だが、天下のため、源氏御繁栄のためには、頼家公は廃しなければならなかった。伊豆の配流《はいる》、御最期のことについては、わしは何も知らぬ。尼御台様が、弟実朝公を頼んでいられたのは事実であろう。また、わしが北条の立場にあれば、やはり頼家公をお討ち申したであろう。あとあとのたたりとなる。根を絶たねばならぬ。わしの役目のことを聞かれたな。わしの役目は、根を絶つことであった。わしは公暁殿の幼時、お側にいた。京での御修行にも、お供をした。わしは公暁殿の仇が御叔父実朝公、北条義時であると、お教え申した。二人が尼御台様ともひそかに談合し、修善寺に兵を遣わしたのだとな。尼御台様は、頼家公をお憎しみであり、実朝公は将軍職を得んがために、兄を亡《な》き者にせんと計った。北条はもとより、柔弱な実朝公を取りこみ、操っている……公暁殿は愛くるしく、利発な御子であった。力ある瞳を燃やして、聞いておられた。わしは武芸もお教え申した。仏道の修行など、大将軍の嫡子がすべきことではないと。そうして、物心もつかぬ頃から、わしは公暁殿の心に、野心と復仇《ふっきゅう》の念を植えつけた。実朝公をお討たせ申すためにな」

　若菜の顔色は蒼白《そうはく》になっている。

「みな、北条方の計りごとか？」

　尼僧はつぶやくように言い、ふるえる手で珠数をまさぐった。

「わしの一存と言っておこう。わしは実朝公にも望みをかけることができなかった。頼家公は、まだせめて雄々しくはあった。実朝公は、武門の統領と言うには、あまりに心やさしく、文弱であった。詩歌、管絃《かんげん》、蹴鞠を好み、狂ったように官位を望んだ。あまたの女房を奥に入れ、京風に着飾らせ、宴をしきりに開いた。しきりに都の小人共を招いた。陳和卿《ちんわけい》にたぶらかされ、動かぬ大船を造ったこともあった。宋《そう》に渡海するつもりであったと言うが、その心事は、わしにはわからぬ。ただ、聡明の主君であるとは偽りで、腰の坐らぬ、うわついた心柄であったことは確かであろう。家運おとろえ、あまつさえ、草創以来の武将たちが、兄弟《けいてい》垣に攻め合い、名家が次々に亡んで行く際、何しに宋へ渡るのか。源氏の統領が、世の騒がしさに、逃げるのか」

　僧は心を静めるように、しばらく黙った。

「実朝公は孝養深く、尼御台様のお言葉に背かれぬ。また執権義時殿の意向にも背けぬ。無道な行ないはない。それは頼家公と真反対だが、鎌倉の武人の魂を失なわれた。武将の心は離れた。統率する君が無力では、乱の基だ。……また、むずかしい話になったな」

　僧は顔色をやわらげた。

「いまは北条の天下だ。北条が悪逆であろうと、非道であろうと、鎌倉は治まっている。ここしばらく、乱れることもないであろう。で、わしの役目は終ったのだ。わしは出家した。わしは頼家公を好んでいた。実朝公を怨んでいたわけでもない。公暁殿は、いまでもわが子のように思える。だが、仕方のないことだ。北条に使われたわけでもなく、執権義時殿に忠義立てしたわけでもないが、わしはただ、おのれの考えで事を運んだだけだ。公暁殿が鶴岡の別当になられてからも、わしはたびたび会った。公暁殿の下知で動く者が、いくたりもあることを、わしは折にふれて吹きこんだ。まことは、ただの一人もありはしなかったが。味方がいると思わなければ、いかに無謀な公暁殿でも動きはしなかったろう。事の成否は天にまかせた。あまり立ち入っては、わしの企てが露見し、北条の手先だと疑われるであろう。それは、北条を憎む者たちに、よい口実を与える」

僧は若菜に顔を向けた。

「すべて、そなたの罪ではない。わしの罪だ」僧は尼僧にも言った。

「わしの話は、これで終ったようだ。禅尼殿にも罪はないことがおわかりであろう。もしそれが心を苦しめているのであれば、放念なされればよい」

僧は礼をのべて立ち上った。

「先にご免を蒙《こう》むろう。若菜は、禅尼殿としばし物語もあろう」

「これからどちらへ?」

と尼僧は聞いた。

「定めはない。武蔵《むさし》か、信濃《しなの》路か。奥州に回り、国の果てまで行くかもしれぬ」

「どこで春に会われるのでしょう」

「さあ、陸奥《むつ》の春はまだ遠いのであろうな。鎌倉の春も見たいが……」

尼僧だけが見送った。僧は新らしいわらじを乞うてはき、笠の緒を結んで、あとも見ずに座を出た。墨染の衣に包まれた頑丈な体はすぐに木の間にかくれた。

炉のそばに残っていた若菜は、僧の出て行った気配を知ると、肩を落とした。手には懐剣が握られていた。彼女はそれを少し抜き、刃の白い光を見つめてから、布にくるみ、帯の間に仕舞った。

「出家してこそいるものの、わたくしはあさましい女です」

戻って来ると、尼僧は言った。

「まだ悟られぬ。あの御坊がうらやましい。女の業《ごう》というのかもしれません」

「わたくしが何を考えていたか、あなたはご存じありません」

若菜は男たちに向けるような、妖しい笑みを見せた。

「あの御坊様が、一番禅師君様に似ておいでした。いえ、禅師君様より、ずっと立派に見えました。わたくしは、あの御坊様に、しっかりと抱きかかえられたら、どんなだろうと考えていました。そして……」

若菜は帯のあたりをおさえた。尼僧は若菜の胸があどけなくはずみ、匂《にお》やかにふくらんでるのを、悩ましく目にとめただけだった。

# 前髪の惣三郎

司馬遼太郎

# 一

堀川屯営のころ、何度目かの隊士募集があり、諸国の剣客二十数人が、屯営構内の新築道場にあつまった。

新選組も、文久三年の春結成当時は、京大坂の近在の道場に檄《げき》をとばして大量にかきあつめたため、ずいぶんいかがわしい者も入隊したが、いまはそうではない。よほど大流の目録以上でも、むずかしいとされた。

考試は、あらかじめ、剣術なら剣術の、流儀、師名、伝授次第（階等）、などを書いて渡しておく。

あとは、実技である。応募者同士を闘わせるものだが、これはすさまじいもので、技もみるが、気力を重んずる。

このときの考試では、まず粗選《あらよ》りがあり、十人が脱落した。脱落者は、係りの隊士から、他流試合の慣例によるわらじ銭の包みをもらい、門外に追っぱらわれる。

道場正面には、局長近藤勇、副長土方歳三、参謀伊東甲子《かし》太郎がならび、肝煎役《きもいり》には、沖田総司、斎藤一《はじめ》、池田小太郎、吉村貫一郎、谷三十郎、永倉新八、といった血なまぐさい連中が、道場のすみずみにいる。この連中が交代で審判をした。

ちょうど初夏のころである。試合をする者は待つあいだも面をとらせない規定だったため、どの男も刺子《さしこ》が水をあびたように汗で濡れ、肩で息をしている者が多い。

ところがひとり、どういう工夫があるのか汗もかかない男がいた。

小柄である。面鉄《めんがね》の裏にめずらしく青漆をぬり、胴はみごとな黒うるしで、違《ちがい》柏《かしわ》の定紋を金で打ち、稽古衣だけでなく、袴も白、それが折り目もくずれずにすらりと穿いている。面をかぶっているために顔はみえないが、挙措動作、匂うようにみごとな男だった。

それが、強い。

群をぬいていた。あら選りのときの試合も当っただけの数は無造作に撃ちすえ、一本もとられていない。

「何者だ、あれは」

と、近藤は、土方にきいた。育ちが匂っている。ただの武士ではあるまい、ひょっとすると江戸の直参の二男坊あたりが、素姓をかくして応募したのか、と近藤はおもった。

「あれですか」

土方は、帳簿を繰った。

「町人ですよ」

「ふむ」

近藤は不機嫌な表情になった。町人風情の子で、ありうべきことではない。

「間者ではあるまいな」

新応募者のなかに、長州素浪人の偽装入隊が多く、一時は手を焼いたことがあった。

「その点は、身もとはたしかです。師匠の押小路高倉西入ル心形刀流浜野仙左衛門どのの添書もあります。浜野どののもとで目録を得、師範代をつとめていたそうです」

「身もとは？」

「その浜野道場にちかい木綿問屋越後屋が生家で、この添書には三男、とありますな」

「越後屋の」

近藤も知っている。中京でも、きっての富家である。

「名は？」

「加納惣三郎」

と、土方はいった。

町人には、普通、姓は名乗れない。加納の場合は、仮り姓というべきであろう。しかし入隊ともなれば一挙に会津藩士の待遇（慶応三年以後は正式の幕府直参）をうけるから、歴とした士格を得、姓も、公然たるものになる。諸国の庶人あがりの剣客にとって新選組が魅力であったのは、まずその点である。

「添書には簡単な系図も添えてあります。越後屋の遠祖は、美濃加納郷より興り、戦国のころは稲葉一鉄の家臣で加納雅楽助《うたのすけ》という者がきこえた勇士で、その子孫はのちに越後へ流れ、やがて京にきた、とあります。町人ながらも越後屋は、加納姓を隠し姓にしていたものでしょう」

「おい、みろ」

近藤は、道場の中央をあごでしゃくった。

加納惣三郎は、勝ちぬき最後の試合を、田代彪蔵《ひょうぞう》という者とやっている。

田代彪蔵は、土方の帳簿によれば久留米藩脱藩浪士で、剣は北辰一刀流を使い、身もとは、隊の監察篠原泰之進の知人だというからまずまちがいはない。

腕はたつ。

この男も、他の応募者には一本もからだに触れさせずに勝ちぬいてきている。

田代は左諸手《もろて》上段にあげた。

加納は沈静な下段。

うごかない。

が、田代彪蔵には名のような猛気があり、袴を蹴って荒っぽく間合《まあい》をつめるや、はげしく面へうちおろした。しかし加納はすでに動いている。竹刀の裏で相手の面撃ちを摺《す》りあげつつ、みごとな腰で、体をかわす田代の右胴をぴしっ、と撃った。

――胴あり。

と、審判はいった。沖田総司である。

つぎは田代彪蔵が突きで一本。

最後は、ほとんど同時に加納が左横面を撃ち、田代が胴を抜いて相撃ちになったが、沖田は、
加納惣三郎に手をあげた。

「土方君、いまの審判はどうだ」

「田代君の勝ちではありませんかな。沖田君は東側に立っているから、田代君の胴撃ちの早さが見えなかったのだろう」

「まあ勝負はどちらでもいい。同志として迎えるに足るのは、あのふたりしかないな。君はどう思う」

「そう。加納、田代。――」

「結構だ」

すぐ、二人にその意が達せられ、屯営の浴殿で水風呂に入れ、汗を流させた。

そのあと、近藤の部屋に通させた。まだ新築だから、木の匂いがした。部屋は贅沢なもので、大藩の留守居役の公室などよりもはるかに立派である。

加納、田代は、一間さがって平伏した。近藤のそばにいる土方が、苦笑した。

「両君。局長と隊の諸君は主従ではない。たがいに同志だ。近寄りますように」

「はっ」

加納が、顔をあげ、臆せずに膝を進めた。

あらためて加納惣三郎の顔をみた近藤と土方は、息をのむ思いだった。男で、これほどの美貌があるだろうか。

まだ前髪を残している。

眼が切れのながい単《ひとえ》のまぶたで、凄いような色気がある。色が白く唇の形がうつくしい。

「加納君は、おいくつになられる」

「はい。十八になります」

「若いなあ」

近藤は、眼を細めた。この男が、隊士をみてこんな表情をするのはめずらしい。近藤には衆道の気《け》はないが、かといってこれほどの美しい若者をみるのは、わるい気持がしない。土方でさえ、不覚にもときめくものを覚えた。

「十八で、はや師範代だったのか」

「未熟でございます」

「いや、さきほどの試合ぶりをみて、感心した。剣のすじがいい」

といってから、近藤は、加納のそばにいる田代彪蔵に最初から一度も言葉をかけてやってないことに気づいた。

「田代君、でしたな」

「はっ」

これは対蹠的である。眼がくぼみ、歯が押し出ていて、色のわるい唇でやっと前歯をつつみこんでいる。ただ、膝の右においている大刀が、ツカから鞘にいたるまでおなじ苧巻《おまき》黒漆の身幅のひろい直刀で、どことなく不気味であった。

「時勢はますますむずかしくなっている。皇城の鎮護のために、一死、奮励ねがいます」

「よろしく御叱正をねがいます」

両人はさがった。

あとで、近藤は両人の配属について土方と相談し、

「加納君は、私の小姓にほしいが、どうだろう」

「結構です」

新しく加盟した隊士は、最初は隊務見習のために局長の小姓になるのが慣例になっていたから、土方には異存がなかった。

「では、田代君は、沖田君の一番隊につけて隊務を見習わせましょう」

「よかろう」

近藤は、どことなく浮々している。

二

堀川屯営には、白洲がある。ときどき、そこに砂をまき、荒むしろがのべられる。

隊規にふれた隊士の切腹、断首が、ここでおこなわれるのである。多い月には四、五人の隊

士が、この白洲で命をおとした。

断首の役、切腹の介錯役は、多く新入りの隊士のなかから選ばれた。度胸をつけるためである。

四番隊の平同士で美濃大垣藩脱藩武藤誠十郎という者が、みだりに町家から隊務調達と称して金を借りた事実があがり、断首ということにきまった。加納、田代が入隊した翌日である。

「太刀は、加納君がどうだ」

と、近藤が監察の篠原泰之進にいった。篠原にはべつにいなやはない。

加納惣三郎が、白洲へ進み出た。

前髪のひたいに鉢巻を締め、黒羽二重《はぶたえ》の小袖紋付、献上博多の帯を締め、細身白ツカ朱鞘の大小を帯びた姿は、一枚絵からぬけだしたようであった。

作法によって、袴は穿かない。

武士の断罪は（町人には死罪とよぶ）上下《かみしも》をつけさせ、その上から染縄《そめなわ》でしばり、羽交い締めのまま首をつき出させてうつ。

罪人の縄尻は、隊の小者が二人、背後からおさえている。

検視は、監察篠原泰之進。

加納惣三郎は、罪人の左側にまわり、スラリと刀をぬいた。

落ちついている。

（あの男、人を斬ったことがあるのではないか）

と、土方が思った。

加納は、ふりかぶった。

「御免」

首が、落ちている。

どういう工夫があるのか、血しぶきもあびていない。上質の懐紙で、刀をぬぐった。眼もとに、淡い微笑さえあった。

「勇気がある。蘭丸に似ている」

と、あとで近藤がいった。しかしあれは勇気ではない、心の、まったくちがった場所から出ている、と思ったのは土方の感想だった。

――加納は、まだ女を知らない。

という評判が、隊内で立った。隊士の女噺しの座にはいっさいはいらず、たまたま同座していてそんなはなしが出ると、眼もとを染め、ひどく狼狽するのである。

その狼狽の挙措が、年ごろの娘以上に色気があり、隊士を刺激した。

言い寄る者が、何人かあったらしい。

とくに情強《こわ》く言い寄ったのは、五番隊長で出雲松江の脱藩武田観柳斎、それに、なんと同じ期に入った田代彪蔵である。

田代は、年は三十。

久留米藩の郷士の出で、その在所では衆道は公然たる風習であった。しかし二十をすぎると普通は悪習からぬけるものだが、田代は妻をもったこともなく、隊に入ってからも遊里に足をふみ入れたこともなさそうな様子からみると、そのけがある、とみる隊士が多い。

——加納君は、田代君を避けている。

というわさが立った。

「義兄弟になってくれ」

と、田代が詰め寄ったというのである。しかし加納が拒絶したらしい。京には、玄人の蔭間《かげま》茶屋をのぞいて、一般には衆道の風習はないのである。加納は、驚いたろう。

——しかし、あの若衆にはそのほうのけがたっぷりある。

とみる隊士もある。一度その経験をへた者には、そのけを見ぬく勘がある。

加納が、露骨に田代を嫌うようになった。大部屋でみなと話していても、田代が来ると加納は立ちあがってしまう。

——はじめは、嫌うものさ。

古い隊士がいった。

——十八にもなって、まだ前髪をおとしてないのだ。その道の者に言い寄ってくれといわぬばかりではないか。むしろ、田代君が可哀そうだ。

見方は、いろいろである。

田代彪蔵は、丈は五尺六寸。

無口で、顔がいかついわりに歯がねずみっ歯で、なにかの拍子に笑うと底ぬけに人の好い顔になる。つかうことばが、まるだしの筑後なまりであるために、この男の印象をいっそう鄙《ひな》びさせた。

ある日、土方が、一番隊の控え間にあらわれて、廊下から中をのぞいた。

「あ、これは、土方先生」

みな、居ずまいをただした。

「どなたをおさがしです」

「沖田君はいるかね」

この隊の隊長（組長）である。

が、この若者は、一番隊という近藤の親衛隊をあずかる身でありながら、どこか飄々としていて、ほとんど、自室におさまっているということがない。

「さっき、門外に出られたようですが」

（こまった男だ）

土方は、外へ出た。

このあたりは、七条醒《さめ》ヶ井《い》、村名を不動堂村といい、北にすぐ西本願寺の塀がある。南西に東寺の塔がみえ、それまでのあいだは、洛中の人口を養う蔬菜の畑がつづく。屯営のそばに堀川がながれている。

その堀川で、村童が雑魚《ざこ》とりをしていた。川っぷちに、沖田総司がしゃがんでおり、村童たちとしきりにやりとりをしていた。

「総司。——」

沖田は、まぶしそうに眼を細めてふりむいた。

「なにをしている。童《わっぱ》に遊んでもらっているのか」

「いやだなあ。こんな子供達に遊んでもらってもちっともおもしろくない」

そのくせ、沖田というこの奇妙な若者は、隊の大人どもと無駄ばなしをしているより、子供と一緒に爪をあげたり、関東の石蹴りをおしえたり、京の「鼻鼻《はなはな》」という遊戯をおしえてもらったりして遊んでいるほうが、好きらしい。

「小魚を獲ってもらっているんですよ」

「どうするんだ」

「食べるんです」

賄方にたのんで、骨までたべられるように飴煮にしてもらうつもりだろう。沖田は、池田屋の斬り込みこのかた、体のぐあいがよくないらしい。

「田代と、加納惣三郎のことだが」

「ああ、あの一件か」

沖田は、水面をみながら、

「あの一件は、私にはにが手ですよ。男が男を追っかけるなんて、私にはわからないな」

「お前、あのふたりが入隊するときの試合で三本目は、加納の勝ちにしたろう」

「そうでしたかな」

「あれは、紙一重の差で、田代の抜き胴のほうが早かった」

「しかし、撃ちが浅かった。まあ相撃ちといってもいいところですが、加納惣三郎のほうが、太刀さばきがあざやかだし、撃ちにも力があった、ように記憶しています。だから私は、加納をとったんじゃなかったかな」

「腕は、どちらができるだろう」

「加納惣三郎ですよ」

これは、沖田総司は断固といった。沖田のそういう目筋は、近藤や自分でも及ばないことを、土方は知っている。

「そうか」

土方は、門内へ入った。

面妖《みょう》なことがある。土方はそこまで隊士の私行私情を詮索する気はないのだが、かといって、面妖《みょう》だ、とおもったことは、自分なりにはっきり結論をつけておかなければ我慢のできないたちなのである。

土方は防具をつけ、道場に出た。

道場では、非番の隊士が、切りかえしをしたり、稽古試合をしたりして、板敷いっぱいに群れている。

「加納君はいるか」

すぐ、惣三郎は抜け出てきた。

「やろう」

「はっ、教えていただきます」

立ちあってみた。

土方は、この男が持っている異常な気根で相手を萎《な》えさせ、萎えるところを撃ち、突き、さらに踏みこんで押しまくったが、それでもその隙き隙きに撃ちこんでくる加納の太刀は思った以上にするどく、何度か受け損じて、浅い撃ちを食った。

「よかろう」

竹刀をひき、こんどは、群れのなかから田代彪蔵をさがしだして、間合《まあい》をとった。

田代は、面籠手をつけて怒り肩に竹刀をかまえると、どこか土竜《もぐら》に似ている。この朴訥《ぼくとつ》な男は相手が副長土方歳三であることにどこか遠慮するのか、容易に仕掛けてこない。

「田代君、遠慮なく」

「やっ」

と仕掛けてきた出籠手《でこて》を、土方は、足も動かさず、ぴしり、と撃った。段がちがう。

「あまい、あまい。それで北辰一刀流の目録か」

励ますようにいった。田代はさすがにかっとなったのか、そのひと声で激しく動いた。そのたびに土方は摺りあげて面を撃ち、応じかえして胴を撃ち、相手に息を入れるすきをあたえない。

「それまで。——」

土方は飛びさがって、竹刀をおさめた。

(なるほど総司のいうとおりだ。田代は加納惣三郎より一段は落ちる)

土方は、加納、田代をよび、

「立ち合い給え」

といった。

田代は青眼。

加納惣三郎も、おなじ構えである。

田代の剣先が、相手をさそうように微妙に動いている。鶺鴒《せきれい》の尾といい、北辰一刀流にだけある手である。

田代は、息をぬき、かすかに籠手をあけて誘うと、加納惣三郎は剣尖を舞いあげるや、ぱっと面に出た。その胴を田代ははげしく撃ち込んで田代の勝ち。

(妙だな)

土方はおもった。

そのあと、田代彪蔵の構えは一まわり大きくなったような感じで、剣尖で加納惣三郎を圧し圧しつつ、自在に撃った。田代は以前の試合のときとは、見ちがえるほど気魄が充溢している。逆に加納はどこか萎えていた。ついに道場の隅まで押し詰められて、咽喉輪を突きやぶるような刺突を食った。

(こいつら、出来たな)

加納惣三郎が、つまり女になった。他の者に対してはあれだけの太刀わざのできる男が田代には萎えている。

（そういうものか）

土方には、衆道の気持などわからない。わからないながらも、一つ、利口になったような気がした。

——加納惣三郎と田代は出来ている。

というわさが立ったのは、それからほどもなかった。

敏感な観察者がいる。

三番隊の平同士で丹波篠山《ささやま》藩脱藩の湯沢藤次郎という男もその一人だった。この男は赤い唇が裂けたように大きく、眼がいつもただれたような感じで人に好感をあたえないが、短気で剽《ひょう》悍《かん》で斬りこみには真先きに駈け入る。故郷が篠山だけに、その道には嗅覚《きゅうかく》があった。

だけではない。

ひそかにこの湯沢は、加納惣三郎に想いを抱いていた。

（惣三郎を抱いて、暁けの烏を一声でも聴けば、寿命が縮まってもかまわぬ）

とおもっている。こうした衆道の者の想いは、美女を想う男心などよりももっと陰にこもったはげしいものがあるらしい。

加納惣三郎が田代彪蔵の手管で、まったくその道の者になりおおせたことは、立居振舞の体つきで、湯沢にはわかる。

それが湯沢にはねたましかった。

(盗《と》ろう)

と決意して、湯沢は惣三郎に接近した。すでにその道の者になっている加納惣三郎は、言い寄られて、べつに悪い気持がしない。湯沢をみると、他人にはわからぬ微妙さでしなを作るようになった。

ある日、雨が降った。湯沢は祇園の「楓亭」という料亭に惣三郎をさそってみた。

「祇園に?」

惣三郎は眼を見はってみせ、

「なにかおもしろいことでもあるのですか」

「なに、あそこの楓は雨を含むといい。それをサカナに酒をのむだけさ」

惣三郎は、案外あっさりついてきた。その料亭の奥の間で、湯沢のために手籠めにされた。

というより、手首でやや抗《あら》がっただけで湯沢の思いどおりになった。

「田代には言うな」

と、湯沢はきびしくいった。惣三郎は、だまってうなずいた。前髪が白い額に垂れて、伏眼になると女よりも色気がすさまじい。

そういう縁が、三度重なった。重なるたびに湯沢の想いはいよいよつのり、三度の逢瀬には、心中、殺気が動いた。

「あ。——」

惣三郎は、身を固くした。

「なにもせぬ。しかし惣三郎、田代彪蔵がそれほど好きか」

「なぜです」

「おれとこういう仲になっても、お前はいっこうに田代と別れる気配がないからだ。手を切ってしまえ」

「切れない」

「田代がしつこいのか」

「でもありませんけど」

惣三郎は、ずるい。自分のからだを二人から愛されたいのだろう。すでにこの惣三郎のなかで、ひどく淫乱な女が生れている。

「どうなのだ」

と、湯沢は詰め寄った。惣三郎が、こまったような微笑をうかべた。

その微笑が、湯沢の眼には別の表情にうつった。自分を軽侮している、やはり田代彪蔵に強《こわ》い情をもっているのではないか。

(斬ってやる)

田代彪蔵を。

湯沢が決意したのは、このときである。

三

その朝、勤勉な土方歳三にはめずらしく朝寝をした。

監察山崎蒸《すすむ》に起されたときは、すでに陽が昇ってしまっている。

「急ぎの用か」

と、土方は障子越しにきいた。監察山崎蒸の影がちょっと動いて、

「隊士が一人、斬られています」

「起きる」

土方はすぐ井戸端へ行って、粗塩《あらしお》で癇性なほど口をすすいだ。すこし頭痛がする。

身を整えて、自室で山崎と会った。山崎は「慶応元年九月再版京都指掌図竹原好兵衛版元」

という色刷の地図をひろげ、

「ここです」

と、一点を指した。松原通り東《ひがしの》洞院《とういん》上ル因幡《いなば》薬師の東塀である。

隊士が斃れているのを付近の者が夜明けに見つけ、奉行所を通じて屯営に報告があった。

「名は？」

「いまから参ります」

半刻《はんとき》ほどして山崎が帰ってきて、それが湯沢藤次郎である、とわかった。

右袈裟《げさ》一刀で絶命している。よほど手のきく者が斬ったものとみえる。

「下手人は。——」

「わかりませぬ」

常識的にいえば、薩摩か土佐か、どちらかというわけだが、この南国の二藩は、他藩とはちがって、結髪、佩刀、服装がやや特異でひと目みればわかる。じつのところ、目撃者がいた。

因幡薬師の寺男である。

「その者の口ぶりでは、薩摩風でも土佐風でもなさそうだ、というのです」

「ないとすれば……?」

「もしかすると、隊内ではないか、とも考えられます」

「隊内に、湯沢と不仲の者はいたか」

「さあ」

山崎は、調べてみます、といって引きさがった。

そのうち、湯沢藤次郎の葬儀もおわり、山崎の調べもすすまず、秋が深まった。

土方はいつも隊内に起居している。近藤は用のない夜は、近くの休息所へ戻った。黒板塀をめぐらせた瀟洒な二階建てで、真宗興正寺門跡の坊官《ぼうかん》屋敷であったものを、新選組が借りている。女がいる。妾であった。が、その者については主題ではないからふれない。

その屋敷で、ある日、土方は近藤と夕食を共にした。雑談中、近藤はふと思いだしたように、

「小姓の加納惣三郎のことだが」

といった。

「ああ、惣三郎が？」

「あれは、隊士のたれかの色子になっているそうだな」

「いま、あんたは気づいたのか」

と、土方は近藤のうかつさを笑った。自分の小姓が、隊士と懇ろになっているのも知らない。

「土方君、始末したまえ」

「始末？」

この隊では、死を意味する。しかし殺すに価いすることなのか。衆道は、僧門、武門の古風で、士道に反するというほどのことではない。

「殺《や》るのかね」

と、土方は、不服そうにいった。

「哀れではないか。近藤さん、あんたはまさか惣三郎に惚れていたのではあるまいな」

「土方君、きみは」

近藤は、ちょっと狼狽している。

「なにか取り違えている。斬れ、とはいってない。たとえば監察の山崎君にでもいいつけて、惣三郎に女の味を知らせてやればどうだ、と私はいっている」

「わかった」

近藤にしろ土方にしろ、惣三郎の扱いには可憐の心が働くのか、他の隊士に対するような手きびしさがにぶるようであった。が当人たちは、そういう自分には気づいていない。

　土方は、監察山崎蒸に、右のような次第を依頼した。

「島原へでも連れてゆけばいいんですな」

「まあ、そうだ」

「軍用金は、どうなります」

と、山崎は、この男にしてはめずらしく冗談をいった。

「まさか隊費から出せない。相手は押小路の越後屋だ、もっているだろう。しかし君のぶんは」

　土方は、金を与えた。

　ところが、その金は無駄になった。山崎の報告では、かれがどう誘っても、惣三郎が応じないというのである。

「こいつはいい」

　土方は、うれしそうに笑った。

「惣三郎は君に妙なことをされてはこまる、とこわがっているのかもしれない」

「とすれば心外です」

「まあ、ゆるゆるつきあってやることだ。相手はまだねんねだからな」

　山崎は、職務に忠実にできている。その後もほとんど生一本という態度で、ぐんぐん惣三郎に接近した。

惣三郎は、逃げまわっているらしい。

この若者にしては当然だった。田代彪蔵とは出来ているにせよ、死んだ湯沢藤次郎をはじめ、武田観柳斎、四方軍平など、自分に言い寄る者が多い。監察の山崎までそうかとおもうと、ぞっとするのだろう。

しかし、一面、憎くもない。

山崎とつきあうにつれて、加納惣三郎はいろんなことを喋るようになった。

山崎は、意外なことをきいた。

死んだ湯沢藤次郎も、衆道好みで惣三郎に言い寄っていたという。

「あれも、衆道だったのか」

「ええ」

惣三郎はうなずいた。

「それで、君はなびいたのか」

「まさか、そんなことは致しません」

「君は、いったい、誰と結縁《けちえん》しているのだ」

「たれとも」

「ふむ、けちえんしていないのだな」

山崎が念をおした。むろん山崎は、この惣三郎が田代彪蔵と出来ていることは、土方からきいて知っている。

「山崎さんは、好きです」

と、惣三郎は妙なことをいった。山崎の言動を誤解している。山崎は何度も、その誤解を解こうとした。君を衆道に用いようとしているのではない、遊所につれて行って男女の面白さを教えてやろうというのだが、といっても、惣三郎は微笑しているだけであった。

惣三郎の口裏から察するに、この手はふるい、というものらしい。

「武田先生も」

と、惣三郎は、言葉をにごした。のちに鴨川銭取橋《ぜにとりばし》で薩藩への内通の疑いにより斬殺された五番隊長武田観柳斎も、「女遊びに連れていってやる」と称して遊里へ連れこみ、部屋を設けて挑みかかったことがあるらしい。

(観柳斎と一緒にされてはたまらぬ)

山崎はこんな仕事はにが手であった。

「土方先生、私は手をひきますよ」

と、音《ね》をあげた。

「まあ、これも隊務だと思ってもらいたい」

「しかし」

「冥利だよ、男の」

土方も、笑っている。土方は、この男はこの男なりに楽しんでいるのかもしれない。

そのうち、事態がいよいよ山崎の思わぬ方角にそれてきた。惣三郎が、監察山崎烝と廊下などで擦れちがうたびに、眼もとをほの赤く染めるようになってきたのである。どうやら、惣三郎のほうから、山崎が好きになってきたらしい。

(こまったな)

山崎も、途方に暮れた。

惣三郎の態度が、日に日に妙になって、ついには、「山崎監察、島原に連れて行って頂けませんか」と持ちかけてきた。

「しかし、あれだ、加納君。くれぐれも言っておくが、島原は女と遊ぶところだぜ」

「知っています」

が、観柳斎のような男もいる、と惣三郎は内心思っているのかもしれない。

「では、行こう、今夜でも。あんたのほうは今夜非番なのだろうな」

「はい」

うなずいた惣三郎の白いうなじが、山崎でさえ、はっとするほどに初々しかった。

(いかん)

やはり、惣三郎にかぶれはじめているのかもしれない、と山崎は自分に用心した。

島原廓《ぐるわ》は、輪違屋《わちがいや》を選んだ。

山崎は、かねて懇意になっているあるじを呼び、加納惣三郎が初めてであることを明かし、できるだけ心映えのやさしい妓《おんな》がいい、と頼んだ。

「天神でございますな」

これは大夫よりも一格ひくい。亭主は加納惣三郎が平同士とみて、当人の懐ろ勘定を想像してそういったのだろう。

「いや、大夫《たゆう》がいい」

「大夫《こったい》を」

亭主は、首をひねった。山崎は苦笑した。

「あれは、押小路の越後屋のせがれだ」

「ああ、あの方が」

亭主も評判はきいている。そういうお人ならば、というので、島原随一の美女といわれる錦《にしき》木《ぎ》大夫をつける約束をしてくれた。この世界は金である。新選組隊士というより、越後屋のせがれ、というほうがはばがきく。

「山崎様はどうなされます」

「おれは当夜は介添人だ。妓は要らぬ。部屋を一つ呉れれば、酒でものんでいる」

「よろしゅうおす」

夜になって二人は、出かけた。壬生《みぶ》屯営のころとちがって、島原がすこし遠い。途中、田圃道で、惣三郎は花緒を切った。

「歩けるか」

「ええ、なんとか」

惣三郎は手拭いを裂いて緒を据えなおしたが、歩きづらいらしい。

「そこまで行って駕籠をよんできてやろうか」

山崎は親切である。惣三郎はその親切がよほどうれしかったものか、さっと、機敏に山崎のそばに寄った。

手をにぎっている。

(こまったな)

山崎は、星を見た。満天の星の群れが、さまざまな色に輝いている。ああ明日は晴れることだ、と思い、この苦痛に堪えた。惣三郎が憐れで、ふりほどいてやる気にはなれないのである。だけでなく、山崎の体のどこかに、妙な気持がうずきはじめている。

(いかん)

本願寺の前まできたとき、ちょうど空き駕籠が二挺やってきたので、山崎は一挺に惣三郎を押しこみ、自分も逃げこむようにして駕籠の人となった。

島原では、山崎は孤立無援ではない。女手がたっぷりある。仲居、禿《かむろ》どもの群れに惣三郎の身柄をひきわたすと、すぐ別室へひきとって汗をぬぐった。

加納に握られた中指を見た。

しみ入るような甘ずっぱいある種の感じが残っている。おれにもそんなところがあったのか、と、山崎は自分自身がふしぎでならなかった。

「おまつ、居るか」

と、手をたたき、顔馴染の仲居をよんで酒を用意させ、土方から貰った金のなかから多額の心付けをわたし、

——いいか、錦木大夫が敵娼《あいかた》になっている加納惣三郎、あれは少々衆道のけがある。そのうえ女を知らぬ。はじめてのことだから腹を切るようなものだ。お前、介錯人のつもりで逐一、検分しておいてくれ。

——心得まして、

と、おまつ仲居はおどけていった。

——ござりまする。

ほどほどにして、山崎は屯営に戻った。

翌朝、惣三郎が帰営したが、真蒼な顔をしている。局長室のある奥の廊下で山崎とすれちがっても、ぷいと素知らぬ顔をしている。すねているらしい。惣三郎は、山崎と二人っきりになれるものだと思って輪違屋へ行ったのが、意外にも山崎に裏切られた、と思っているのだろう。

午後になって、輪違屋のおまつ仲居がやってき、

「山崎はん、殺生やな、あれからえらい騒ぎになりましたんどすえ」

と、いった。きくと、惣三郎は山崎をさがして落ちつかず、錦木大夫や介添えの仲居がなにをいっても答えない。さまざまになだめて床入りまではいったが、ついに共臥しの錦木大夫には一指も触れなかったらしい。

(わるいことをしたな)

山崎は、妙な気持になった。といって、惣三郎と臥《ね》るのはこまる。

その夜である。

山崎は、役目がら、奉行所に所用があって、帰りは日が暮れた。

二条城の南堀を左にとって堀川へ出た。堀川は、城の外堀になっている。それに沿ってまっすぐに十五、六丁南下すれば、ねむっていても屯営の門前へ出られる。

六角をすぎるとき、提灯の蠟燭を入れかえたが、四条の堀川でそれが消えた。山がたに「誠」の文字を染めた隊の提灯である。

山崎は、しゃがんで火をきった。とたんに投げだしたまま、堀川ばたへすっ飛んだ。

刀を抜いた。

「人違いするな。新選組の山崎である」

柳をタテにとり、下駄をぬぎすてた。眼を細めて闇を見すかした。黒い人影が、這うような姿勢で近づいている。一人である。新選組隊士と知って討ちかけてくるというのは、よほど腕に自信のある男だろう。

山崎は、足場をたしかめた。踏むと、カカトからざらざらと土が堀川へ落ちた。その音が、山崎に決断させた。

地を蹴った。

上段から、影の頭上に殺到した。斬《や》った、と思ったが、影は敏捷にすりぬけている。

影はしばらく刀を構えていたが、やがて飛ぶような足どりで東へ逃げてしまった。

山崎は、場なれている。ゆっくりとしゃがみ、先刻とおなじ姿勢で提灯に灯を入れた。路上が、あかるくなった。みると、物が落ちている。小柄《こづか》であった。

男の鞘から落ちたものだろう。三寸二、三分、粗末なものである。

帰営すると、すぐ各隊の長にたのんで小柄のない差料《さしりよう》を用いている者をひそかにさがしてもらった。

一番隊平同士田代彪蔵

その男の持物であることがわかった。

監察山崎蒸は、土方歳三に報告した。むろん、山崎は、加納惣三郎との島原廓《ぐるわ》での一件は、いちぶしじゅう、土方の耳に入れてある。

「そうか」

土方は、笑いかけて、やめた。

「君には気の毒をした。田代彪蔵は、君が惣三郎を奪った、と思っているらしい。君は恋がたきになっている。あの道は怖いものだな」

おそらく、惣三郎は山崎に傾き、古い恋人の田代彪蔵に冷たくなっていたのであろう。田代は、山崎に遺恨をもった。

「衆道の嫉妬はすさまじいという。まして田代は、惣三郎を衆道に仕立てあげた男だ。それを君に横盗りされてはたまるまい」

「私は横盗りしてやしませんよ」

「わかっている」

土方は、小柄を掌の上で眺めた。

ツカに、倶利迦羅《くりから》の彫りものがある。名をみると、筑前の鍛冶らしい。

「田代という男は、たしか久留米藩の足軽だったな」

「いや、もすこし卑《ひく》く、家老屋敷で中間《ちゅうげん》奉公をしていたときいています」

「その中間部屋で、衆道を覚えたのか。いい腕だが、身をほろぼすことになるな」

土方は、小柄を畳の上に投げだした。

「湯沢を因幡薬師で斬ったのも、あの男さ」

山崎も、そう踏んでいる。

土方は立ちあがった。近藤に報告するためである。

近藤は部屋にいた。土方はいままでの一切を報告し、「事が事だけに哀れですが、これは捨てておくわけにはいきますまい」

「斬ろう」

近藤は、いった。田代は一種の狂人とみなしていい。捨てておけば、また隊内でどんな騒動をおこすかわからない。

「が、土方君、これはひそかに。——」

「とすれば、討手は？」

「加納惣三郎がいい」

「——そいつは」

むごい、という顔を土方はした。が、すぐ眼をそらした。近藤の口辺に、微笑が澱んでいる。永い盟友の土方でさえはじめてみるような怪態《けたい》な翳りのある笑いで、みだらな、という形容が、ややあたっているだろう。愛人に愛人を斬らせる、と異常な情景の想像が、近藤の奥底にあるものを口辺に浮びあがらせた。

「討手は、惣三郎一人でいいかな。腕は討たれる田代と互角だが」

「いや、加納ひとりがいい」

「むりかもしれぬ。わるくいけば逆に斬られる」

「ならば、介添役をつけよう。君と沖田君、これなら大丈夫だろう」

「私か。——」

気が重いな、といってから、やっと破顔《わら》った。

四

「私が？　田代さんを？」

惣三郎の唇から血の気が褪《あ》せた。が、すぐ、その同じ唇から微笑が綻《ほころ》びてきて、やがてひどく酷薄な顔になった。

「やってみます」

（どういう気なのか）

土方は、惣三郎を冷たくにらみすえ、

「討手は、君ひとりだよ」

「はい」

落ちついている。

やがて、手筈がきまり、加納惣三郎は屯営で日没を待った。ただし土方、沖田総司の介添役は、屯営にいない。

待ち伏せている。

亥《い》の刻、土方らは鴨川の四条中洲に降り、草むらの中に立った。待っている。ほどなく、月が出るだろう。そのころに惣三郎が、愛人の田代と一緒に、ここへやってくる。田代は惣三郎に、「祇園へ行きましょう」とあざむかれているはずであった。

洲の両側は瀬である。東西二つの瀬に、それぞれ橋がかかっている。祇園へ行く者はこの中洲を横切らねばならない。

「来た」

と、沖田がいった。沖田はこの夜、体でもわるいのか、声に元気がない。というよりは、ほとんど黙りこくっていた。ただひとことだけ、土方に囁いた。

「私は、あのふたり、どちらも嫌いだな、顔を見るのも。そうだな、声をきいてさえ、こう、ぞっとする。土方さんは、どうです」

土方は、答えなかった。始末にこまる感情であった。数多く、隊士を粛清してきたが、どの場合にも、処断する土方の内側に、土方なりの正義があったつもりである。こんどのばあい、どの正義を発動すべきだろう。

「来た」

と、沖田はもう一度いった。

影が二つ。

土方らの眼の前を過ぎようとしている。加納惣三郎らしい影が、急にとまった。動いた。

抜きうちで、田代彪蔵の影を斬りさげようとしたがおよばず、田代の影は、かるがると飛びさがった。キラリ、と田代は刀をぬいた。月は、まだ昇らない。

「惣三郎、裏切ったな」

凄惨な声である。

加納惣三郎は、声をたてて笑った。背後に副長土方と、一番隊長沖田がついている。そんな他愛もない傲《おご》りが、惣三郎の声をいっそうカン高くさせた。

「田代さん、因幡薬師の一件、それに堀川で山崎監察を待ち伏せた件、証拠はあがっている。隊規により、惣三郎が誅討します」

「待て、なんの証拠だ」

田代の声に、意外そうな響きがあった。土方は不審を覚えた。

（これは、ちがうのではないか）

湯沢藤次郎を因幡薬師で殺したのも、あるいは惣三郎のほうかもしれない。そのころはまだ田代に愛情をもっていて、犯した湯沢が憎くなったものか。考えられることだ。

その後、山崎に愛情が移って、田代の執拗さが疎ましくなってくると、こんどは、それを陥れるために小柄を盗み、山崎を擬装要撃した現場に落しておく。これで、筋が立つ。

が、所詮は想像である。

こういう異常な愛情のなかにいる惣三郎のような男の心情など、土方の想像には及びもつかない屈折があるのかもしれない。

月が、東山に昇った。

田代彪蔵が、憎悪をこめて殺到した。力まかせにふりおろしたのを、加納惣三郎は、つば、もとでかろうじて受けた。

田代は、膂力《りよりよく》がつよい。

そのまま、押し切ろうとした。田代の刀の物打《ものうち》が、惣三郎のひたいに触れた。

刃が、ふるえている。

田代は、渾身の力をこめた。惣三郎の左足のクルブシから砂が崩れ、腰がくずれた。

「あっ」

悲鳴をあげた。

その顔を、月が白くした。惣三郎の唇がまるくひらき、うめいた。「ゆ、ゆるしてくれ」

なおも田代は、力をこめた。惣三郎はほとんど夢寐《むび》の語のように、数語口走った。なにを口走ったのか、物蔭にいる土方らの耳にまでは聞きとれない。聞きとれたところで、土方らには、理解しがたい言葉だったろう。この二人だけが、閨《ねや》で戯《ざ》れかわしていた、いわば異形《いぎょう》の愛語だったのかもしれない。

妙なことに、田代が刀の物打に籠めていた渾身の力が、その数語で、霧のように消えてしまったのである。

同時に、惣三郎は身を沈めた。飛びのいて退きざまに胴をはらった。さらに踏みこんだ。田代は、すでに倒れている。惣三郎は、狂人のように走り寄って、一太刀撃ち、さらに一太刀を加えた。

土方と沖田は、だまって現場を離れた。草を踏み、やがて砂地を踏み、さらに西の橋を渡りおわったとき、沖田はふと立ちどまった。

「そうだ」

と、この男はつぶやくようにいった。

「用を思いだした。ちょっと中洲までひきかえしてきます」

この男の用がどういうものか土方にはわかっている。

土方は、鴨川堤を、南へ歩いた。数歩あるくうちにやりきれない感情がつきあげてきて、

（化物め）

と、唾をはいた。

唾が地上に達するころ、堤の下で、低い、しかし特徴のあるうめき声がきこえ、すぐ瀬の音にかき消された。

（惣三郎め、美男すぎた。男どもに弄《なぶ》られているあいだに、化物が棲みこんだのだろう）

土方は、和泉守兼定の鯉口を、そっと左手の指でゆるめた。

抜きうちに、斬った。おさめた。桜の若木が、梢で天を掃いて倒れた。

胸中の何を斬ったのか、当の土方自身にもわからない。

# からくり紅花

永井路子

一

きのが轟屋《とどろきや》の番頭貞吉の失踪《しっそう》を聞いたのは四日前のことである。

いや正確にはその数日前からというべきかもしれない。

「あのひと、いよいよ伊勢まいりにいくんだって」

夜、隣の寝床にもぐりこんで来たすみが、そう言ったのだ。

ひよし屋では、すみが一番おそく寝て、一番早く起きる。裏口ではあいまい宿もかねているこの小料理屋で、すみは台所の水仕事から手洗いの拭き掃除、はては男のする薪割りまでひきうけている。

三年前、両親に死にわかれて、姉妹でこのひよし屋に住みこんだとき、きのと二つちがいのすみは十八で、姉同様身ぎれいにして客をとっても、不足はない年ごろだったのに、

「あたし、この方が気楽だから」

わざわざ汚れ仕事を買って出たのである。

どっちかというと男の子のようなたちで、さっぱりしているかわり、しごくのんびりやなのだ。姉に客がついて、女中部屋にもどって来なくても、べつにいやな顔をするわけでもない。たまにこんなふうに枕を並べる夜があっても、あとから寝床に入って来ると、すぐ寝息をたててしまうのだが、その夜は、珍しく、無口なすみのほうから声をかけて来た。

「へえ、あの貞さんがねえ、そういやあこの町じゃ、お伊勢まいりは、はやりだから」

「ううん、そんなのではないのよ。前から心がけてお金ためてたんだって。それが今度旦那から、お許しがいただけたから、いよいよ出かけると言うのよ。何でも紅花の商売がことしは、ばかにうまくいったとかで」

貞吉の働いている轟屋は油が本職だが、上野《こうずけ》のこの小藩のお留物《とめもの》、紅花の売りさばきを一手にひきうけている御用商人なのだ。番頭のなかでは若いほうだが、なかなか目はしのきく働き者なので、その方はほとんどまかせきりにされている。仕事のつきあいでひよし屋へも時々顔を見せるが、根が遊び人でない彼は、いつのまにか下働きのすみに目をつけたらしい。

「あのひとはね、生れは江州なんですって。まだ親父さんや兄さんがいるんで、一度帰ってみたかったらしいの」

言いかけて、ふと、すみが頭をもたげるけはいがした。

「あら、雨かしら、やっぱり……。薪割っといてよかった」

降るというほどのひびきではない。絹糸のような春雨が、かすかに屋根にしみこんでゆく匂いが伝わってきた。

「伊勢からそっちへ廻って少しゆっくりして来て、帰ったら小さな店を持とうっていうのよ、あのひと」

店持つときはいっしょになって、という意味をこめた言い方を、すみはした。

「そう。で、すうちゃん、貞さんに何のおみやげねだったの」

「何も、だって、お金つかわせちゃ悪いじゃないの。くにに帰るには何かといり用も多いだろうしさ。一両あげたわ」

「あんたのほうから？　まあ」

「奉公してからのおこづかいためといたから」

「人がいいのね、あんたは。女はね、それより、かんざしのひとつぐらいねだったほうが、男はよろこぶものなのよ」

「そうかしら」

それなり、すみはだまったが、やがて軽い寝息をたてはじめた。

――貞吉なら、すみといい組合わせかもしれない。

きのは妹の寝息をききながら、ふとそう思ったりした。

轟屋の大番頭、源次があらわれたのは、その数日後だった。

二三日続いた雨がやんで、うるんだ青い空に、すこし気の早い黄の蝶が、たおたおと、馴れない羽根のうごかしかたでとんでゆく、明るいひるさがりだったが、ひよし屋の裏木戸をのぞいた源次の顔には、ただならない表情があった。

きのをよび出すと、声をひそめて、

「貞を見なかったか」

のっけにそう聞いた。

「さあ、しばらく見ないけれど……」

「ふうん」

源次は首をかしげた。商家の番頭にはもったいないくらい頭の切れる男で、轟屋の店を一手にきりまわしている、貞吉のよい兄貴分である。すでに彼は、すみと貞吉の仲を感づいているらしく、

「おすみに聞きゃあ、わかるかと思って来たんだが、あいにく使いに出たそうだ。もしやお前が知らないかと思って」

「そう。あいにくだけど、このところあのひと見かけなかったわ。で、いつ出かけるの、あのひと……」

言ったときである。

「出かける？」

源次はぎょっとしかけて急いで眼をしばたたいた。

「何のことだ、そりゃ」

「あら、だって……」

むしろおどろいたのは、きのである。

「あのひと……貞吉さんは、お伊勢まいりに行くんじゃなかったの？」

「伊勢まいりだって！」

「ええ、旦那からお許しが出たからって」

「そんなこと言ったのか」

源次は眼を光らせた。

「じゃあ、その伊勢まいりってのは……」

「大うそよ！」

吐き出すようにいった。

「じつはな、三日前から姿を消しやがったのよ」

「まあ……」

あの、まじめそうな貞吉が……。

「どうしたの、いったい……」

「あいつ――」

源次は唇を嚙《か》んだ。

「もしかすると、どえらいことをやりやがったのかも知れねえ」

「えっ！」

「あんなに面倒みてやってたのになあ」

「ねえ、それ、どういうことなの、いったい」

源次は返事をしなかった。やがて考えこむ目付きのまま、

「ひょっとすると大事《おおごと》だぞ、これは。お店の名にかかわるといけねえ。あいつのことは何も知らねえことにしておいてくれ。俺の来たこともな」

念を押して源次が去って行ったあと、きのはしばらく裏木戸にもたれていた。

あの実直そうな貞吉が――。

信じられないことだった。しかし、事はすでに起ってしまったのである。

――やっぱり男なんてものは……。

きのの中に苦いものがこみあげる。こうして客をとっていると、男の不実はいつものことだった。必ずまた来ると約束していった男は、二度と来ないし、女房にならないかと持ちかけるような手合いは、たいてい妻子があった。今度の場合にそうした知恵が働かなかったのは、貞吉も実直そうだったし、すみもまったくそうした色恋の世界とは無縁な女だったからだ。

――あの人たちは私とは違うんだから。

無意識にそう思っていた。しかし、今になってみれば、すみにも、心を許すのじゃない、と言うべきだったと、きのは悔いた。

昼下りは客がたてこんでいたので、きのがすみをつかまえたのは、夕方近くになってからだった。

「すうちゃん。この間の晩きいた貞さんのことだけれど」

なるべく、きのは何気なく話そうとした。

「あれ、本気の話だったの？」

「どうして？」

すみは大きな瞳をゆっくりぱちぱちさせた。しもぶくれの、大まかな造作で、うけ口なのが年よりあどけない感じである。

「だってね、今、源さんが来て――」

事のあらましを、きのは手短かに話した。が、話し終っても、すみは、始めと同じように、大きな瞳をぱちぱちさせて、じっときのをみつめている。

あまりのことに、咄嗟《とっさ》には口もきけないのだろうか。

「すうちゃん」

きのは、すみの肩を抱くようにした。

「がっかりしちゃだめよ。男なんてみんなそんなものなんだから。姉さんなんか、何度もひどい目にあってるの」

「……………」

「すんだことは忘れてしまうのよ、ね」

すみのまばたきがとまった。そのまま、じーっと、きのをみつめていたが、やがてゆっくりと薄紅色の唇が動いた。

「でもね、姉さん」

割に落ちついた声だった。

「あのひと、お伊勢まいりに行くと言ったのよ」

「だからさ、それが……」

すみは首をふった。

「私はそう聞いたんですもの」

それだけ言うと、きのの手をすりぬけるようにして、すみは台所へ歩いていった。

夜になると、ひよし屋はまた客がこみ始めた。台所と座敷を往復しながら、きのが気をつけて見ると、すみは流しでせっせと漬物樽を洗っていた。からだにはずみをつけるようにして、藁《わら》たばでごしごしと樽の中を洗っているその姿は、貞吉の失踪などは、まったく信じてもいないように落ちつきはらって見えた。

二

藩の勘定方の柳沢欣之介《きんのすけ》が轟屋の貞吉の失踪《しっそう》を知ったのは、二日前のことである。もっとも、その直前まで、彼は貞吉という男の顔さえ知らなかったのであるが。

欣之介が勘定方の役人として出仕するようになったのは、一年ほど前からだった。

「若いに似合わぬ沈着、篤実な人柄を見込んでの登用である。手落ちなくつとめるよう」

元締《もとじめ》役はそういい、奥田勘右衛門をひきあわせ、万事、仕事は勘右衛門から教わるようにと命じた。

　勘右衛門が五十七歳だということはまもなくわかったことなのだが、渋紙いろの皺《しわ》の多い顔は年より十も老《ふ》けてみえた。男らしい、りりしい眉の、いかにも若々しい欣之介と並ぶと、親子というより、祖父と孫ほどの開きがある。年から言えば、とっくに元締になってもよい年頃なのに、下働きのままうだつの上がらないらしい勘右衛門だったが、それだけに仕事には精通していて、しきたりの多い勘定方の書類のことなどは事細かに教えてくれる。勘定方というのは、藩内の金穀の出納《すいとう》を主な仕事とする。いわば現在の経理部である。

「仕事に馴れるには、前の帳簿を見て、数量、金額を頭にたたきこむことだ」

　勘右衛門のすすめもあって、欣之介は、暇をみつけては前の出納帳をひっぱり出して見ていたが、そのうちにふしぎなことを発見した。藩のお留物の紅花の収益が、この数年、目立って減っていることである。

　紅花はそのころの白粉の原料だ。世の中が華美になるにつれて、京大阪や江戸での需要はふえているはずだし、藩でも増産に力をいれているのに、それを一手に取扱う轟屋からの上納金は、むしろ減る一方なのだ。

　彼は一度このことを奥田勘右衛門に言ったことがある。

「近ごろ轟屋からの紅花の上納金は減っておりますが……」

「ほほう、そうか」

　勘右衛門ははじめて気づいたようだった。

「どうしてわかったのか」

「は、少し前からの書類をしらべまして」

「ほう……。なかなか勤勉だな、そなた」

勘右衛門は、欣之介の勉強ぶりに感心した様子である。

「で、どのくらい減っておるのか」

「は、十年前は大体年、二千百両前後でございましたが、このごろは、千六、七百両になっております」

「三、四百両といったところだな」

欣之介が期待していたほど、勘右衛門は驚きを示さなかった。

「ま、景気、不景気もあろうからな」

「しかし……紅花の景気は昨今それほど悪いとも思われません」

「そりゃ、まあそうだ。しかし、商売というのはなかなかこちらの思うとおりには行かぬものだからな」

それから、彼は若い欣之介をさとす口ぶりになった。

「お役目熱心は大変結構だ。しかし、当藩にあっては三、四百両の上下はそれほど大したことではない。勘定方の吟味は紅花だけが仕事ではないのだし、もっと大きな所へ眼をつけるようにしなければならぬ」

「は」

欣之介はおとなしく首を下げた。

しかし――。

腹の底では、わりきれない思いが残った。勘右衛門は三、四百両は、はした金だと言った。だからといって棄てておくのはおかしい。とるものは、とるべきではないか……。轟屋という店の名前が、頭の中にこびりついて離れなくなったのはそれからである。

以来、紅花のことで轟屋の番頭の源次がやって来たときは、集荷や販売の数量などについてくわしく書類をつきあわせて見るようにしたのだが、さすが長年の御用商人だけあって、まったく手抜かりはない。

「このごろは紅花があちこちから売込まれますので値を叩かれまして……」

言われてみれば、値段のわからない欣之介には一言もなかった。

そのうち彼はひとつのことを思いついた。紅花販売を轟屋の独占とせずに、二三軒に割当てたらどうか……。早速奥田勘右衛門に上申してみると、

「ふうむ、しかし……」

例によって煮えきらない答え方をした。

「轟屋が紅花御用を仰せつかったのは、先々代の殿様がここに御転封になったときからなのでな。その年が運悪く大凶作で、御国替え早々で大変お困りになったところを、いちはやく轟屋の先代が、御用金五千両を献上したのだそうだ。以来紅花の売買は轟屋一手たるべしということになり、先々代様がお墨付きを下されたはずだ」

それを急に変えることはできない。何か落度があるならともかく、多少上納金が減ったくらいでは理由にならない、と勘右衛門は言った。いつの世にも、役人は先例を破ることには、ひどく臆病なものである。

それなり紅花の一件は足踏みをつづけていたが、数ヵ月後、やっと欣之介が轟屋の上納金のからくりを見破る機会がやって来た。ふと思いついて、藩の学塾の仲間で、江戸詰になった連中に頼んで、江戸の紅花の相場を知らせてもらったのがきっかけで、轟屋が、江戸の相場より三割ぐらい安値で売払ったように見せかけているのを知ったのである。

源次をよびつけて証拠をつきつけたが、最初、

「決して左様なことは」

いかにも心外そうな面持であった。

「轟屋の面目にかけても、そのようなことは」

彼は度々そう言い、とってかえすと、

「御不審とあれば、これは門外不出でございますが」

と轟屋の元帳までかついで来た。紅花の一々の売買がこと細かに書きこまれているその元帳の相場は、まさしく藩へ報告された通りの値段である。

「しかし、江戸の相場は現実にもっと高いのだ。それをなぜ轟屋はそんなに安く売るのか」

源次は考えこんでいた。が、

「わかりませせぬ」

首をかしげ始めた。

「そちは大番頭ではないか。わかりませぬですむと思うのか」

なお突込むと、少し御猶予《ごゆうよ》を、と言って、その日は帰っていった。

それから数日後の夜、欣之介の自宅に現われた源次は、うって変わって腰が低くなっていた。

「申しわけもございませぬ」

言うなり源次は這いつくばった。

「いや、それよりも、柳沢様には、御礼を申し上げなければなりませぬ」

「礼を？」

「はい。まさしく、紅花の相場は、柳沢様の仰せの通りでございました」

急ぎの飛脚でそれをたしかめた、と源次は言った。

「ただし、柳沢様」

膝をにじらせると、ひどく真剣な目付きで欣之介を見上げた。

「手前どもが、みなさま方に嘘をついておりましたわけではございません。それはさきにお目にかけました元帳のとおりで、一銭一厘のごまかしもございませぬ。それだけは、柳沢様、御了承なさって頂かなくては困ります」

そう言われれば、そうかもしれない。商人が売上げの元帳をみせるというのは、いわば手のうちをさらけ出すことだから、そこにはごまかしがあるとも思われなかった。

「では、轟屋じたい安く売っていたと申すのだな」

「はい、おはずかしいことですが、轟屋が、あざむかれておりましたのです。柳沢様のお言葉で、やっとそれに気づきました次第、何とお礼を申しあげてよいかわかりませぬ」

それから源次はつぶやくように言った。

「油断でした」

「なに、油断？」

「はい、飼犬に手を嚙まれました。ごまかして居りましたのは店の者でした。貞吉と申します若い番頭で、なかなか目はしがききますので、数年来、まかせきりにしておりましたのが悪うございました。売るときは高く売って、帳簿には安くつけて、ごまかしていたのでございます」

「泥をはいたのか」

「いや」

かぶりを振った。

「店で急ぎの飛脚をたてたりいたしましたのにかんづいて、ゆくえをくらましてしまいました」

思いがけない事態に、今度は欣之介がうなる番だった。

「追わせたか、すぐ」

「はい、手はうちました」

「奉行所へは」

「届けておりません。いや、こういうことは店の信用にかかわりますので、うっかり公けにはできないのでございます。特に手前どものように、かなり手広く、遠国まで取引がございますと、かえって商売がしにくうございますので……。いや、なにはともあれ、こうして膿《うみ》を出してしまった方がよいのでございます。これもみんな柳沢様のおかげで……」

源次はその足で、奥田勘右衛門の家にも廻るつもりだ、と語った。しかし、翌日出仕しても、勘右衛門は、欣之介に、何のねぎらいの言葉もかけなかった。

もっともその日は朝からひどく忙しかった。

——奥田様は忘れておられるのかもしれない。

と欣之介は思った。とにかく紅花の一件はこれで一区切りがついたのだから、自分の方から報告すべきなのかもしれない。その日の退出《ひけ》どき近く、書類の上にかがみこんでいる勘右衛門に近づくと、欣之介は言った。

「紅花の一件、轟屋からお聞きになりましたろうか」

勘右衛門は、ちらと皺の深い瞼《まぶた》を動かして欣之介を見たが、すぐに書類に目を落して、

「聞いた」

短くそれだけ言った。

「貞吉とやらが——」

「それも聞いている」

まるで欣之介の口を塞《ふさ》ぐような言い方をした。

とりつく島のないような勘右衛門の態度は、意外すぎた。大げさに褒《ほ》めてもらおうとは思わなかったが、当然「御苦労だった」とか「よくやった」くらいなねぎらいはあると思っていたのに、あまりにも、そっけなさすぎるではないか。

——あきらかに奥田様は機嫌がお悪い。

欣之介は家に帰る道々その理由を考えたが、どうにもわからなかった。

——新参者が出すぎた、と思っておいでなのだろうか。

古参者をだしぬいて、紅花のからくりをあばき出したことは、それだけ、古参者の無能を暴露したようなもので、気分を悪くしておいでなのか。

——まさか、あの奥田様が……。

そうは思いたくなかったが、勘右衛門の無愛想な理由がどうしてもわからなかった。

三

貞吉が轟屋から姿を消して一月たった。すみはひよし屋の台所で、相変わらず黙々と働いている。はじめは、すみがひどくがっかりするのではないかと、内心はらはらしていたのだったが、案外めそめそもせずに働いているので、ほっとしていた。

ただ、日ごろ口かずの少いすみは、さらに無口になったようである。はじめのうちは、

「男は見かけによらないものね。あんな男、忘れておしまい」

「一両もくれてやったのは惜しいけれど、まあ厄落《やくおと》しだと思えばね」

などと慰めたり、力づけたりしてみたが、返事をするのもおっくうげなすみを見て、これはかえって下手にさわらないのがよいのだ、と気がついた。

客が思いのほか早く帰った晩には、暗い灯の下で、すみはよく縫物にせいを出している。藍《あい》みじんのゆかたの袖口を器用にくけているのをみて、

「それ、旦那のゆかた？」

きのはなにげなく聞いた。

「いいえ」

顔をあげずに、すみは答える。

「お客さんの？」

ふと、手をとめると、顔をあげて、にっこりした。

「貞さんのよ」

「えっ？」

不意をつかれて、きのは声を呑んだ。

「すうちゃん！」

すみは白いふくよかな頬に、まだほほえみをうかべている。

「すうちゃん！　貞さんは、もう、どこかへ行ってしまったのよ」

「ちがうわ」

ひどくはっきりした声で、すみはそう言い、ゆっくり首を振った。じっと、きのをみつめた大きな瞳の白眼が、ぞっとするほど澄んでいた。

「今ごろは、あのひと、東海道を歩いてるのよ」

「すうちゃん！　あんたって人は——」

きのは、しばらく絶句した。

それから、思い直して、なだめるように、すみに言った。

「すうちゃん。あんたの純情な気持はわかるわ。でもね、貞さんがお伊勢まいりにゆくと言ったのはうそなのよ。あの人は、なにかお店でまずいことがあって、とび出しちゃったのよ」

澄んだ白眼が静かにきのを離れた。それなりすみは、ゆかたをとりあげると、丹念に袖口をくけはじめた。

「すうちゃん！」

何度きのが呼んでも返事せずに、縫物の上にかがみこんでいる姿は、かたくなにさえ見えた。

翌晩もすみは縫物をひろげた。もうきのが何と言おうととりあわない、とでも言いたげに、黙々と針を運んでいる。

きのは、あきれるというより、そのかたくなさに腹が立って来た。

——なんて馬鹿なんだろう、この子は。

まぎれもなく主家をしくじってとび出したはずの貞吉の、口さきだけの言葉をまだ信じているというのか。

とうとう三四日の後、きのの堪忍袋《かんにんぶくろ》は破裂した。

「すうちゃん！　いい加減にしたらどうなの。あんたみたいな馬鹿、みたことないわ。貞さんはね、お店から逃げだしたのよ。帰ってなんか来るもんですか」

すみは、きのの興奮に肩すかしをくわせるように落着きはらって答える。

「でも、私には貞さんは伊勢まいりにって……」

「何度言うの。源さんが嘘だって言ってるのに！　そんなに私の言うことが信じられないんなら、轟屋へいって、源さんに聞いておいでな」

すみはちょっと黙った。しばらくして、

「そうするわ」

縫物をかたづけると黙って床をのべ、向うをむいて寝てしまった。

翌日、すみは轟屋に出かけたようだった。その夜、用をすませて女中部屋にもどって来たすみの顔は、どことなく沈んでみえた。

「源さんには会えたの？」

きのは床の中から聞いた。

「ええ」

帯を解《と》きながら、すみは短く答えた。

「で、どうだった？」

答えずに着がえをすますと灯を消し、ひっそりと床に入った。やがて、ぽつりと、

「姉さんの言ったとおりだったわ」

小さな声でそれだけ言った。

――そうれごらん！

子供のときの姉妹げんかで勝ったときのような気持を味わったのは、瞬間のことである。おそらく、夜具の衿《えり》をかんで、嗚咽《おえつ》をこらえているに違いないすみを思うと、ひどくかわいそうになって来た。

「すうちゃん……」

自分が裏切りにあったような、くやしさに胸をかきむしられながら、きのはすみの手をもとめた。

「力落しちゃだめよ。人間なんてみんなそんなものなんだから。強くならなきゃね、あんな男のこと、もう忘れておしまい。嘘っつきの、ごますりの、くわせものの……」

言っているうちに、むらむらと貞吉への怒りがこみあげて来た。よりにもよって純情な妹に出まかせを言って、なんて奴なんだろう。

「負けちゃだめ、すうちゃん。元気を出して、働けば、またいいこともあるからね」

闇の中で求めたすみの手はやわらかく、あたたかかった。握りかえしはしなかったけれど、きのの求めるにまかせているところを見ると、姉の心がわからないではなかったようだ。

すみはその夜、さすがに一晩じゅう寝がえりを続けていた。

――姉さんみたいにお店に出てみようかしら。

すみがふっとこう言い出したのは、それから二三日すぎてからのことである。

「そうね」

きのはちょっと考えてから答えた。

「あんたが、やけになってのことでなければ」

「やけなんかにはなっていないわ」

いつもの落着いた調子で、すみは言う。多分貞吉のことを思い切るためにも生活全部をきりかえてしまいたいのだろう。むりにすすめることではなかったが、本人がその気ならそれもいいかもしれない。台所でくすぶっているよりは気も晴れようし、みいりもいい。親なし娘であってみれば、結局そんなことしか生きる道はないのだから。

ひよし屋の主人たちは、もちろん、すみが店に出ることは大賛成だった。姉のきものを借り、紅白粉をつけてみると、大ぶりの造作だけに人が違ったように華やかな顔立ちになった。店に出ても相かわらず無口で、ぎごちなかったが、なまじおせじがないのが気が楽だという客もあって評判は悪くない。はじめは酒に馴れず、苦しかったらしいが、それも次第にいける口になり、とうとうある夜、部屋にもどって来なかった。すみにとっては、はじめての経験に違いなかった。

翌日、すみは何事もなかったように、店の中を動きまわっていた。以来、月の中何度か部屋に帰らなくなり、むしろ、きののほうが女中部屋でひとり寝る日の方が多くなった。そうなってからのすみは、きのも驚くほどの女のみのりをみせはじめている。男の体液が、すみの体のなかに混《まじ》っていた粒立った生硬さ、ぎごちなさを、とろりと溶かしてしまったのだろうか、あわあわとしたやさしさが、かくしてもかくし切れずに、きものの外に匂いたつ。ひどくたよりなげで、そのくせ、どこまで撓《たわ》みつづけるかわからない、ふしぎなしなやかさを秘めたからだでもある。

が、すみ自身は、まぶしいほどの変わり方に気づいていないらしく、着物もきのに借りたり、今までの丈夫一式ので平気である。

「すうちゃん、もうすこしおしゃれしたらどうなの。せっかく、きれいになって来たんだから」

ある日、きのは見かねてそう言った。

「ちっとはお小づかいだってらくになったでしょう」

すると、すみは、笑って首を振った。

「いいの、これで」

「若いんだもの、一枚ぐらいお作りよ」

「ううん。お金ためるの、私」

まじめな顔で答える。

「へえ、ためてどうするのさ」

大きい瞳が、ゆっくり目ばたきをした。

「轟屋さんに返すのよ」

「え？」

「貞さんのごまかしたってお金を！」

きのはあっけにとられた。

「すうちゃん、あんた、まだ……」

まだ、そんなことを言っているのか、と言いかけて、妹の顔をみつめ直した。

「で、貞さんのごまかしたお金って、どのくらいなの」

「二、三百両、もっとかも知れない、って源さんは言ったわ」

「二、三百両！」

そんな大金を、どうしてすみに返せるだろう。私たちは一両のお金を工面するのだって大変なのに。

「馬鹿ね、あんた」

きのは思わず吐きすてるように言った。

「そんなお金、一生かかったって返せるもんですか」

「そうよ、返せはしないわ」

すみはほほえみながら言った。

「でも、私、少しずつ返すの。ほんの少しずつ、すこしずつね」

ひどく楽しげにそう言い、それから、いたずらをうちあけるように、

「でもね、姉さん」

「………」

「私はほんというと、貞吉さんがお店のお金使ったとは思ってないのよ。あのひと、きっと、お伊勢まいりにいったのよ」

「………」

「でもね、私、返すの。轟屋さんがそういうなら、私返すわ。すこおしずつね」

歌うようにくりかえしているすみの澄んだ白眼を見たとき、きのはぞっとした。

――正気なのかしら、この子は……。

いや、狂っているわけではないのかもしれない。世間の尺度をうけつけないすみを見ていると、やりきれないような、何ともいらだたしい思いが胸にあふれて来た。

その夜、きのは、客を相手に深酒をした。ひよし屋にはじめてのその客は、こんな場末の小料理屋には珍しい武士だった。身なりもととのっているし、若々しい生硬なきまじめさが、居ずまいからも感じられるのに、彼の目の色はひどく暗かった。

あおるように彼は呑み、

「泊ってゆくぞ」

ぶっきらぼうに言った。

その夜の愛撫は、息がつけないほど執拗だった。いや、愛撫などといえるものではなかった。彼はきののことなどは、まるきり念頭になく、ただ、挑み、さいなんだ。

——何も知らないんだわ、このひと。

息苦しいばかりで、ちっとも酔わせてくれない男を、あやし、とろかすことぐらいは、きのにとって何でもないことだった。

「さ、もっとやさしく抱いてよ」

男の指をとって、きのはあらわな体をなぞらせた。

が、きののおもわくは、はずれたようである。男はきののやさしさを拒み、前よりさらに乱暴に、きのを襲い、さいなんだ。そのきわまりにあっても、ひどく苦しげに眉をよせている男の顔をみたとき、ふと、きのは、男が、自分自身をいためつけ、さいなんでいるのではないか、という気がした。

帰りがけになってはじめて、男はきのの名を聞いた。

「あなたは?」

問いかえすと、

「聞くまでもなかろう。俺が来たいときに来るだけなんだから」

ぶっきら棒にそれだけ言ってぷいと座を起った。

四

ひよし屋の店で、轟屋の源次の顔を見かけるのは、しばらくぶりのことだった。貞吉の一件以来、どうも源次はきのやすみと顔をあわせるのを避けているらしい。

男の客と連れだって、部屋を出たところで、きのと顔をあわせてしまった源次は、

「あ、しばらくだな」

少し間の悪そうな顔付きをした。

「元気か」

「おかげさまで」

よそよそしい挨拶をして別れてしまおうとしたが、ふと、あることを思いついて、きのは、送るふりをして、廊下を並んで歩きながら、

「源さん」

連れに聞えないようにそっと呼んだ。

「なんだ」

あきらかに源次は逃げ腰である。

「ちょっと」

「急ぐんだがな。連れがあるから」

「いいの一言で」

「なんだい」

「すみが行ったでしょ」

「ああ」

「また行くかもしれなくてよ」

「え？」

「お金返したいんだって」

「な、なに？」

「貞さんの穴あけた分を」

「そ、それは、お前……」

源次はぎくりとした様子である。落ちつかない眼になって、

「後でゆっくり話そう、又くるぜ」

足を早めた。

「私も話したいわ。いつ来てくれる」

「そうさな……」

言いさして、ふいに源次が立ちすくんだ。眼が、店の入口に釘づけになっているのに気づいて、後からのぞくと、そこには、この間やって来た若い武士が、のっそり立っていた。

源次は瞬間、後退《あとずさ》りしたようである。しかし、それを気づかぬ武士が、もうこちらへ歩みはじめていると知ると、観念したのか、急に卑屈に媚びるような笑いをうかべて腰をかがめた。

「これはこれは、柳沢様、お珍しいところでお目にかかります」

源次をみとめると柳沢とよばれたその武士の瞳が揺れた。源次の笑いの中に、ふてぶてしく居直ったような、ある嘲笑に似た翳《かげ》がよぎったのは、このときである。

「どうぞごゆっくり。ま、御免なさいまし」

言葉だけはいやにていねいに、しかし、源次はもう武士の方をふりかえりはしなかった。

酒を運んで来ると、武士はまず源次のことを聞いた。

「お前の情夫《いろ》か、あの男」

それに答えず、きのはたずねた。

「柳沢さま、とおっしゃるんですね」

「そんなことはどうでもいい」

うるさそうに答えたその顔は、まぎれもない、勘定方の柳沢欣之介だった。

が、一月《ひとつき》の間に、何という変わりようだろう、頬がこけ、眼ばかりぎょろぎょろして、男らしく、すがすがしかった太い眉が、むしろ、暗い陰気な印象を与えるものとなっている。

もうすでに酒が入っているらしく、しつこく、欣之介はきのにからんだ。

「源次はお前の情夫《いろ》かときいてるんだ」

「いいえ、そんなのじゃありません」

「じゃ、なんで会う約束なんかしてたんだ」

「あら、聞えたんですか」

「ふ」

薄笑いをうかべると口を歪めて言った。

「おおかた、そんなことだろうと、かまをかけただけだ、それみろ」

「そりゃあ、たしかに会う約束をしていたところです。でも、そんな浮いた話じゃないんです。轟屋のことで、ぜひ聞かなきゃならないことがあったんです」

「ほう。轟屋のことで？」

ちらと欣之介は眼を光らせた。

「何が聞きたいんだ。轟屋のことなら俺が教えてやるぞ」

「まあ、柳沢様、どうしてご存じですの」

「どうしてでもいい。轟屋のことなら、何でも知ってる」

「本気ですか、そのお話」

きのは坐り直していた。

「じゃあ、伺いますけれど、轟屋に貞吉という番頭のいたことは、ご存じですか」

「貞吉？」

その名を聞いた瞬間、酔ってぐらぐらしていた欣之介の躰がぴたりと止まった。

「貞吉のことを知ってるのか、そなた」

「情夫《いろ》じゃありませんよ」

きのは先まわりした。

「でも、貞吉さんに惚れている女がいたんです」

「……」

「私の妹です」

「妹？」

「ええ……馬鹿な、馬鹿な妹が――」

言いかけたきのは心の中の思いがたかぶるのを抑えることができなかった。

「柳沢さま、私、その馬鹿な妹のために、貞吉さんのこと、ぜひ聞きたいんです」

「もっと、くわしく話してくれないか」

そう言ったとき、欣之介の眼からも、酔いはぬぐいさられていた。

きのは手短かに、これまでのいきさつを話してから言った。

「ね、馬鹿だとお思いになりませんか、すみのことを――」

欣之介は答えない。

「ね、そうでしょう、柳沢さま。あの子は貞吉さんの言った伊勢まいりをほんとうだと思いこんでいるんです」

「………」

「それで、いつ帰るかもわからない男の、ゆかたを縫って待ってたんです。でも、やっぱりお店のお金を使いこんだらしいとわかると、今度は貞さんの穴あけたお金を返すんだって……」

落着こうとしても声がふるえて来る。

「ね、馬鹿でしょう。馬鹿ですわね」

言いながら、ぼろぼろ、きのは涙をこぼした。

「私はあの人が使いこんだとは思わない、伊勢まいりに行ったんだと思うけれど、でも返すんだって――」

「きの――」

そのとき欣之介がかすれた声で言った。

「妹を呼んで来てくれないか」

「すみをですね」

「俺が会って話す」

心に何かを思い定めた調子で彼は言った。

すみがつれて来られたのは、その直後である。いくらか緊張した面持だが、落着きは失わず、ゆっくりとお辞儀をして向いあうと、大きな瞳でじっと欣之介をみつめた。

「すみか」

欣之介もその瞳をみつめながら、一語一語を区切るように言った。

「貞吉は、たしかに伊勢まいりに行ったのだ」

まあ、といったのは、きののほうだ。すみは無言だったが、大きい瞳に、ちらとよろこびの翳がよぎったようだった。

欣之介はふと眼を逸らせた。すみの瞳のゆらぎに、しいて気づかぬふうをよそおって、

「が、多分――」

言いかけて口ごもった。

「多分、貞吉はここには戻っては来ないだろうと思う」

「まあ、それはなぜですの」

きのがせきこんでたずねた。

「それは……」

欣之介の額に苦悩の皺がきざまれた。

「轟屋の紅花のあきないに、あるからくりがあった。それをやったのが貞吉だ」

ほうっというような吐息が、すみの口から洩れた。

「じゃあ、やっぱり……あの人は使いこんでいたのですね」

きのがうつろな眼になってこう言ったとき、

「いや！」

思いがけない力強さで欣之介は否定した。

「そうではない。そんなことは断じてない」

「まあ、それではどうして――」

欣之介はじっとすみをみつめて、それから次第に首を垂れた。

「許してくれ、すみ。貞吉を帰れなくしたのは、この俺なのだ」

# 五

柳沢欣之介が、そのことに気づいたのは——いや、正確にいえば、そのことに気づかされたのは、あの事件の数日後だった。

勘定方の仕事が終った後、彼は奥田勘右衛門の家に誘われた。律義ものらしい勘右衛門の妻の手づくりの肴《さかな》で一杯やりながら、

「御苦労だったな」

はじめて勘右衛門は彼にねぎらいの言葉をかけたのである。が、欣之介には、その言葉にはどこか、晴ればれとしない妙な重たさがあるような気がした。

と、さらに、重たげな口調で勘右衛門は言ったのだ。

「が、これだけのことをした以上、多少、心構えをしておいた方がよいと思ってそなたを呼んだのだが——」

渋紙いろをした、たるんだ瞼を持ちあげるようにして、

「お役替えの覚悟をしているかな」

じっと欣之介をのぞきこんだ。

「それは、どういうことでございますか」

咄嗟《とっさ》には老人の言葉が理解しかねた。

「轟屋の一件はよく調べた。若いに似合わぬ周到さだ。が、貞吉が帳簿でたくらんだからくりから生まれた金は、どこへ行ったと思う」

「貞吉がせしめていたのではございませんか」

「いや」

「じゃあ、轟屋が――」

「それもあるが、そのほかに？」

「さあ……」

「驚いてはいけない」

老人の細い眼に、かすかな笑いが漂ったようだった。

「その金の半分くらいは、おそらく、轟屋から、勘定奉行、勘定元締の諸役にばらまかれている」

「えっ！」

「ここだけの話だぞ」

欣之介は、がんと横面をはり倒された思いがした。

――そうだったのか……。

事情を知らぬ欣之介の正直一本槍の調査にへきえきした轟屋は、貞吉に罪をなすりつけて、その場を逃れたのだ。

「奥田さまは、それをご存じだったので？」

「あらましはな」

老いた頬に苦《にが》い笑いが浮かんだ。

「知っていて、なぜやらなかった、と言われそうだな。が、柳沢、こう年をとってしまうとな……。じつは俺も若いとき、これに似たことをやっている。おかげで、すぐ左遷されて、田舎の代官所で生涯の半分以上をくらした。それが勘定方に馴れた手合いが急に死んでしまったので、まあ仕事がわかるからというので呼びもどされたのよ。いまだに元締役になれぬのもそのためだ」

「…………」

「轟屋のこともわからないではなかった。しかし、それをあばいても、勘定奉行以下の不正まではあばききれぬ。結局、轟屋から怪我人を出しておさまるだけだろう」

「奥田さま！」

思わず、欣之介は叫んでいた。

「そ、それでは私は、貞吉を――」

「目はしのきく働き手だったらしいが、ちと、かわいそうなことをしたな。が、そなたとしても悪意でしたことではないし」

「…………」

「人間は、ときに悪意なしに、いや善意でしたことでも人を傷つけるということもあるものなのだ。それより――」

勘右衛門は語調をかえた。

「柳沢自身も、自分の刃で傷つくかも知れないのだからな。一応覚悟はしていた方がいい」

あたたかに欣之介を包むように言った。


語り終えると、もう一度欣之介は頭を下げた。

「すまなかった。許してくれ」

勘右衛門の予測どおり、半月も経たぬうちに、欣之介は役替えを仰せつけられた。命ぜられたのは、本国から遠く離れて奥州にある藩の飛地の代官所の書役である、誰にも一見してそれとわかる左遷だった。

「しかし……」

と欣之介は言った。

「俺がこうして、すさんだ毎日を送っているのは、決して左遷されてくさっているんじゃないんだ。厳正なるべき勘定奉行たちの間に、公然と行われている不正。それをどうにもできぬ自分の無力――。それと……。貞吉という若い男の一生を狂わせてしまったことへの悔いだ」

きのもすみも黙っている。

「俺にそれを償《つぐな》う力はない。が、俺がそれをどんなに苦にしているか、それだけはわかってくれるだろうか、すみ――」

すみの大きな瞳はじっと彼をみつめているが、うなずきはしなかった。

「許せないだろうな」

欣之介はつぶやいた。

「そのすみに、これ以上のことを言うのはつらいのだが――」

ひどく苦しげに、だが、ついに彼は口を切った。

「貞吉が、伊勢路へ発ったとして、二つのことが考えられる。ちょうど伊勢まいりに行きたいと言っていたのを幸い、因果を含めて旅立たせたのではないか、というのが一つ。源次がここへやって来たのは、お前たち二人が貞吉の伊勢まいりのことを知っているかどうかをたしかめるつもりだったのだ。お前たちが知っているとわかって、源次は、伊勢まいりではない、逃げ出したのだとわざと言ったのだと思う。今ひとつは――」

欣之介は深く息を吸って一気にいった。

「貞吉には何もしらせずに旅立たせてしまった。とも考えられる。そのときは、すでに貞吉の命はない、と思ってもらいたい」

「えっ！」

きのは思わず声をあげた。

「あの轟屋のことだ。後から誰かにつけさせ、殺してしまうのではないか……」

三人の間に重苦しい沈黙が流れた。やがて、

「そうでないことを、俺は祈っている……」

欣之介はぽつりと言って頭を垂れた。

ひそ、と空気がゆれた。

すみが立ちあがったのだ。まっすぐ欣之介をみつめると、ゆっくり一礼した。すみはとうとう、その間一言もしゃべらなかったのである。

それから間もなく――。

ひよし屋から、すみの姿が忽然と消えた。

すみは貞吉にめぐりあえたのだろうか。それから以後の二人の消息を知るものは、この町にはひとりもいない。

# だれも知らない

池波正太郎

一

とにかく、強かった。

相当にくたびれた着ながしの風体だし、総髪のまげも手むすびにしたものらしく、垢《あか》のにおいが全身からたちのぼっているような、三十がらみの浪人であった。

彼が、湯島天神・裏門前の茶店にいた武士四名を相手に、その茶店前で喧嘩《けんか》をしたということなのだが……。

「やせ浪人め、叩《たた》きのめしてくれる」

どこかの藩中とも見える四人づれは、みな立派な服装であったし、これを見たものは、

「あの乞食浪人の負けだ」

「可哀想《かわいそう》に……」

と見たし、四人の武士も胸を張って傲然《ごうぜん》たる態度で〔やせ浪人〕をかこみ、

「抜けぃ！」

怒鳴りつけた。

浪人がくびをすくめ、ひげだらけの顔をにやりとさせ、腰にした刀（彼は大刀一つのみを帯びていた）の柄《つか》をゆびでふれ、

「おれは抜かんでもいいよ」

と、いった。

「何‼」

「ぶれいなやつ‼」

「待て。拙者が先に……ひとつ、片づけてくれる」

すすみ出た一人が刀をぬきはらい、自信たっぷりに刃先を返し、

「峰打ちだ。殺しはせぬ。安心してかかってこい」

こういった瞬間に、浪人のひょろりと細長い体軀《たいく》がおどろくべき俊敏さでうごいた。

あっ……という間もない。

どこをどうされたのか、武士は刀を投げ出し、土けむりをあげて転倒している。

三人の武士がいっせいに抜刀し、わめき声をあげて浪人へ肉薄した。

あとは、乱闘になった。

乱闘といっても、乞食浪人のほうは汗もかかず呼吸もみだれぬ。三人の武士だけが大仰に刀をふりまわし、駈《か》けちがっているだけであって、浪人はあまり体をうごかさずに、すいすいと

三本の白刃《はくじん》をかわしているのだ。

　そのうちに、

「いいか、ゆくぞ」

　浪人が声をかけたとおもうと、三人とも刀を次々に叩き落され、いやというほど地面へ投げつけられていたのである。

　見物の人びとが喚声をあげた。

　四人の武士は、刀をひろい、あわてふためきつつ切通しの方向へ逃げ去った。

（これは、すばらしい男だ）

　茶店の中から、すべてを目撃していた夏目半五郎は瞠目《どうもく》し、同時に、或《あ》る計画を思いつき、足が小きざみにふるえ出した。

（そうだ。この男にたのもう）

　半五郎は茶店から出て、さわやかに晴れわたった初秋の空の下を湯島天神の裏門へ入りかけようとする〔やせ浪人〕に声をかけた。

「しばらく」

「おれのことかね？」

　浪人が振り向き、

「あんたも、いまの連中の仲間かね」

「ちがう」

「ふむ。で、何用かね？」

「その、ちょと御相談いたしたいことがござる」

二十五歳の若さに似合わぬ肥《ふと》った躰《からだ》に冷汗をかきながら、夏目半五郎が、

「ちょと、そこまで……」

「おれに来いと？」

「いかにも」

「ふむ……」

浪人の目が白く光った。

その光に、ぞっとしたけれども、半五郎は思いきって、

「とにかく、同道されたい」

「どこへ？」

「どこぞで酒飯をさしあげたい」

「のませて、食わせてくれるのか……よし、行こう」

「さ、こちらへ」

間もなく二人は、湯島天神・門前の鰻屋《うなぎや》〔深川や〕二階の小座敷へ落ちついた。

すぐに、酒がはこばれる。

遠慮なく盃をあげつつ、浪人が、

「用があるなら、きこうかね」

「はあ……」

「いってごらんなさい」

「む……」

「どうも煮えきらぬお人だ。いいたくなければいわぬでもよし。だが、ここの勘定をおれに払えといってもありませぬぜ」

「とんでもない。拙者が……」

「それなら、よろしい」

「お、おもいきって、申しあげる」

「うむ」

「人ひとり、斬《き》っていただきたい」

必死のおもいで半五郎はいったのだが、浪人は平気な顔で、

「殺すのだね」

念を押した。

「い、いかにも……」

「金をいくらくれるね？」

「さ、三十両、では、いかがで？」

「安いな」

「それが精いっぱいのところで……」

三十両といえば、現在の百二、三十万というところであろう。

「殺しの事情《わけ》は？」

「それは、その……」

「いえぬのか。よし、きくまい。そのかわり五十両いただきたい。だめなら、ことわる」

「いや、出します、出します。な、何とかこしらえます」

「本当だな。では、先に半金の二十五両をいただこう。相手を仕とめた後に、残り二十五両をいただく。それでよいな」

「いまは、ござらぬ」

「よろしい。おれが巣へ持って来てくれ。そのほうが安心だろう。おれは持ち逃げなぞをする男ではないことを知っておいてもらおう」

「では、明日中に……」

「うむ……で、殺す相手は？」

「下谷《したや》・坂本裏の要伝寺内に住む浪人で、名を井関十兵衛《じゅうべえ》という。もしやすると変名をつかっているやも知れぬが……年は三十一歳。そうだ、この唇《くちびる》の右下からあごへかけて刀の傷痕《きずあと》が残っている筈《はず》でござる」

「ふうむ……それだけきけば、じゅうぶんだな。おれの名は山口七郎。貴公は？」

「夏目、半五郎と申す」

「おれは、深川・中島町の漁師で捨蔵という男の家にいる」

「うけたまわった」

「これできまったな」

「い、いかにも」

「うなぎを急がせてくれぬかね」

「承知」

山口七郎という浪人と別れ、宮永町の仮寓《かぐう》へもどる道々、

（大丈夫。あの浪人の腕前なら、いかに強い井関十兵衛でもたまったものではない。きっと負ける）

急に、眼の前があかるくなったような気がして、夏目半五郎の足どりは軽くなった。

井関十兵衛は、半五郎にとって〔父の敵《かたき》〕である。

つまり、自分の腕では到底、十兵衛を討てないので、山口浪人に斬殺《ざんさつ》させ、これを自分が討ったことにして故郷へ帰ろうというわけなのであった。

二

夏目半五郎の父・甚右衛門《じんえもん》孝正は、常陸《ひたち》（現・茨城県）土浦九万五千石・土屋但馬守《たじまのかみ》の家来であった。

井関十兵衛も、おなじ土浦藩の馬廻役で、彼は藩中でもきこえた心形刀流の剣士であり、樫《かし》

原流《はら》の槍術《そうじゅつ》にも長じている。

この二人、かねてより仲が悪かった。

おもい当る理由といえば……。

甚右衛門の長女（つまり半五郎の姉）於房《おふさ》の美貌《びぼう》に胸を燃やした井関十兵衛が、重役の一色《いっしき》舎人《とねり》を介して、

「ぜひとも、妻にいただきたい」

と、申し入れたところ、

「おことわりいたす」

夏目甚右衛門は、にべもなく、はねつけてしまったことがある。

これは十兵衛をきらった、というよりも、当時、土浦藩には家老・重役たちがいくつもの派閥をつくり、政治的にいろいろともめごとが絶えなかった上、夏目甚右衛門は、一色舎人の反対派である家老・大月七右衛門の引き立てをうけていたから、

（一色様の口ぞえなぞをきき入れては、大月様にそむくかたちになる）

と、考えていたのかも知れない。

とにかく、このことあって以来、甚右衛門と十兵衛との間がうまくゆかなかったらしい。

「いいではないか。父上もいささか頑迷《がんめい》にすぎる。姉上の聟《むこ》として、井関十兵衛殿は申し分ない。武術に長じ、いかにも男らしく、短気なところもあるが、そのかわり万事に率直で気もちのよい人だ」

とそのころは、夏目半五郎は、姉の縁談を蹴《け》った父の態度を不満におもったほどである。

間もなく、姉は大月家老の口ぞえによって、同藩の伊坂忠之進という者へ嫁《か》したが、半年後に疫病《えきびょう》で急死をした。

父の甚右衛門が井関十兵衛に城下外れの木立の中で斬り殺されたのは、それから一か月ほど後のことだ。

十兵衛は、すぐに土浦城下から脱走した。

こうなれば、半五郎が父の敵として十兵衛を討たねばならぬ。

敵の首を討たねば、夏目家をつぐことは出来ない。それは、土屋但馬守という一国の主《あるじ》の家来としての身分も俸給も捨てなくてはならぬことだ。

これは、武士の掟《おきて》なのである。

（しかし、とても、おれには十兵衛を討てぬ）

いやいやながら、老母を城下の親類へあずけ、夏目半五郎が土浦城下を発し、敵討ちの旅に出たのは二年前のことであった。

敵討ちというものの運不運はさまざまで、数か月後に敵をさがし出した人もいれば、二十年も三十年もかかって、ようやく見つけ出し、刃《やいば》を向け合ったときには討つほうも討たれるほうも白髪の老人になっていたというケースもある。めぐり合わぬうちに敵が病死してしまうこともあるし、いざ出合ったとき、たがいに斬り合いをするのがいやになり、双方が仲よくなって共に浪人暮しをつづけながら一生を終ったという場合もある。

それに返り討ちという……つまり、敵のほうが強くて、討つほうが反対に討たれてしまうことだが、まさに夏目半五郎の場合、

（どう考えても返り討ちだな、おれは……）

と、当の半五郎がきめてかかっているのだから、どうしようもなかった。

だから半五郎、敵の井関十兵衛に出合うのが恐ろしくて、諸方へ旅をつづけながらも、きょろきょろとあたりを見まわしたり、宿屋へ泊ってもねむれなかったり、どちらが敵なのか、わかったものではなかったのである。

だが、故郷を出てから二年目の……今年、享和《きようわ》二年八月末日の或日に、半五郎は父の敵を見つけた。

さいわい、十兵衛は、こちらに気づいていない。

半五郎は、今年の二月に江戸へ入り、上野の不忍池《しのばずのいけ》に近い宮永町の植木屋の離れを借りて暮しはじめていた。

土浦藩の江戸屋敷は神田・小川町《おがわまち》にあり、ここに半五郎の叔父《おじ》・永井主税《ちから》が江戸勤務でつとめている。この叔父がいろいろと世話をやいてくれるし、国もとの親類も多いし、

「いくらでも援助してやるから、一日も早く井関十兵衛の首をみごとに討ってもどれ」

と、はげましてくれたり、生活費を送ってくれたりする。

（そりゃ、おれだって十兵衛を討ちたい。討ちたいが、向うで討たれてはくれぬだろう）

あえて、敵をさがしもとめるわけでもなく、外出の時は編笠《あみがさ》に顔をかくし、

（もしも十兵衛に出合ったら、きっと、おれは逃げるだろうな）

などと考えているのだから、たよりないことおびただしいものである。

だからといって、いつまでもこのままでいたら、いずれは親類たちも自分を見はなしてしまうだろうし、国もとへは帰れず、母の顔も見ることなく、こころ細い浪人暮しを一生つづけてゆかねばならぬ。

（ああ、いやだ。父上はなぜ、十兵衛と喧嘩《けんか》なぞしたのだろう……）

落ちついていられなくなると、半五郎は、近くの根津権現《ごんげん》・門前にある岡場所へ娼婦《しょうふ》を買いに出かけた。

井関十兵衛を見たのも、こうした一日であって、昼あそびの女の白粉《おしろい》の香がべったりと残っている躰で、半五郎がふらふらと根津権現の境内へ歩み出したとき、右側の茶店の奥の腰かけで酒をのんでいる十兵衛を偶然に発見したのである。

「あっ……」

おもわず声を発し、半五郎は横飛びに逃げ、道をへだてた木蔭《こかげ》から様子をうかがっていると、十兵衛は酒をのみ終え、やがて編笠をかぶって道へ出て来た。

堂々たる体格で、悠然《ゆうぜん》と地をふみしめて行く十兵衛の後姿を見ると、

（ああ……やはり、おれには斬れない）

ためいきをついた半五郎だが、しかし、せっかく見つけた敵である。居所だけでもたしかめておこうという気もちがうごき、びくびくしながら後をつけ、十兵衛が坂本裏の要伝寺内へ入

るのを見とどけた。

そして、三日ほどかかり、十兵衛が要伝寺の庫裡(くり)の離れに住んでいることを確認したのである。

江戸藩邸の永井叔父へこのことを報告し、いっそ助太刀をたのもうか、と思いついたけれども、

（いや、だめだ）

もしも、そのようなことをいえば、

「二十五にもなって親の敵が討てぬのか、ばか者！」

謹厳剛直の叔父から怒鳴りつけられるにきまっている。

夜ふけに忍びこんで、十兵衛がねむっているところを斬ろう、とも思い、一度、ふるえながら要伝寺境内に忍びこんで見た。

このときは、便所へでも起きたらしい寺僧が渡り廊下から、

「そこにしゃがみこんでいなさるのは、だれじゃ？」

大声でとがめられ、半五郎は冷汗びっしょりとなって狂人のように逃げ出したものである。

こうしたときに……。

夏目半五郎は、乞食浪人の山口七郎を発見したわけであった。

三

半五郎は、山口浪人に出会った翌日、金二十五両を持って深川へ出かけた。

永代橋をわたって大川（隅田川）沿いに南へ行き、掘割にかかった福島橋をすぎ、右へ少し行ったところに、漁師・捨蔵の家がある。

そのころの深川は、江戸の市中を外れた水郷で、堀川が縦横にめぐり、田園の情趣も濃厚であったという。草地には溝萩《みぞはぎ》が咲きみだれ、堀川沿いの道では、女の子供たちが鳳仙花《ほうせんか》の花弁をもみつぶし、これで手や足の爪《つめ》を染めたりして遊んでいる。

「ごめん」

半五郎は、漁師の家の戸口で声をかけた。

「来たね」

すぐに、山口七郎が昨日と同じ姿であらわれ、

「ま、出ようか」

戸じまりをし、先に立って、近くの蛤町《はまぐりちょう》にある〔すすきや〕という小さな料理屋の二階座敷へ案内をした。むろん、ここの勘定も半五郎が払うわけであった。

二十五両を出すと、

「よろしい。十日のうちに斬る。井関十兵衛とやらを斬ったら、残りの二十五両をもらう。よ

いな」

「よろしい。だれにも知られずに斬れますな？」

「むろんだ」

「首を、私のところへとどけていただきたい。よろしいな？」

「よろしい」

山口浪人はむぞうさに引き受ける。あれだけの腕前なのだから自信にみちているのも当然だ、と、半五郎はたのもしくおもい、

「では、よろしゅうに……」

くれぐれもたのみ、連絡のことなどを打ち合せ、福島橋のたもとで山口七郎と別れた。

夕暮れであった。

山口浪人は、夏目半五郎を見送ってから、漁師・捨蔵の家へもどった。

捨蔵が帰って来ている。彼は屈強の四十男で妻も子もない独身暮しだ。漁にも出るが、酒と博奕《ばくち》が飯より好きだという男で、山口七郎も、近くの松平下総守《しもうさのかみ》・抱屋敷の門番長屋でひらかれる賭場《とば》で捨蔵を知ったのである。

「や、お帰んなさい」

「捨蔵。来たよ、来たよ」

「え、何がだね、旦那《だんな》」

「昨日はなしたさむらいさ」

「あ……殺しを、お前さんにたのんだという……？」

「うん。二十五両持って来た」

「へへえ……、や、ほんとだ」

「ずいぶんお前には世話になったから、このうち十両をやろう」

「ほんとかね。そりゃ、すまねえ。ありがてえな、ありがてえな」

捨蔵は、酒光りの顔を笑みくずしたが、

「で、殺しは？」

「そこだよ」

と、山口七郎がにやにやと、

「もう少し、考えて見るつもりだ」

「だって、この二十五両を受け取ったのだもの、引き受けたのじゃあねえのかい？」

「相手が、おれより強そうなら、むりにやることはない。この二十五両、もらい逃げにしてもいい。そうなったらお前、おれがことなぞは見たこともねえと、夏目半五郎にいってくれ」

「冗談じゃねえ」

「おれは、どこか遠くへ行っちまうから、心配はねえわさ」

「なるほど……だが、いったい、どういうわけなのだえ。その夏目なんとやらいうさむれえが、お前さんに殺しを……」

「知らねえ。そんなことは、どうでもいいことよ。久しぶりに大金が入ったのだ。まあ今夜は、ゆっくりとのもうではないか。あは、は、はは……」

　翌日から三日ほど、山口浪人は坂本の要伝寺へ、井関十兵衛の様子をさぐりに行った。

　山口七郎は捨蔵の着物を借り、髪も町人まげにゆい、刀も差さず、すっかりかたちを変えて出かけて行ったのだが……。

　三日目に帰って来て、

「おい捨蔵。やめにしたよ」

　と、いう。

「いけませんかえ?」

「なかなかに強そうだ、その井関十兵衛という男」

「ふうん……」

「だまし討ちにかかるような男ではない。おれと斬《き》り合って五分五分だよ。向うも斬るかわり、おれも斬られる」

「うしろからお殺《や》んなすったら、どんなもので?」

「それがさ。めったに外へは出ぬし……そうだな、昨日な、浅草まで出かけたので後をつけて見たが……」

「ふん、ふん」

「後姿に毛ほどの隙《すき》もねえ」

「へへえ……」

「相当なものだ。やるとしたら、こっちも、いのちがけだよ」

「ふうん……」

「つまらん。後金の二十五両はほしいが、むりをしてやることはねえわさ。おれは今夜から当分消える。あとはたのむぞ。なに、どこへ行ったか見当もつかぬ、と、そういっておけよ、あの夏目とかいう男にな」

そして山口七郎は、また、もとの浪人姿にもどり、漁師・捨蔵の家を出て、

「おい、捨。また会おうな」

どこかへ去った。

十日の日限がすぎ、その翌日の夕暮れとなって、夏目半五郎が肥《ふと》った躰《からだ》へびっしょりと汗をかき、捨蔵の家へあらわれた。

「山口先生は、二、三日前に出て行ったきり、もどって来ませぬぜ」

「まことか、それは」

「うそだとお思いになるなら、お待ちになって見たらいかがです」

「そうさせてもらおう」

夜になるまで待ったが、むろん帰って来る筈《はず》はない。

次の日も、また次の日も、根気よく半五郎は通いつめたが、

「おのれ。まんまと二十五両をだまし盗《と》られた……」

ついにさとったらしい。

「まったくねえ。あの山口七郎先生というのは、大した悪党でごぜえますからねえ。この私なぞも何度その、泣かされたか知れませんので、へい……」

「そ、そうか。やはり、そんなやつだったのか」

「へい、へい」

「おのれ。出合ったら只《ただ》ではおかぬ」

憤激しつつ、半五郎は帰って行った。

その足で半五郎は、坂本の要伝寺をさぐって見ると、どうも井関十兵衛は要伝寺から姿を消したらしい。

「お寺の離れに住んでいた浪人さまは、四日ほど前に、旅姿で、朝早くどこかへ出て行きましたよ」

と、寺の前の百姓家の女房が、半五郎の問いにこたえた。

その通りである。

井関十兵衛は、このごろ、どうも落ちつかなくなっていた。

(だれかに、後をつけられている)

という直感であった。

(だれかに、おれは見張られている)

そこは、いくら腕に自信があっても〔かたきもち〕の身の上である。

夏目半五郎と闘って負けるつもりはないが、半五郎も武士は武士だ。

父の敵《かたき》を討つの一念がこもっているから、どのような手段をもってしても、自分を討つ決意にちがいない、と、十兵衛は考えている。

眠っているところへ忍びこまれて、突き刺されるということもある。

しかも、夏目半五郎には有力な親類も多いし、助太刀の人数があらわれることもじゅうぶんに考えられる。

井関十兵衛ほどの剣客でも、つけねらわれていることの不気味さには耐えきれない。

(ああ……ばかなことをしたものだ)

であった。

半五郎の父・夏目甚右衛門を殺したことが、である。

素因は、縁談をことわられたことなのだが、直接の原因は、先輩の甚右衛門に役目上のことについて叱《しか》りつけられたことだ。

つまらぬことで、平常ならば何でもなくすむところが、二人とも、たがいにこころよくおもっていなかったため、口論となり、勤務を終えて城を出たとき、

「いささか、申しあげたいことがござる」

と、十兵衛が城下外れへ甚右衛門を連れ出し、また口論し、たがいに激昂《げっこう》し、ついに斬り合ったのである。

(ばかなことを……)

だがいまさら悔んでもはじまらぬ。

二十日ほど前に、気ばらしのつもりで、根津権現へ参詣《さんけい》に出かけた帰りにも、

(だれかに後をつけられている)

と、感じた。

その後も、要伝寺のまわりをだれかがさぐりまわっているらしい。

寺の小坊主《こぼうず》が、

「あやしい男が庭の茂みにしゃがみこんでおりました」

といったが、それも十兵衛にとっては気味がわるい。

さらに、しばらくして町人姿の男が寺の附近をうろうろし、自分のことを近所の百姓家などに聞きまわっているとか……。

(いよいよ、半五郎が嗅《か》ぎつけたらしい。いろいろな人をつかい、おれの身のまわりをさぐっている。助太刀もいると見なくてはなるまい)

こう思ったら、居ても立ってもいられなくなった。

ついに井関十兵衛は、要伝寺を引きはらって逃げたのであった。

四

翌年の秋。

ふたたび、十兵衛は江戸へもどって来た。

わがいのちがつけねらわれている場合、どうも旅をしているのは危険なのである。

およそ百七十年も前のそのころは、現代のように山にも海にも自由自在な交通機関が発達し、どこへでも人間が行けるというわけにはゆかない。

人が往来し、人が住む場所というものは、およそきまっていた。

日本の国土は、いくつもの国々にわかれ、これを三百におよぶ大名がおさめてい、それぞれに制度も政治もちがう。だからAの領国で人を殺し、Bの領国へ逃げれば、もうAの領国の法権は適用されない。だからこそ〔敵討ち〕の制度がみとめられたのである。

そういうわけだから、人間の移動もない。

江戸や大坂、京都のような大都市は別として、どこの国のどこの町や村でも、人びとは代々、家をまもり、同じ土地に暮しつづける。

ゆえに、他国の者がそこへ入ってゆけば、たちまちにわかってしまうのである。

どうも、姿を隠しにくいのだ。

そこへゆくと、江戸や大坂はひろい。他国の者も多くながれこんで来るし、身を隠すに絶好な場所はいくらもある。その点は現代の犯罪者が大都会へ潜入するケースが多いのとあまり変ってはいない。

井関十兵衛が、今度、江戸へもどって来たときには、顔つきが変っていた。

夏目甚右衛門と斬り合ったとき、傷つけられたあごの傷痕《きずあと》をかくすため、十兵衛は口のまわりからあごへかけて、いっぱいにひげを生やした。

さらに、あたまをきれいに剃《そ》りあげ、まる坊主となった。

そして、十兵衛は町医者になり、江戸の中心から外れた麻布《あざぶ》の広尾町へ小さな家を借り、開業したのである。

金もなくなってしまい、どうしても彼は衣食の道をはからなくてはならなかったのだ。

医薬については、いささか心得もある。

十兵衛の母方の伯父《おじ》は、すでに亡《な》くなっていたが、土浦城下の医師であって、この伯父・原《はら》杏所《きょうしょ》に可愛《かわい》がられた十兵衛は、伯父の家へ泊りこむことも多く、また医薬について興味もあり、いろいろと教えてもらった。

この程度の知識があれば、そのころは何とか町医者で通ったものなのである。

十兵衛は、名を〔井上玄貞〕と変え、あまり間口をひろげず、近所の人びとを相手に開業したわけだが、

「なかなか良い先生だ」

「無口だが、親切じゃし……」

「薬がよく効くぞ」

なかなかに評判がよい。

そうなると十兵衛も励みが出て、医学の書物などを買いこみ、夜中ひっそりと勉強をしたり、そうすることによって〔かたきもち〕の不安をいくらかは忘れることもできたのである。

こうして、また一年が経過した。

この年の春に、十兵衛は妻を迎えた。十兵衛の近くに屋敷がある名主・桜田伝之助《でんのすけ》の姪《めい》・お芳《よし》と縁談がととのったのだ。

お芳は三十の坂を越えてい、若いころに一度結婚をしたが、夫に死に別れたのち、桜田家へ引きとられ家事にはたらいていたものである。

ふっくらとした色白の、福々しい顔だちだし、とても年齢《とし》には見えぬ。おとなしい性格で、はじめは、

(かたきもちに妻はいらぬ)

この縁談ことわるつもりでいた井関十兵衛であったが、むりやりにすすめられ、見合いをして見ると、一度で、お芳が気に入ってしまった。

まだまだ油断はできない、と思う一方では、

(このごろは、おれの顔つきが我ながら変ってしもうた。頰《ほお》に肉がたっぷりとつき、このひげが顔の半分をおおっているし……夏目半五郎と道で出合い、そ知らぬ顔ですれちがっても大丈夫)

との自信がある。

ずいぶん悩んだが、ついに決心をして妻を迎えることにした。

近頃の十兵衛は四十五、六歳に見えるが、実はまだ三十三歳。性欲も旺盛《おうせい》であるし、だからといって町医者としての人格が近辺の人びとの尊敬をうけるようになってきた現在では、うかつに娼婦《しょうふ》を漁《あさ》るわけにもゆかない。

お芳を妻にしてみると……。

（これは……）

十兵衛は歓喜した。

かつて、夏目甚右衛門のむすめ於房を恋し、その望みを達することが出来ず、以後、妻をめとる気もちになれぬうち、あの事件を引き起して流浪《るろう》の旅へ出た十兵衛である。

それからは、行く先々で、娼婦の荒《すさ》みきった肌《はだ》を抱くのが精いっぱいのところであった。

お芳は、三十をこえて尚《なお》、みずみずしく、長年の独身生活をつづけてきただけに、十兵衛と再婚したことによって〔女の精気〕が一度にほとばしり出た感じであった。

日中はあくまでしとやかに、医者の妻としての役割を果しているが、夜、十兵衛の腕に抱かれると、まるで小娘のように甘えかかり、夫の愛撫《あいぶ》のひとつひとつに、

「うれしゅうございます、うれしゅうございます……」

の連発なのである。

十兵衛たるもの、満足でないわけがない。

（おれの運命は、ここから、ひらけるのかも知れぬ。金もいらぬ、名誉もほしくない。このお芳と二人、ひっそりと暮してゆけたら、もうおれは何一ついうことはない）

夏目半五郎には決して見つけられぬ、という自信は大きくふくれあがるばかりとなった。

それでも用心のため、十兵衛は小さな刀をいつも腰に帯びていたが、もう何年も剣術の稽古《けいこ》をしていないし、

（いざとなったら、いまのおれは、半五郎にも負けてしまうだろう）

その不安と歩調をそろえるようにして、

（だが、もう決して見つけられぬ）

との予感が強い。

町医者としてのつとめと、お芳への愛撫とに、井関十兵衛は充実した日々を送りはじめた。

五

また、一年がすぎた。

すなわち文化二年八月十八日（現代の九月上旬）夜のことであったが……。

いつものように、井上玄貞こと井関十兵衛夫婦は寝所へ入り、

「いつの間にか、秋になってしもうた……」

「ほんに……」

「なにやら冷え冷えとしてまいった」

「お風邪をめしませぬように……」

「なに大丈夫だ。ほれ……ほれ、こうして、お前のあたたかい肌が、私を温めてくれるもの、な……」

「あれ、そのような……」

「よいではないか。さ、もっと、私を抱きしめておくれ」

などと十兵衛、まるで若者のような甘いささやきをお芳にあたえつつ、豊満な妻の躰《からだ》をまさぐりはじめる。

まだ子は生まれぬが、足かけ二年の夫婦生活で、お芳はまた少し肥えたようである。肌はいよいよつややかになり、ねっとりとした凝脂が乳房や腰のあたりにみなぎって、

「お前の……お前の躰は、もう私を夢中にさせてしまう」

「まあ、そのようなことをおっしゃって……恥ずかしい」

「かまわぬ、本当なのだから……」

「いやでございます」

「いやか。私がいやか」

「ま、そのようなこと、いつ申しました」

「好きか、では好きか」

「あい」

「ならば、こうして……な、な……」

「ああ、もう……」

布をかけた丸行燈《まるあんどん》の、ほの暗いあかりの中で、十兵衛もお芳も寝衣をぬぎ捨て、もう無我夢中で愛撫の交歓へおぼれこんだ。

と……。

ここへ、賊が侵入して来たのである。

賊は一人きりであった。

戸締りは厳重にしていたのだが、台所の天窓から身軽に忍び込んで来たのだ。

相当に馴《な》れたやつで、こやつが足音もなく、十兵衛夫婦の寝所の次の間へ入りこんで来たとき、まだ夫婦はこれに気づかず、

「お芳。私は、うれしいぞ。お前のようなひとを妻に迎えて……こ、こんな、しあわせなことはない」

「わたくしも……ああ……わたくしもでございます、あなた……」

賊の黒布でおおった顔が、闇《やみ》の中で苦笑したようだ。

腰の大刀を抜きはらい、境の襖《ふすま》を開け、賊は突風のように寝所へ躍りこみ、

「さわぐな」

白刃《はくじん》を十兵衛の裸の背へ突きつけた。

「あっ……」

と、お芳が十兵衛の胸の下で悲鳴をあげた。

「さわぐな」

もう一度、賊がいった。

このとき、十兵衛は、

(来た。夏目半五郎が来た……)

そう思いこんでしまった。

彼は、素早く身を転じ、裸体のまま枕《まくら》もとの脇差《わきざし》をつかむや、猛然とはね起きた。

これが、いけなかった。

賊は、手向いをしなければ殺すつもりはなかったらしいのだが、十兵衛は町医者に似合わぬあざやかな体のさばきで脇差をつかんだものだから（もうこれまで）と思ったのであろう。

「くそ!!」

片ひざを立てて脇差を抜こうとした十兵衛へ刀を打ちこんだ。

「うわ、わわ……」

賊も只者《ただもの》ではない。間髪を入れぬ斬撃《ざんげき》であって、十兵衛もかわしきれなかった。

血飛沫《ちしぶき》をあげ、十兵衛が倒れ伏した。

「う、うう……」

そのうめきが最後で、彼は、あっけなく即死したのである。

これを見て、半身を起したお芳がポカンと口をあけ、これはあまりの驚愕《きょうがく》に気をうしない、へなへなと床の上へくずれ倒れた。

賊はお芳にはかまわなかった。

死んだ井関十兵衛を見下し、

「ばかな野郎だ、まったく……」

舌うちを洩《も》らした。

この賊……なんと、乞食浪人の山口七郎なのである。

三年前、夏目半五郎にたのまれ、坂本の要伝寺附近で、遠くから十兵衛の顔や姿を見かけもしたし、一度は、浅草まで後をつけたこともある山口浪人だったが、そのことはもう忘れてしまっている。

いま、はね起きたときの十兵衛の顔を見るには見たが、口のまわりからあご、のどもとにかけて、見事に手入れをされた長いひげや、見ちがえるように肥《ふと》った十兵衛の顔貌《がんぼう》をちらりと見たところで、三年前のことを思い出すわけがなかった。

うつ伏せに倒れている十兵衛の死顔をあらためようともせず、

「さてと……」

山口七郎は、寝所から居間などの部屋をさがし、およそ二十両ほどの金を盗みとった。

(近所のうわさでは、評判のよい、小金をためこんでいるらしい、とのことだったが、それほどでもねえ。ま、いいわさ。二十両あれば、当分、酒と女に困ることもねえ)

いままでに、こうした悪事を何度もはたらいてきている山口七郎だが、盗みに入って人を殺したことは一度もない。手向いせぬものを斬《き》るのはきらいな山口浪人であった。

それだけに、

(ばかなやつめ。それにしてもこの医者、かなり武芸の心得があると見える。あの、はね起きたときの殺気はすさまじいものだった……だから、おれもつい、斬ってしまったのだが……)

もう一度、倒れている十兵衛夫婦を見下し、

（こんな、美《い》い女房がいるというのに……なにも、おれに手向いしねえでも……）

また舌うちをし、あとはもう振り向きもせず、山口七郎はこの家を出て行った。

そのあとでお芳が息を吹き返してから、十兵衛宅の附近は大さわぎとなった。

そして……。

井関十兵衛は、好人物の町医者・井上玄貞として、麻布の大長寺へほうむられ、立派な墓もたてられた。

そのころ、
夏目半五郎は大坂にいた。

（十兵衛め、どこへ行ったものか……さっぱり、手がかりがつかめぬ。しかし……しかしなあ、たとえ、めぐり合ったところで、おれの腕ではきゃつの首を討つことは出来ない。江戸の永井の叔父上も、国もとの親類どもも、このごろは路用の金をもらいに行くと、まだ敵《かたき》を討てぬか……と、実にもう、いやな顔つきになる。母上も、もう六十を越えた。もう、母上が生きておられるうちに故郷へ帰れそうにないなぁ……こうなれば、もう死にものぐるいで、なんとか井関十兵衛を討たなければならぬ）

半五郎も発奮しはじめたようである。

大坂の順慶町にある薬屋で加勢屋宗太郎方へ身を置き、十兵衛をさがしまわりながら、半五郎は西横堀・尼崎橋たもとに一刀流の道場をかまえる小林主膳《しゅぜん》のもとへ通い、熱心に剣術の稽古をはじめている。

こうして、三年、五年の歳月がながれ去った。

(ああ、もう、おれも四十近くになってしまった……故郷を出てから、もう十六年か……母上も、ついに……ついに去年、お亡《な》くなりになったか……そのお墓へも行けぬ、おれだ。なんとか一日も早く、十兵衛を討たねば……討たねばならぬ)

十兵衛の死を知らぬ夏目半五郎は、東海道、奥州《おうしゅう》、中仙道と、諸国を経めぐり歩きつつ、旅の垢《あか》にまみれ、いまはもう必死で、敵の姿をさがしもとめているのであった。

# 天童奇蹟

新羽精之

# 一

麗しい花樹の園に戯れる天女の白い腕や嫋《たお》やかな雪の肌が蟬羽《せんう》の絹を透かして夢幻の蠱惑をたたえ、青磁に花泉の甘露を酌む母娘の上には白い翼をひろげた可愛い天使が舞って、信者たちの敬虔な吐息を誘っていた。

何かこの世と思われぬあでやかな壁画の舞台で演じられた聖瑪利亜《さんたまりや》の秘儀が終ると、黒衣の僧が現われて驚嘆すべき数々の神異を示した。

「ぐろふりやいねきせりす　ぜす・きりしと　かずかずのきどくをあらわし玉ふて信徳《ひいてす》の御業をしめし給え　あーめん」

南蛮僧が十字をきって祈禱《おらしよ》を唱える間に、信者の白布でおおわれた小匣の桑の実は青い芽をだし、さらに僧が天に祈ると、芽は花いっぱいの小さな桑の実になっていた。

鎌首をもたげて今にも襲いかからんとする毒蛇も、頭に十字架《くるす》の護符を置かれると、天神《あんじょ》の霊魂《あにま》にうたれて身動きもできなくなった。

その南蛮僧が再び信徒に求めた小石を天に捧げると、不思議やその小石は聖堂《えけれじや》を埋める観衆の眼の間で聖なるパンにかわっているのだ。

今や黒衣の僧の祈りは厳かな天の声であり、顕わされる数々の奇蹟は迷える異教徒の霊魂《あにま》を救うために示される神の尊い証跡《あかし》に他ならなかった。

聖堂《えけれじや》の総ての人々、善良なる信徒も、隙あらば悲嘆の口実を見付けようと豺狼《さいろう》のように目を光らせていた釈僧も、栄福《ぐろふりや》を授ける者の歓びと畏れをまじえた熱い眼眸で南蛮僧の所作を見詰め、奇蹟が示される度に、「おお……」と口を開いて驚倒し、十字をきって祈禱《おらしよ》を唱えた。

「きりえれんぞ　きりすてれんぞ　きりすてあうでのびす　きりすてじやうでのびす」

奇蹟にうたれ、聖なる祈りが高まり、打鳴らされるアンジェラスの妙音が天上から響きわたったとき、信徒たちは泉のように湧き上る昂奮をおさえかねて立ち上り、うやうやしく祭壇の前にぬかずいた。

四方に黄金七彩の瓔珞《ようらく》を垂れた天蓋の下には、これと対照的に古さびた寝棺がすえられていた。

相当な風雪、土中にあったものをたった今掘りだしたもののように、黒ずんだ木肌には土の匂が残り、その生々しい感じがいっそう信徒の期待を煽った。

棺の中には、長崎渡航以来数々の奇蹟を顕し、多くの病人を癒し、迷える釈徒に真神の教えを説いて信徒の崇拝と畏敬をあつめた聖・ポール師の遺体が安置してあるのだ。

さすがに不世出の神父《ぱあてれ》らしく、その旬日前に己の死を予言し、その言葉通り嘆き哀しむ信徒に見守られて寂滅したものであった。

「邪《よこし》まなる釈僧に満ちた異教の地で、神の教えを拡めるのは至難の業であります。私たちは更に異教に迷う神の子を救う義務があります。それゆえに私は神の新たな言葉を受けるため、十日の後日輪の太陽が没して環状の光に変るとき、天に召されることでありましょう。ために信徒よ、私の棺をトードス・オス・サントスの岡に埋め、一と月の間異教徒より私の棺を守れ。されば、一と月の後東南の夜空に天使の星が輝きその山の端から十字架《くるす》の火が昇るとき、神の言葉を捧げて戻ってこよう。信徒らよ、いたずらに私の死を嘆かずひたすらに神に祈って私の復活を待て」

聖・ポールは、最後に凜と声を高めて己の再来を宣告したのだが、いざ敬愛する神父に身罷《まか》られてみると、太陽が輪になった天変の奇特より、慈父に先立たれた哀しみが先立って、信者たちは泣く泣く聖・ポールの遺体を棺に移し、自らの手でその蓋をしっかり打ちつけ、祭壇に祀って別れの祈りを捧げてから、諸々の信徒の肩に担い、トードス・オス・サントスの岡の土中深く埋めたのである。

信徒たちは、ぱあてれの予言を信じるというより、慕いやまぬ慈父の再来を願う切なさから、日夜信仰厚き屈強の若者たちが聖墓を護り、異教の釈徒等を一歩だに近づけるものではなかった。

そして待ちかねた一と月後、信徒はトードス・オス・サントスの岡に集って、東南の夜空に天使の星がひときわ輝を増し、その山の端から青く鮮やかな十字架《くるす》の火が昇るのを見たとき、天帝の神の子たる歓喜に狂舞し、一斉に「あれるうや」を唱え、夜明けを待ちかねて聖・ポールの棺を掘り起し、教会の祭壇へ運んだ。

信徒たちは、ぱあてれの復活を待って誰一人去りやらず、その間教堂の舞台でモーゼやキリストの様々な奇蹟が演じられたあと、神父たちの称するささやかな神異がセント・ポールの弟子なる伴天連によって示され、善良な信徒を仰天させてあとにつづく復活の儀への感興を盛りたてていたのである。

そして再来を告げる鐘が鳴り渡り、教堂の信徒のみならず、海辺の漁師や野中の農夫たちも駈け集って祈禱の声が教堂に溢れた時、棺の前にぬかずいていた伴天連の中から黒衣のいるまんが立上って「どなたか四人、舞台へ上って棺の蓋を取って下さらぬか」と敬虔な祈りで信徒を見渡した。

信徒は、神異を懼《おそ》れる異教徒のように、お互い顔を見合せ首をすくめて譲り合った。奇蹟に手をかけるのが恐しいのだ。

実際に、これまでの仏陀の宗旨は、神の栄光《ぐろふりや》を讃えるものではなく、ただ神祟を懼れて供物を供え、これを崇拝して妖魔の怒気を鎮めることに汲々たるものであった。邪しまなる釈僧も鬼神を表に押出し、愚昧な信者の恐怖を煽って布施の多寡を競わせていたのではないか。

もしも、棺に手をかけて祟りが吾が身に及べばどうなるのかと、信徒の尻込も無理はなかった。

おじけづいた信徒の気配に、若いいるまんが十字をきって壮重な声でいった。

「みなさん、神父は信徒のために神に召され、神の声を信徒に伝えるために再び帰ってくるのです。ここで神のぐろふりやを授くる者はあなたたち信徒であり、それでこそ限りなき神の御心にかなうものであります」

信徒の長老たちの話合で選ばれた四人の若者が舞台にのぼり、ぱあてれの祝福をうけてから、ひどく緊張した顔で棺の蓋をこじ開けはじめた。

一瞬、天地が立止った静寂の中で、棺の蓋のきしむ音が異様に大きくなり、信徒は息を呑みロザリオを握りしめて神に祈った。

やがて蓋が開かれると、長髯のぱあてれが敬虔な祈りを捧げて、セント・ポールの顔にかけられた白布をとり、恭しく眠れる聖者の顔に聖水をかけた。

見よ！　聖者の閉ざされた目蓋《まぶた》が開き、胸の上に組みあわされた腕が伸び、太陽の如くしずしずと起ち上るではないか。

燦然ときらめく金の十字架を天高くかかげ、棺からすっくと起き上った聖者の姿に、信徒は一斉に跪いて歓喜の祈りを唱えた。

「おらてふらて　でうすぱあてるぐろふりや　たうみんす　おびすくん」

祈れ、兄弟等よ、天主聖父の栄光を、今や御主はわれらと共におわすものぞ、と感涙にむせんで見上げる聖者の顔は、髭は伸びて幾分面やつれしていたが、それだけに神々しいまでに輝き、湖のような青い瞳は深い慈愛に溢れていた。

「みなさん、神の国は近づきました。今こそ、悔い改めて福音を信ずる時です。今私は、神より賜わった言葉を伝えます。みなさん、私たちはここに神の国を実現するのです。ここにあなたたちの為さねばならぬことは、ただ神を信じ、信じてこの賜物をうけいれることなのです」

今、ここに復活の奇蹟が実現されたのだ。十字をきって神の栄福を伝えるセント・ポールの声は、神の声となって高い天井にこだまして信徒の胸の奥底まで響き渡った。

二

復活の奇蹟は大成功であった。ぱあてれ・ぽーるの名は今や神の領域にまで押上げられ、奇蹟を眼のあたりにした信徒は、得意げに神の栄光を津々浦々に伝えた。

有難いぱあてれ自らの手で洗礼を受けんものと、各地から新たな信者が続々とトードス・オス・サントス寺院へ押掛けてきた。

こうして巡察師ワリニヤーニ師が印度から渡来して九州宣教師会議を召集した時、ポールは胸を張って復活演出の成果を告げた。

そこで副管長コエリヨがその伝道方針に首をかしげると、ポールは昂然と己の信念を披露したのである。

「われらが教祖、耶蘇キリストは、何を以て神の教えを伝えたのでしょうか。敬虔なユダヤ精神が失われ、神は忘れられ、ただ富と権力と享楽のみが支配する乱れきったあの時代、奇蹟を顕わさなくて千万の頑民を改宗せしめえたものでしょうか。キリストは、汝等たとえ我言うところを信ぜざるも我為す所を信ぜよ。我が顕わすところの奇蹟こそ神の使いたる証拠なり、とおおせられて福音を伝えられたのではありませんか。

しかるに今の日本こそ、往時のユダヤ国に匹敵するものであります。戦さつづきで国土は疲弊し、異教に毒され、況《いわん》や風俗異なり言語不通の国において、わずか数人の宣教師で福音を伝えようというのです。あなたは、われらの人力だけで、異教を固執する人民を心服せしめ、傲慢な諸侯や狡智貪欲な釈徒をして、学び難く行い難い教法を信じさせよ、というのですか」

あわてて十字をきるぱあてれ達を一睨してポールはつづけた。

「それ冥頑の徒をして聖教を信ぜしむるには、神変不可思議のことなかるべからずとは、我耶蘇会の説くところではありませんか。かような異国の中で、聖教を奉じて信仰を固めるには、釈僧の欺瞞や異神への畏れや異君の威圧にも断固耐えぬかねばならない。ここで信心を固める証拠は特に二つあるのみです。一は、事の明白なるものにして、一つは、神の告諭です。目に映る万物は明白でも、心の悟りは明白とはいえません。人間の心の弱さを思えば、人為を超絶した奇蹟なくして、どうして神の言葉を確信させ、堅忍不抜の信仰を固めることができましょうか。いわんやこの異教の地でわれらが教法を拡めるには、神変不可思議の奇蹟なくてはかなわぬことであります」

ポールの熱弁は、居並ぶぱあてれ達を感動させたが、コエリヨは静かに首を振って立上った。

「唯今、ポール神父は、キリスト当初のユダヤ時代になぞらえて話されましたが、これは千数百余年前の未開時代における理《ことわり》であります。しかもわが主イエスは、そのような時代においても決して超自然的な奇蹟を重要視されなかったし、また行わなかったのです。この事は、パリサイ人がイエスに、『あなたがもしメシヤであるならば、天よりの徴《しるし》を示せ』と迫った時、『何故、今の代は徴を求めるのであろうか。私は云う、あなた方の要求されるような徴は、今の世には断じて与えられないのだ。昔、予言者ヨナが、三日三晩の間、魚の腹の中に居たと云うが、そういった超自然的な奇蹟は、少くとも今日では絶対に与えられないのだ』といって拒まれたことでも判ることではありませんか。イエスの神性は、そのようなことによって証明される必要はないのです。イエスは、自ら奇蹟を顕すことも出来ました。しかし『主の名によって神異を行いましたと云うものがあっても、真の神の御意を行うものでなければ、それは神に関係なきものだ』とも、明白に宣伝されていることではありませんか。況んや、往時のユダヤ国と異り、われらが遭遇したルネッサンス期に見えるように、人智開けて道理を窮め、神変の不思議も人間の錯誤だと解釈するような今の時代に、人為の奇蹟を為して伝道するというのは危険なことではないでしょうか。もし、これが偽りの奇蹟であることを見破られたらどうなりますか。奇蹟によって信仰をかちえたものは、また奇蹟によって躓くものではないでしょうか」

諄諄と説き進む副管長コエリヨの言葉に、他のぱあてれたちは揺らいだ眼差を伏せてしまった。

しかし、ポールは違った。ドン・キホーテのように信ずる者の強さで敢然と立上ったのである。

「コエリヨ師は、時代の推移を説かれるが、ここはヨーロッパではない。わが大陸においてこそルネッサンスを迎え、その果にマルチン・ルーテルの如き聖教をゆがめる者まででてきましたが、日本はまだ文化の段階には遠く、いわばユダヤ当時の状況に等しいものではありませんか。人智においてもまた然りであります」

「いや、それこそわれら欧州人の思いあがった誤解です」コエリヨは、すぐポールの言葉を捉えて反駁した。

「みなさんは、学林《コレジヨ》や修業所《セミナリオ》に学ぶ九州の少年たちがいかに秀れた素質を示しているかよく承知のはずです。かの少年たちは礼儀正しく、かつ学問にも甚だ熱心で、全く期待以上の成果をあげています。才智と記憶においても、かれらは大いに欧州の少年に勝り、しかもわれらが文字はかれらが見たことのないものであるに拘わらず、僅か数カ月で読み書きに習熟し、かれらが欧州のセミナリオにおいて養成する少年よりも優れている事は否認しがたい事実です。

　先に前副管長カブラル師が日本人を司祭《パードレ》に叙品する件で反対した理由は何だったのでしょうか。かのカブラル師でさえ、日本人の才能は秀れているが自尊心が強く、外国人蔑視の観念を有するが故に、その学問知識がわれらと同等になれば、われら外国宣教師を凌駕する懸念があると強硬に反対したのではありませんか。

　決して日本人を愚民視して詐術をろうしてはならない。それが福音を伝えるための善意から発したものでも、もし見破られた時にどのような反動がくるか、わたしはこれが恐ろしいのです」

　副管長の言葉に他の神父たちは一斉に頷いたが、今度はポールがその言葉を捉えて反駁した。

「今、コエリヨ師の説かれたセミナリオの少年たちこそ、われらが奇蹟によって目覚め選ばれた信徒ではありませんか。かれらが異教の迷いから覚めきれぬ時ならとにかく、われらの手によって真の神へ導かれたればこそ、生来の素質をいやが上にも高めうるのです。この事実こそ、われらが祈りを聞かれ給うた神の奇蹟だと信ずるものです。かつて稀世の聖人と讃われたオーギュスタン聖師の示された奇蹟においても、世人は偽作の奇蹟ありと言います。わたくしも亦、これ無しとは言いませんが、これあればこそ真の奇蹟が証明されるものではありませんか。オーギュスタン聖師曰く、真の奇蹟なければ偽りの奇蹟なし、真のエルトル（古代の勇士）在らざれば、偽のエクトル出ざる如しと」

　ポールは信ずる者の強さで、堂々の論陣を張り、胸を張ってさらに声を高めた。

「ここで大事なのは、聖師に祈請することこそわが宗教の一大要旨で、新教と異なる所以だと言うのです。されば聖号を得ざる者に祈請せず、聖号は神の奇蹟を以てその聖徳を示し、確乎たる証左を得たる後に非ざれば与えられないのです。

　故に、奇蹟を廃すれば聖師顕われず、聖師顕われざれば礼拝祈請はすたれ、これ故に奇蹟を否定するのは、異教の宗徒を改正せしむるの道に非ずして、わが宗教を否定することにもなりかねません。

　誰が数々の奇蹟を顕わしたフランシスコ・ザビエル聖師を、誰が数多の蘇生人と多年同居せしと云うイレネー聖師を狂人としましょうや。

奇蹟は冥頑の徒を暁《さと》らしむ為にあり、わが教会のために尽くす者の聖徳を表明する為に奇蹟を顕わせば、世の人もまたこれを真の教会なり、この教えに帰せざれば救いを受くることは出来ぬと認めることは論を待たぬところでありましょう。

しかるに、コエリヨ師の説かれる如く、神は上世においてしばしば奇蹟を顕わしても、今日聖教を奉ずる者多き時に顕わされることが稀であるとは、われわれもよく認むるところでありますが、みなさん、かかるが故にとこの困難なる状況の中で手をつかねていいものでありましょうか。かかる時にこそ、われわれは神の御心をうけて奇蹟を顕し、より多くの信者をわが教会に迎えるべきことではないでしょうか。異教徒の子弟を御教に導き、奇蹟の上達を得さしめたように、われらが奇蹟によって真の奇蹟を求むるべきではないでしょうか。

しからば、同じ日本人でもわが聖教に帰せざる者は如何というに、いまだ驚くべき未開の状態に低迷しております。鉄砲には南蛮の摩訶なる秘術と仰天し、遠眼鏡を怪しみ、天文学に驚き、理々明白なわが医学においては不詞思議なるばてれんの魔術と畏れかつ慕い、福音を伝えるわれらが行為のすべてを、吉利支丹でうすの魔法、幻惑のばてれん尊者と呼びなすものではありませんか。

改めて考えるまでもなく、現にわれらは、こうした人心の未知なる虚に入って伝道を進めているのです。

遠からず、わが耶蘇教と競うフランシスコ派をはじめ、ドミンコ会、アゴスチの会の伝道師の渡来の噂もあります。

加えて、変転するこの国の現状において悠長なる伝道は許されません。われわれは今、心して聖教のうちで最も真なる耶蘇会の教えを拡め、大名領主の意向によっても如何ともしがたいだけの確乎不抜の地盤を碇《きず》く時なのだと信ずるものです」

烈々たるポールの気魄にうたれて会議堂の中はしーんとなった。副管長コエリヨでさえ、微妙な違和感にとらえられながらも頷かざるを得なかったのである。

三

耶蘇会の伝道は、ポール神父の信念によって、見事な成果をおさめていった。美しい長崎の丘々には、トードス・オス・サントス教会につづいて、サンタ・マリア、サン・ジョアン・バプチスタの教会が建ち、長崎のすべてが吉利支丹の町になった。

つづいてサンタ・クララ教会、ミゼリ・コルディアの教会、ロザリヨ、サン・アウグスチノ、サン・フランシスコの教会がつづき、教会に併設されたコレジヨやセミナリオなどでは、神の祝福をうけた少年たちが勉強にいそしみ、その中で選ばれた四人の少年は遠くエウロパまで、ローマ教皇の祝福をうけ、日本伝道の成果を伝えるために旅立った。

今や、長崎の丘は、アンジェラスの鐘が妙なる神の栄光を響き渡らせ、教堂は讃美歌の歌声に満ち、町で遊ぶ子供たちからも、たえず吉利支丹の歌が聞かれるようになった。

　こうした頃、長崎に渡航した南蛮外科の名医ルイス・アルメイダが奇蹟の気運をあおった。瀕死の重病人が見事蘇生し、長年寝たっきりの足なえが立上って、信者たちを狂喜させたのである。

　アルメイダは、科学者としての信念から外科手術を公開して、何等妖しきものではないことを証明したが、信者たちには日本の現状とはあまりに隔絶した南蛮医術の妙技が、摩訶不思議なる神業としか思えなかった。

　今だチャンスだとポール神父は、信徒の驚きを捉えて、すべては神の御心のままにと謎めいた微笑をくゆらしつづけた。

　こうして細い入江の長崎に南蛮船が通い、その度に人々は、やらやら目出度や、南蛮船が着きまらした。サンタ・クララのきんきら船が来たと躍りあがった。

　南蛮船は神の福音だけではなく、現世の福音を伝え、大名には石火矢、大筒、富者商人には妖娟《あえやか》な南蛮更紗、匂い濃き珍陀の酒を、貧者には救いを、病人には医療をもたらして伝道の万全を期した。

　長崎の領主大村純忠《ドン・バルトロメオ》などは、すっかりぱあてれ達の力に感激して、吉利支丹の紋章をつけて得意になっていた。

　両方の肩下に白く地球儀を抜出し、その真中に美しい緑字で記されたＪＥＳＶＳ《ジェスズ》の名からは名号を記した十字架が聳え立ち、地球儀のまわりの余白には耶蘇会の印である三つの爪が美しく配置されるといった凝りようであった。

また肩花の背には、一層精巧な刺繡図案でＪＥＳＶＳの名が記され、首のまわりには何時も数珠と美しい金の十字架を下げていた。

その果にドン・バルトロメオ公は、ぱあてれの秘蹟を讃えて、大村領長崎を耶蘇会に寄進してしまったのである。

この純忠の英断は、ぱあてれ達にとっても奇蹟的な前代未聞の珍事であった。内実は、強敵に囲まれた小藩がスペイン勢によって天与の良港を護る苦肉の策かもしれなかったが、ポール神父は純忠の信仰を讃え、善良な信徒には偉大な神の御業を誇示して得意だった。

こうして、ぱあてれポールの威名は益々神秘さを深め、その一挙一動まで聖者の風格を高めていた。ポールが何時ものように教堂の祭壇で小さな奇蹟を顕わし、天上から鳩を呼んで神の声を伝えていたとき、赤銅色に潮焼けた若者が立上った。

「もう説教は沢山だ。えみを返してくれ。えみを何処へやったんだ」

若者は叫んで信者たちを押わけ、祭壇の前に膝まずいた。

「伊佐よ、フランチェスカのことなら心配せずとよい。有馬のセミナリオで神の教えを学んでいる」

ポールは、いきりたった伊佐へ深い眼眸を注いだ。

「神の教えなどどうでもよい。早くえみを返してくれ」

伊佐は首をふった。

「伊佐よ、それほどフランチェスカが恋しいのなら、なぜ真の信者となって迎えに来んのじゃ。

神の掟を破って異教徒と妻《め》あわすことは、断じて許されぬのじゃ」

ポールは、優しく悟した。

「おれが信者になれば、えみを返してくれるのか」

「云うまでもないこと、真の信者になれば神の祝福をうけて立派な夫婦《めおと》になれよう」

「では、その聖杯の水をかけてくれ。今みんなの前で吉利支丹になってみせる。アーメン、アーメンじゃ」

伊佐は立上って教堂の信者を見返してから、ポールの前に頭をつきだした。

「伊佐よ、信仰とは形式ではない。そんな浮薄な心で神の門は開けぬ。今日明日というのではない。心して信仰の証左《あかし》が示された時に、真の信者として洗礼をさずけよう」

ポールは、信者たちを眼の内にいれて厳そかに十字をきった。

「その証左《あかし》は、どうして立てたらいいんだ」

「御教えを奉じて神に祈れば、自ずと判ってくることじゃ」

「そんな悠長なことは云っておれん。一刻でも早くえみに会いたいんだ。今すぐ入信の道を教えてくれ」

伊佐は、じれったそうにポールを見上げた。

「わたしが教えるまでもなく、神の道はこの聖書の中に記してある。お前が神に祈り、この御教えをわがものと為した時にこそ、入信の証左が立てられたというもの」

ポールは、十字架に捧げた聖書を身を折って伊佐の手に渡した。信者たちは、今ここに頑迷な異教徒を改宗させる聖なる劇《ドラマ》が生れているのだと、しいんと固唾を呑んで二人の応酬を見守っていた。

「そんなことを言うとったら、何時のことかわからぬ。ぱあてれ、今説教したきりしとのように、おれがあの水の上を歩いてみせたら、真の吉利支丹と認めてくれるか」

伊佐は気短かに、教会の丘のふもとを流れる川を指した。

「伊佐よ、奇蹟は神の御名の下に顕わされるもの。神の御子はそれをうけて、行うものではない。また、行わんとして為しうるものではない。神はそのような難事を信者に求められるのではない。ただ神の御教えに従う心を求められるのじゃ」

ポール神父は、この愚かな若者が恋人を想う余りに血迷ったのではないかと、こみ上げる笑いを押殺して厳かな声でいった。

「いや出来る。ぱあてれに為《や》れることが、おれに為れぬわけはない」

頭にきた若者は、昂然と顔を上げて言返した。

「おお……」

信者たちは、異教徒の分際で何と不敬なことをいう愚《し》れ者かと、呆れた眼眸を伊佐に集めた。

「伊佐よ、みだりに神の名を騙るものではない」

「騙りはせぬ。ぱあてれもおれも同じ人間には変りはない。奇蹟を顕すのがえらい吉利支丹なら、おれだっていくらでもやってみせる」

「黙りなさい。神の御業がわからぬのか」

「ばかんこと、何が神の御業だ」

「されば、この神の杖をうけてみよ」

こうなると、信者の手前、無礼な異教徒を許すわけにはいかない。ポールは、今こそとっておきの奇蹟を示す機《とき》だと、立てかけていた長い杖を、伊佐の面前にさっと投げ落した。

見よ！　杖は恐しき蛇に変じ、鎌首をもたげ真赤な舌をちらつかせて伊佐に向っていくではないか。

伊佐は、青くなって飛びすざった。信徒も愕然として十字をきり、一斉に禱文《おらへしょ》を唱えた。

「きりえれいそん、きりしてれいそん、はあてるて、せれりでうす、みせれれなうです」

ポールは、奇蹟の効果をみとってから、おもむろに祭壇を降り、伊佐と睨みあっている蛇の頭をつかんだ。

驚くべきことに、蛇はまたもとの杖にもどった。さすがに向う見ずな若者も、目を大きく見開いたきり、油汗を流してものも言えなかった。

ポールが無造作に杖を祭壇にたてかけると、信徒たちは嘆声をあげて聖なるぱあてれを振仰いだ。

「天に在す我らの父よ。我らに負債《おいめ》あるものを我らの免《ゆる》すごとく、我らの負債をもゆるし給え。我らを嘗試《こころみ》に遇わせず、悪より救い出し救え、アーメン」

ポール神父は厳かに神へゆるしを請うてから、慈愛に満ちた眼眸で伊佐と信徒たちを眺めた。

さあ、今から再び聖師の説教が始まるのだ。信徒は奇蹟のあとだけに、ポールの言葉にいっそう期待の瞳を輝かせるのだった。

# 四

伊佐は、蛇に変じた神杖の奇蹟に遇ってから、一度も教会に現れなかった。信徒たちは、伊佐が自らの愚さを辱《は》じて入信の道を求めているのだと思っていた。

こうして、奇蹟は更に喧伝され、セント・ポールの威名は赫赫《かっかく》たるものであった。

そして幾日かたち、三日三晩の豪雨が明け、透明な川も水嵩を増した濁流に変じて教会の丘の裾をどうどうと流れていたとき、信者の百姓が泡を吹いて教堂へ駈け込んできた。

「えらいことです。伊佐が川を歩いて渡るから、神父《ぱあてれ》さまを呼んでくれと、川辺で待っとります……」

「それはいけません。わたしもすぐ降ります。早まったことをしないように止めておいて下さい」

ポール神父が黄金の十字架を手にして百姓のあとを追うと、川辺には百姓たちが集ってがやがや騒いでいた。

ポールが近づくと、伊佐は神妙に一礼して云った。

「神父さま、入信の証左《あかし》を立てます。この川を歩いて渡れば、えみと夫婦になれるんですね」

「伊佐よ、無理をせずともよい。命をすててそれほどの心で神に祈れば立派なものじゃ。入信の証左は立った。わたしが認める」

　ポールは、跪いた伊佐の頭に十字架をおいた。命を捨てて入信の証を立てようという信者を救うのだ。いかに奇蹟に頼ろうと、こうした感動の場面は求めて得られるものではないのだと、ポール自身劇中の演技に陶酔してしまった。

「いいえ、お言葉をいいことにひるんだとあっては、わたしの男が立ちません。神父さま、いかなる場合でも、神を欺くことはできないのでしょう」

　伊佐は首を振って、羊のように従順な声で応えた。そこには野性をむきだした若者の面影はなかった。ポールは、信仰すればこうまで人が変わるものかと、ぐっと胸に熱いものを覚えた。

「そうだよ。神を欺いてはいけない」

　ポールは、優しく応えた。

「なればわたしは、この川を渡ります。神にそう誓ったのです。命にかけても、神との約束は守らねばなりません。神がわたしを免されたのであれば、神はわたしに力を与えられましょう」

「おお、神よ……」

　ポールは、この若者は、神杖の印象が強烈すぎて狂ってしまったのであろうか……困ったことを言いだす奴だと思った。といって、今更神への誓いを破れとも言えない。

　この間にも、噂は拡まって川辺へ集る信者の数はふえ、ここにまた聖ポールの有難い奇蹟が顕わされるのではないかと、息を呑み眸子《ひとみ》を燃やしてポールを見詰めているのだ。

迂闊なことはできない。もし、伊佐が濁流に呑まれ命を失うことにでもなれば、大事の時に何の力も示し得なかった聖師の威名を汚すだけではないか。といって、何の準備もなしに、何の力を示し得よう。

ポールは、このいかれた若者が、選りに選って雨後の危険な川を渡ろうなどと言いおって……とうらめしげに濁った川を見下していた。

「では、神父さま」

伊佐は、引き止めようとする信者の手を振りきって川に向った。

「いや、待て」

ポールもあわてて伊佐を押しとどめた。こうなれば仕様がない。奇蹟は絶対に神父《ぱあてれ》以外に顕わすことが出来ないのだと、みせしめのために伊佐を溺れさせてもよいではないか。その後で、奇蹟はみだりに行われるものではないと説教すれば、また一層の効果もあろう。

ポールは素早く決断すると、百姓たちに命じて、下流の土橋に漁網で急造の堰を作らせてから、されば神の御心のままにと伊佐の肩を叩いた。

伊佐は敬虔な信者らしく、上衣を脱ぐと十字をきって水際に立った。ポールは手を上げて土橋の百姓たちに合図し、伊佐を救い上げる万全の体制をとった。

「ぐろりや・ぱとりー・えっふいりお、ぜす・きりしと、さんた・まりあ主の御名において伊佐の命を守りたまえ」

ポールの祈りの中で、伊佐は注意深く右足で波だつ川面を踏んだ。信者たちは、次の瞬間、伊佐の悲鳴を聞くことかと息を殺した。

「おー」

信徒ならずポールまでが天を仰いで驚嘆の叫びを上げた。伊佐が水上にすっくと立っているのではないか。伊佐は沈まなかった。あまつさえ、しずしずと水上を歩いていくのだ。

濁流は伊佐の足の跡をおおっても、決してそれより上を濡らすことはなかった。伊佐は、呆然となった信徒の注視の中で向う岸に着くと、くるりとポールのほうに振返って、我身の無事を神に祈った。

信じるも何も、真の奇蹟がここに顕わされたのだ。ポールは、川をへだてて夢中で伊佐の礼拝に応えたが、驚きの余り絶句して言葉もなかった。

「ぐろふりやいねきせりす、ぐろふりやいねきせりす」

と感激した二、三の信徒は、天上の栄福をたたえ、奇特にあやかろうと伊佐につづいて川の上に踏み入れたが、水に沈み悲鳴をあげて濁流に押流され、全身濡鼠の哀れさで土橋の百姓たちに引き上げられる始末だった。

伊佐は、再び水上を歩いて戻ろうとしたが、心の乱れを恥じるように首を振って土橋をまわり、ポールの前に跪ずいたとき、一群の信徒の中から、美しい娘が白絹を脱ぎすてて駈け寄ってきた。

「伊佐……」

娘は、感激の余り人目もはばからず若者の腕を抱いて、朱唇をあえがせた。

「えみ、どうしてここへ……」

伊佐は驚いて、娘の肩をゆすった。

「神杖のおさとしがあってから、ポール神父さまが、トードス・オス・サントスのセミナリオに呼び返されたのです。あなたが入信されたとき、すぐにでも会えるようにと、神父さまはあなたとの約束を守って……」

「ぱあてれさま、これで文句なくえみと夫婦になれるのですね」

伊佐は、娘の手を執り目を輝かして立上った。そして深々と下がった恋人たちの頭上には、初夏の太陽が天の栄光をつたえて雲間から燦燦と降りそそいだ。

「そうです。神がこの二人の仲を結ばれたのです」

ポール神父は、真の奇蹟に遭遇した昂奮がさめず、言葉を端折ったまま大きくうなずいて伊佐や信徒の祈りに応えた。

何ということだ。私の示した偽の奇蹟から、頑迷な異教徒によって真の奇蹟が導かれようとは。いや、それだからこそ、信仰の威力で奇蹟が示されたのではないか。無限なる神の御業……。

考えるほどに、ポールは感激してぼおっとなったが、伝道師の本能から、このまたとない機《とき》に真の奇蹟の感動を盛り上げなければと、黄金の十字架を高々とかかげた。十字架に燦然と光は砕け、黒衣の僧はいっそう神々しい姿になった。

「ECCE《えきせ》、HOMO《おふも》（見よ、人よ）」

ポールはのぼせあがっていたので、思わずラテン語を口走ったが、ポールを囲んだ信者た

ちも、訳はわからぬながら、

「えきせ、おふも」

と有難そうに斉唱して、次の言葉を待った。

「みなさん、今ここに顕わされたものこそ、無辺なる大御心を示す真の天童奇蹟なるものですぞ。これまでわたしらが伝道に従事した苦心の数々がここに美事な開花をみたのです。見よ、人よ」

ポールは、己の言葉に昂奮して、傍らの伊佐を指した。

「神は今ここに在り、真の奇蹟を顕して、神の国の証左《あかし》を立てられたのであります。これが何故、偉大な真の奇蹟であるのか。ここにみなさんと神の栄福をわかち、神の御業をたたえるために、われらがことどもを明かしいたしましょう。心してお聴き下さい」

ポールの言葉に、信徒も上気した顔をあげた。

「みなさん、わたしはかのオーギュスタン聖師の教えに従い、作られた奇蹟から真の奇蹟をひきだすために、数々の苦心をつづけて異教の地の信仰を導いてきました。それが神の御心にかない、絶えてなかった真の奇蹟が神の御名の下に顕わされたのです。

何故、これを真の奇蹟というか、これまでわたしが行ってきた不思議の数々は、すべてわたしの演出によるものだったからです。たとえば、かの復活の如きは、棺が祭壇に祀られている間に、特別仕掛の箱の底から脱けだして別の重しを入れ、また土から掘り出されて祭壇で祈られる間に、前のように棺の底から入れ代って復活の儀を再現したのです。また先に示した神杖の蛇は、モーゼがエジプト王ファラオに示したものと同じ原理によるものでした。杖の蛇は、わたしがアフリカより持ってきたナジェ・ハジエなる蛇で、その首根の神経を押えると完全に麻痺して木の如く硬直し、地面に投げればその衝撃で元の姿にかえる不思議な習性をもつ蛇なのです。そしてかの花木の種は……」

感動したポール神父は、憑《つ》かれたもののように唖然となった信者たちへ、大小の奇蹟の種を明かしつづけた。

まさしく瓢箪から駒、ポール自身にも予期せぬ椿事であった。異教の土民を心服させるために、アラビアの魔法をバラモンの妖術を極めてきたが、伊佐の奇蹟は予期以上の成果ではないか。

この驚異は、巡察師ワリニヤーニ師からローマ法王に報告され、奇蹟を導くポールの名声は全ヨーロッパに轟き、やがて大司教に叙される基《もとい》となろう。

「みなさん、かかるが故に、これを真の奇蹟といわずして何としましょうぞ」

ポールが陶酔して声を高めた時、伊佐は狂ったように、

「ハッハハ……何を寝ぼけやがるんだ、いんちき伴天連奴、おれがやったのも奇妙頂礼どらが如来なんて有難い奇蹟なんかじゃねえんだよ」

伊佐がそれまでの神妙な仮面をかなぐりすてて腕を上げると、川辺の繁みに隠れていた仲間の若者たちが立上って高々と綱をかかげた。

「見よ人よか、何が天童奇蹟か、糞っ食らえだ。おれは蛇の杖でいっぱい食わされてからはな、

有難山の神父さまを騙していいものかと随分考えたもんだ。もし、本当の天罰が下ったらどうしようかと悩みもしたが、えみが恋しく何としてでも奇蹟を示さなければと思った。だから、雨が降るのを待って川を渡ったんだ。こうして川が濁らなくっちゃあな、両岸に張った綱が見透かされてしまう。おれが渡ってしまうと、あれに隠れていた仲間が仕掛けをきって綱を沈めたんだ。いんちき伴天連とは露知らず、神罰が当りはせんかとびくびくもんで綱渡りをしたもんよ。それがどうだい、呆れ蛙の頬かむりじゃないか。約束どおり、えみはもらう。すぴりとさんち、でうすさんたちりのと、ななさでうす　えみをわれに妻とらせ給え、アーメンじゃ」

伊佐はさっと十字をきると、茫然となったえみの手を摑んで丘を上った。

「フランチェスカ……」

ポール神父は、哀しげに振返った娘に手を差し伸ばしたが言葉にはならなかった。

欧州人の思い上りから土民を愚弄視したら、必ず反動がくると戒めた副管長コエリヨの言葉がポールを打ちのめした。

「みなさん、かような時こそ神へ祈るのです」

ポールは、自らをはげますように跪ずいて十字架を捧げた。

「きりして　あうて　なふす　きりして　えそうて　なふす　はあてるてせりデウス　我らを憐み給え」

信徒も彼につづいて禱文《おらしよ》を唱えたが、その声も次第に力なく沈み、ポールの祈りだけが哀しげに高まっていった。

# だるま猫

宮部みゆき

一

文次は、槍《やり》のような大雨のなかに立っている。

おとっちゃんに怒鳴られるのが怖くて家に入れず、叩《たた》きつけるような夕立と雷のなかで、もう小半時も外に立っている。閉じたまぶたの裏でも稲妻が閃《ひらめ》き、両手で覆《おお》った耳の底までも、地面をどよもすような雷鳴が轟《とどろ》いてきた。それでも文次は、震え泣きながら、長屋の入り口の木戸の粗末な廂《ひさし》の下に立ち、そこから動こうとはしなかった。動くことができなかった。家でおとっちゃんが酒を飲んでいたからだ。

文次はそこでそうやって、古着の担《かつ》ぎ売りをしている母親が戻ってくるのを待っている。かあちゃんが商いしながら通る道筋は、だいたいわかっていた。きっと今は、三丁目の煙草《たばこ》屋の軒先あたりで雨宿りしているにちがいない。あのいけすかない番頭が、かあちゃんを野良犬《のらいぬ》を追うようにして軒先から追い出していなければの話だが。

文次は家にとって返し、あちこち骨が折れ油紙の破れた番傘を持ってきて、かあちゃんを迎えに行きたいと思った。何度もそう思った。だが、それができない。破れ障子を開けて番傘に手をのばせば、おとっちゃんが縁の欠けたどんぶりを投げつけてくるにちがいないからだ。その場はそのまま逃げだすことができても、かあちゃんと一緒に帰れば、さっきはどうして逃げたと怒鳴られて、もっとひどい目にあわされるからだ。また井戸端の杭《くい》にくくりつけられて、ひと晩ほうっておかれるかもしれないからだ。文次はこれまでにも幾度かそういう目にあっていたが、どのときでも、かっとなったら何をしでかすかわからないおとっちゃんの気性をよく知っている長屋の人たちは、誰一人、文次を救《たす》けてはくれなかった。

雷が怖くて、文次は声をあげて泣いた。泣き声は雷鳴が隠してくれた。頬を流れる涙は雨にまぎれた。大粒の雨は、薄い着物の上から、文次の青白い肌をしたたかに叩いたが、おとっちゃんの拳骨《げんこつ》に比べたら撫《な》でられているようなものだった。だから、七つの文次は魚の腹のように血の気のない爪先《つまさき》を泥にうずめて、雨がやむまで立っている。辛抱強く立っている。雨で身体が冷えきってしまっても立っている——

そこで、はっと目が覚めた。今や十六になり、ひとりぼっちになった文次は、薄べったい敷き布団《ぶとん》の上で目を見開いた。

(また夢を見たんだ……)

うなされて蹴飛《けと》ばしたのか、継ぎあてだらけの夜着《よぎ》が、足元に丸まっている。寒気がするのはそのせいだ。寝巻の前はだらしなくはだけ、顔にも胸にもべったりと汗をかいているが、これは冷汗で、暑さのためではない。夜気は涼しく、文次はひとつくしゃみをした。

思いがけず大きく響いたくしゃみの音に、文次は首を縮めて耳を澄ませた。階上《うえ》で寝ている角蔵は、歳《とし》のせいか妙に耳ざとい。だが、しばらくじっとしていても何の気配も感じられないので、ひとまずほっとした。角蔵はほとんどうるさいことを言わない雇い主だが、寝ているところを邪魔すると、ひどく機嫌が悪くなるのだ。

角蔵は、もう六十近い年配だが、まったくの独り身だ。かみさんや子供がいるのかどうか、あるいはいたことがあるのかどうかさえ、文次は知らない。このひさご屋をひとりで切り回し、いつもむっつりした顔をしている。一膳《いちぜん》飯屋のあるじとしては、どうしようもないほど愛想がない。馴染《なじ》みのお客とのあいだでさえ、無駄口もほとんどたたかない。

変わり者と、言えば言える。淋《さび》しいという言葉を知らずに、ここまで生きてきたのかもしれない。生きものが大嫌いだと言って、犬の子一匹寄せつけようとしないし、金魚売りにさえいい顔をしないくらいだから、人という生きものも嫌いなのかもしれない。

もっとも、そんな雇い主だからこそ、文次もなんとかもっているのだ。これがあれこれ詮索《せんさく》されるようだと、三日と働くことができなかったかもしれない。

文次はそっと寝床を抜け出し、土間へおりて水を飲んだ。汗は乾いてきたが、喉《のど》は干上がっていた。夢はまだうなじのあたりにまつわりついている。

土間はしんと冷えていた。季節が変わったことを、文次は肌で感じた。もう秋だ。

ひさご屋では十日も前から突出しに柚子味噌《ゆずみそ》を出すようになった。あさってからはだらだら祭で、縁起ものの好きな角蔵のために、文次も生姜《しょうが》を仕入れに出かける。暦は容赦なくめくれてゆく。そうだ、もう秋だ。そう思うと、心が萎《な》えてゆくのを感じた。

一昨年の今ごろには、楽しい気分で考えていた。一年もたてば、けっこう一人前の顔をして、足場から足場を飛び歩くことができるようになっているだろう、と。そうして、ひとたびすり半鐘を耳にしたなら、頭《かしら》にしたがって火事場へ飛び出してゆくのだ、と。

それが、今はどうだ。

一膳飯屋で居酒屋の、このひさご屋で、ひからびたようなじじいの角蔵にこきつかわれている。店を閉めたあとは、用心棒代わりに、奥のこんな狭苦しい座敷に横になって、頭の上の蝿《はえ》を追ったり、隙間《すきま》風と添い寝したりしている。

これを見ろ、なんてざまだよ。

文次はため息をついた。吐息のおっぽが震えているような気がして、それでなおさら惨《みじ》めになった。

俺は火消しになるはずだった。今ごろは火消しになっているはずだった。最初は平人《ひらんど》でも、そのうち梯子《はしご》持ちになって、いつかは火事場のてっぺんで纏《まとい》を振るようになる。きっとなるのだと、そう決めていた。

それなのに、今はこうして寝汗をかき、裸足《はだし》で土間に降りて夜気に背中を丸めている。

こんなふうだから、子供のころの夢なんか見るのだ。あのころも、今と同じように惨めだったから。

今と同じように、臆病《おくびょう》者だったから。

十の歳まで毎夜のように寝小便をしていた。よく怖い夢を見てはかあちゃんの夜着にもぐりこみ、そのことでしょっちゅうおとっちゃんに叱《しか》られた。酒癖が悪く、手間大工で稼いでくる細々とした金も、みな酒に使い果たしてしまう父の怒鳴り声は、幼いころの文次にとっては、何よりも恐ろしいものだった。

そのおとっちゃんはもうこの世にはいない。四年前に死んだ。酒のせいだろう、大いびきをかいて寝込み、そのまま目を覚まさなかったのだ。かあちゃんも、おとっちゃんが逝《い》ってほっとして、やっと少しは楽ができるようになったと思ったら、それから半年もしないうちに、おとっちゃんを追っかけるようにして死んでしまった。苦労をつっかえ棒にして、ようやく生きていた人だから、苦労がなくなったら倒れてしまうのだと、長屋のかみさんの誰かが言っていた。そんな情けない話はないと、文次は思ったものだ。

こうして文次はひとりになった。かあちゃんには兄弟が多く、みな貧乏人ばかりだったが、妹のひとり息子を、それなりに面倒見てくれたから、みなし子にはならずに済んだ。その代わり、尻《しり》の温まるひまもないほどに、あちこちたらいまわしにされた。文次にとって、世話をしてくれた伯父や伯母は、気の短いせんべい屋のおやじみたいなものだった。しじゅう箸《はし》の先で文次をつっつきまわし、裏返し、あっちへいけこっちへいけ。

文次が十三の歳の冬、そのときやっかいになっていた伯父の家の近くで火が出て、おりからの北風にあおられ、四町も焼く大火となった。一家は逃げ遅れかけ、丸ごと焼けだされた。火事が多い江戸の町のこととはいえ、これほどの思いをするのは、文次も初めてだった。

そしてまた、このとき初めて、火消しの男たちを間近に見た。

今でもはっきりと覚えている。法被《はっぴ》を着て皮頭巾《ずきん》をかぶった小柄な男が、梯子など無用とばかりに天水桶《てんすいおけ》に足をかけ、するすると屋根にのぼっていった様子を。逃げ惑う人たちのあいだに分け入り、野次馬を蹴散らして進んでゆく男たちを。打ち振られる纏のばれんに火の粉が降りかかっても、纏を持つ男の手が緩みもしなかったことを。悲鳴や怒号、木槌《きづち》で建物を壊す騒騒しい音のなかでも、誰ひとり聞き逃すことのないほどの、矢のようにまっすぐで芯《しん》の通った声が、ぴしぴしと指示を飛ばしていたことを。その声の主――それが頭だったのだ――の皮羽織の背中に、炎が照り映え、そこに一頭の龍《りゅう》が染めつけられていたことを。

さながら夢のようだった。恐ろしささえ遠退《とおの》いた。そして文次は決めたのだ。俺、大人になったら火消しになるんだ、と。

そのことを伯父たちに話すと、みな、鼻で笑った。なかでも、かあちゃんのいちばん上の兄貴はひどかった。おめえのような根性なしが火消しになれるわけがねえと頭から決めつけ、文次が言い返すと、二度に一度は手をあげて殴りつけてきた。伯父たちにしてみれば、妹と妹のろくでなしの亭主が早死にしたせいで、余計な口をひとつ養ってやらなきゃならねえ、いい迷惑だと思うだけで、そしてその子に食わせるのが精一杯で、その子の夢にまでは付き合ってやれなかったのだろう。

だが、どれほど冷たくあしらわれても、どれほど小馬鹿《こばか》にされても、文次はその夢をあきらめなかった。そこには文次のすべてがあった。飲んだくれのおとっちゃんが怖かったことも、かあちゃんがしじゅう泣いていたことも、井戸端にくくりつけられて腹が減って死にそうになったことも、伯父や伯母に疎《うと》まれたことも、従兄《いとこ》たちからいじめられたことも、すべて帳消しにするものがそこにはあった。それが文次のつっかえ棒になった。

そうして、ちょうど一昨年の秋のことだ。その夢の一端が、文次の頭のなかから出てきて、文次の袖《そで》を引き、歩きだす方向を教えてくれたのは。

二

そのころ文次は、二番目の伯父の家にいた。麻布《あざぶ》のうどん坂のとっつきにある、小さいが繁《はん》盛《じょう》している紙屋だった。紙屋の商売には力がいるし、手やくちびるは乾くし肌も荒れる。この家には文次よりも年下の娘がふたりばかりしかおらず、男手が足らなかったので、彼はいいように使われていた。ひとりで気ままに出歩くことなどできないし、一日が終わればぶっ倒れるようにして眠るだけだった。

ところが、急に、娘のひとりが婿《むこ》をとることになった。金貸しの次男で、おかげで紙屋は急に内証が良くなった。その気になれば、人も雇うことができる。文次はそれを、自由になる唯《ゆい》一《いつ》の機会と見た。家に入る婿さんだって、従兄《いとこ》とはいえ、文次のような居候《いそうろう》が同居していることを、あまり快く思っていないような感じもあったから、そのあたりをうまくついていけば、かならず抜け出せると思った。

その読みは当たっていた。紙屋の一家は、ただ働きの奉公人を手放すわけにはいかないというふうだったが、婿さんのほうは、また違う腹積もりがあった。文次をどこかに奉公に出そうと言い出したのだ。

文次は表向き、承知したような顔をしていた。そうして、やれ祝言《しゅうげん》だなんだのと、紙屋の一家の気持ちがよそに向いているうちに、ある晩、すずめの涙ほどのたくわえと、ふろしき包みひとつを抱いて家を飛び出した。

行くあては、あった。文次の心積もりのなかだけのものだったが、あてはあった。どこでもいい、片っ端から鳶《とび》の組に飛び込んで、最初はどんな下働きでもいいから使ってくれと頼み込むのだ。ほかに行くところはない、家族もない、使ってもらえなければ野垂れ死ぬだけだと頑張るのだ。鳶職としても一人前になりたいが、なにより火消しになりたいのだと必死でうったえれば、文次の熱意を、夢の強さ大きさを、どこかの組の、誰かひとりの頭でも、きっとわかってくれるはずだ。

破れかぶれともいえる、十四の少年のこのやり方で、目的を達するまでに、五日かかった。さすがの文次も、空腹と疲労とでふらついていた。

拾ってくれたのは、大川をこえた深川のお不動様のそばにある、猪助《いすけ》という鳶職の頭だった。最初はまあ下働きだが、使ってみてもいいか——という猪助の言葉に、文次は地面に頭をすりつけて礼を言った。うれしくて涙がにじんだ。

本所深川には、大川の西側の十番組とは別に、十六番の組が置かれている。文次にもその程度の知識はあった。が、なかに入ってみて初めて、猪助のところは、鳶の組そのものとしてもごく小さく、火消しとしてはいちばん格下——というより、火消しのうちに勘定されない、土手組としての地位しか持っていないということを知った。このときには、飯も喉を通らないほどに落胆したものだ。

すると、猪助は笑って言った。「はじめは土手組の人足でも、しまいまでそのまんまってことはねえ。おめえの心がけと働き次第で、よその組や頭につないでやったっていい。平人だって梯子にだってなれる」

文次はその言葉を信じた。それで生き返った心地がした。飯炊《た》き、洗濯、布団干し、猪助の肩もみまで、骨身を惜しまずに働いた。そうして、少しずつ少しずつ、まずは鳶としての仕事のあれこれを盗むようにして覚えていった。夢はかなう。少なくとも、そのとば口には立ったのだから。あとは歩いて、走ってゆくだけだ。

だが、ほかの誰でもない、文次自身の心が、その夢を裏切った。

去年の春のことだ。よく晴れた月の明るい夜だった。埃《ほこり》っぽく生暖かい風が強く吹き、そここの戸口を鳴らしていた。

火の手があがったのは、古石場《ふるいしば》の町屋の一角だった。風にのせられて、その火はたちまち木場町のほうにまで広がる勢いを見せた。水路の多い土地とはいえ、勢いにのれば、炎は狭い水の流れなど楽に飛びこえて燃え移ってしまう。しかも木場は材木の町だ。いったん燃えひろがれば手のほどこしようがなくなってしまう。

招集を受けて、猪助は乏しい手下を連れて起《た》った。文次もそれについてゆくことを許された。

「けっして俺から離れるな。火に近づくな。余計なことをするな。指図されたことだけやればいい」

猪助の戒めを、早くも高鳴る胸の鼓動を押さえながら、文次は聞いた。遠くで近くで、狂ったように鳴り響く半鐘が、文次の頭のなかでも鳴っていた。

（これを初手柄にしてやる）

子供こどもした気負いがあった。猪助の戒めは心に刻んだが、自分は大丈夫だという自負もあった。俺は火消しになるのが夢だったんだ。なにも怖いことがあるものか。

しかし――

風と炎と悲鳴と、打ち壊しの埃と土煙のなかで、そういう自負は、春先の雪のように溶けて消えた。

文次は怖かった。子供のとき、命からがら大火から逃げだし、初めて火消しを間近に見たあのときでさえ感じなかったような怖さを、腹の底にこたえるような恐怖を、初めて出掛けていった火事場で、文次は味わったのだった。

火に近づくなと、猪助は言った。文次の勇み足を防ぐためだったろう。だが実際には、そんな忠告など要らなかった。火事場に入り、どんな野次馬よりも近くで炎を目にし、その熱気に頬をあぶられたとき、文次は身体が動かなくなった。

なぜだ。なぜ怖いのだ。どうして足がすくむのだ。あんなに夢みてきたのに。あれほど願ってきたのに。その夢の端っこをつかんでいるのに、なぜ怖くてたまらないのだ。

なぜ頭で考えたようにはいかないのだ。

そのときの火事は、幸い、大きなものにはならなかった。猪助たちは、夜明け前に引き上げた。

帰り道、猪助が言った。「文次どうした。蛇ににらまれた蛙《かえる》みてえだったな」

それで、糸が切れた。文次は声をのんで泣きだした。


それから数ヵ月のあいだに、あと二回同じようなことがあった。火事場に出張《でば》ってゆくたびに、文次の身体はこわばり、舌はもつれ、膝《ひざ》から下がこんにゃくのように軟らかくなって、身動きができなくなってしまう。

「なに、そのうちに慣れる」と言ってくれていた猪助も、文次のただ事でない怯《おび》えように、眉《まゆ》をひそめるようになった。

そうして、去年の暮れに、とうとう引導を渡された。

「おれも、火事のたんびにおめえを連れ出して、いつかおめえが、すくんだまんまに焼け死んじまうのを見るのは忍びねえ。逆に、おめえを救《たす》けるために、ほかの連中が危ねえ目にあうのを放っておくわけにもいかねえ。文次、おめえはまだ子供だ。無理をすることはねえ。しばらく、うちから離れていろいろ考えてからでも遅くはねえ。おめえのしたいようにすればいいんだ。働き口なら、俺が面倒みることもできる」

その話に、文次はすぐにはうなずかなかった。できるわけがない。もう一度、もう一度やらしてくださいと、泣くようにして猪助に頼み込み、次の半鐘を待った。

だが、次のときも、結果は同じだった。それどころか、もっと悪かった。なんとか我慢しようとしたのがかえって災いし、文次は腕に火傷《やけど》を負い、仲間に救けられ、その仲間にも怪我《けが》をさせた。

組に帰ると、文次が何も言わないうちに、猪助が黙って首を横に振った。

そうして、今のこの暮らしがある。

ひさご屋の角蔵は、猪助の古くからの知り合いだという。年齢はずっと離れているが、気楽にものを頼むことのできる間柄だという。そして、ずいぶん前から、ひさご屋では下働きの若い者を探していたという。

「角蔵のところで働いて、もうしばらく考えてみるといい。あんがい、一膳飯屋が性にあってればそれでもいい」

猪助はそんな優しいことを言ったが、本音では呆《あき》れていたのだろう。笑っていたのだろう。やっぱり子供の言うことだ、まともに聞いた俺が馬鹿だった、と。文次はそう思い、顔から火が出る思いがした。

正月からひさご屋で暮らして、季節はもう秋になった。文次には、何も見えてこない。何もわからない。ここで働くことが性にあっているのかどうかわからない。火事場へ出ていって、また震えてしまうかどうかもわからない。

いや、自分が本当に火消しのような勇敢な男になれるかどうか、それもわからなくなった。だから夢を見るのだと思う。おとっちゃんが怖かった、がきのころの夢を。文次のなかに生き続けている臆病者の夢を。

心の中に残っているいい夢の残りかすと、頭のなかから消えてゆかない悪い夢の切れ端。土間に立ちつくして文次は、ひさご屋のすぐ近くを走る竪川《たてかわ》に、そのすべてを流してしまいたいと思った。

三

「ゆうべ、うなされていたようだな」

夜明けと同時に起きだして米をといでいると、背中ごしに、角蔵が声をかけてきた。文次はちょっと言葉につまった。やはり、夜中にごそごそしていたのを、角蔵に気づかれていたのだろうかと思った。

「すみません」

すると、角蔵はぼそっと言った。「ゆうべばかりじゃねえ。たびたびそういうことがある。おめえがうちで働くようになってからこっち、もう数えきれねえほどだ」

文次は冷汗をかいた。それほどひどかったのか。

「朝は忙しいから、長げえ話はできねえが、これだけは言っておく」

と、角蔵は続けた。文次がそっとうかがって見ると、角蔵は寝起きのむくんだような顔をしている。いつもと同じように無表情で、そっけなく足元にこぼすようなものの言い方だった。

「おめえのような奴《やつ》は、めずらしくはねえ。火消しになりてえと思って、なりきれねえ奴はほかにもいる。そう恥ずかしいことじゃねえ。気にするな」

米のとぎ汁のなかに手をつっこんだまま、文次は身体を強《こわ》ばらせた。

猪助は、文次をひさご屋に紹介するとき、おめえのことは、ただ働き口を探している若い者だとしか言っていない、と話していた。あれこれの事情は告げていない、と。

あれは嘘《うそ》だったのか。角蔵は、最初から何もかも知っていたのか。

すると、短い猪首をかしげるようにして文次のほうを見ながら、角蔵は言い足した。

「猪助を恨むんじゃねえぞ。あいつも、なんとかおめえの身がたつようにと、いろいろ心配していたんだ。それで、俺のところに話を持ってきた」

文次は喉《のど》がつまるような感じがした。

「それじゃ、ひょっとしたら、ここじゃあ、働き手なんか探していなかったんじゃないですか。頭が頼んでくれたから、俺を使ってくれたというだけで」

角蔵は黙っていた。それが返事になっていた。

やがて、文次から顔をそらしたまま言った。

「このことは、おめえがこんなふうに悩まされていなけりゃ、俺の腹のうちに納めておくつもりだった。ずっと、ずっとな」

「すんません」文次はうつむいたままつぶやいた。

「俺は、どうしようもねえ臆病《おくびょう》者なんです。てめえでも呆れてます」

不意に、涙があふれてきた。それを拭《ぬぐ》うだけの意地もなくなっていた。

「こんなてめえをどうにかしてしまいたいと思いますよ。臆病者を返上できるなら、どんなことだってしてします。どんな荒っぽいことだって、どんな悪いことだって」

「軽々しくそんなことをいうもんじゃやねえ」

角蔵が諫《いさ》めた。口調が鋭くなっていた。

「あんまり思い詰めるな。いいな」

話はそれだけだった。文次は口のなかで小さく「へい」とつぶやき、その日の仕事にとりかかった。


昼間の仕事は何もかわることなく、それきり角蔵とこのことについて話すこともなかったが、それからは毎夜のように、文次は夢を見るようになった。やはり、角蔵がすべてを知っていたということが、心に重く沈んでいる。昼のうちは忘れていることのできるそのうしろめたさ恥ずかしさが、夜になると悪い夢を連れてくるのだ。

夢を見るたびに、文次は、がきに戻って寝小便をもらしてしまったのかとあわてるほどに冷汗をびっしょりかき、ときには震えながら飛び起きた。何度繰り返されても、けっして心が慣れてしまうということがなく、夢はいつも同じように、文次の身をさいなんだ。そしてまた、そういう夜中の自分の有様を、眠りの浅い体質《たち》の角蔵が、階上《うえ》の寝床でどんなふうに聞いているだろうかと思うたびに、頭のなかいっぱいに嘲笑《ちょうしょう》の声が響き渡る。臆病者、臆病者、臆病者——

そうやってひと月がすぎたある晩、客足がひと段落すると、角蔵が不意に、「今夜は早じまいにしよう」と言い出した。

「どうかしたんですか」

「おめえに話しておきてえことがある」

いよいよきたかと、文次は身を縮めた。これ以上、こんな厄介な野郎を置いてはおけないと、追い出されるのだろうか。

のれんをしまい、火を落とすと、角蔵は文次を促して、狭い梯子《はしご》段をあがっていった。行灯《あんどん》建《だて》のこの家の、二階の座敷に足を踏み入れるのは、このときが初めてであることに、今さらのように文次は気がついた。

乾いた畳を踏んで座敷を横切ると、角蔵は瓦灯《かとう》に火を入れた。部屋の隅に、きちんと畳んだ敷き布団《ぶとん》と夜着が重ねてある。文次は、黒い煙をあげながら燃えている瓦灯の油の匂《にお》いと、かすかな埃臭さを感じた。

きちんと正座した文次には目もくれず、角蔵は、座敷の西の隅にある、半間の押入れを開けて、身体を半分そこにつっこむようにしながら、少しのあいだもぞもぞしていた。やがて、あとずさりしながら押入れから出てきたときには、右手になにかを持っていた。薄暗がりのなかで、文次は目をこらした。

「これを見てみろ」

言いながら、角蔵は手にしたものを文次の目の前に持ってきた。猫頭巾《ねこずきん》だった。

ずいぶんと古い代物《しろもの》で、皮の折り目のところが白っ茶けている。あちこち手ずれをしていてやわらかく、覆面の部分や、うなじを覆《おお》う垂れの部分の端っこが、あちこち焦《こ》げている。使いこんだ年代物だ。

「これは……」

おもわずつぶやいた文次に、角蔵はうなずいてみせた。「俺のだ、昔、俺が火消しだったころに使っていた。もう何十年も昔の話だが」

皮製の頭巾に覆面をつけた猫頭巾は、町火消しの決まりの装束のひとつなのだ。文次もむろん、そのことはよく知っている。

「――親父《おやじ》さんも火消しだったんですか」

角蔵は、手に握った頭巾をゆっくりと広げながら、どこか投げ遣《や》りな様子で「うん」と言った。

「どれくらいのあいだ、火消しをしたんですか」

「さあ、二、三年のことだろう」と、かすかに笑った。「俺は臆病者だったからな」

文次は黙って角蔵の顔を見つめた。すると、頭巾のほうに目を落としたまま、角蔵はするりと着物の片肌を脱いで、くるりと文次に背を向けた。

文次は目を見張った。角蔵の痩《や》せた背中に、醜い火傷の痕《あと》がいくつも残っている。左のかいがら骨のすぐ上には、深い切傷が治った痕のような、くさび形のあざがあった。

「俺は臆病者だった」着物を肩の上に戻しながら、顔をあげて文次の目を見て、もう一度、角蔵は言った。「それだから、火消しの組から逃げだしたのさ」

文次は干涸《ひから》びたような感じのする喉に湿りをくれて、やっと言った。「そんなひどい火傷を負うほど、火事場のなかに踏み込んでいた親父さんが、臆病者のわけがねえ」

角蔵はまた目を伏せた。それから、ゆっくりと、お経でもとなえているかのような口調で語りだした。「話の都合で、俺がどこの組にいたのかってことは伏せておかないとならねえ。おいおい、それがどうしてかってことはわかるだろうがな」

火消しに憧《あこが》れ、組に加わったのは、おめえと同じように十六の歳《とし》のことだった――と続ける。

「俺の生まれも、おめえと似たりよったりで、頼りになる身内もいなかった。捨てるものもねえ、心配してくれるもんもいねえ。俺はただただ火消しになりたかった。おめえと同じだ」

そして、そこから先も同じだった。

「いざ組に入って火事場に出ると、俺は怖《お》じ気づいちまった。おめえより、もっとずっとひどかったろうよ。てめえでてめえがわからなくなった。どうしてこんなに、小便をちびりそうになるほど怖いんだろう、逃げだしたくなるんだろう――そう思うと、てめえの頭をかち割ってやりたくなったもんだ」

そのうち慣れる、そのうちと、自分をごまかしながら半年を過ごした。だが、いっこうに、慣れるということはなかった。

「俺は悔しかったし情けなかった。肝っ玉を金で買えるなら、押し込みや人殺しをやってでもその金をこさえてやるんだが、とまで思い詰めたもんだ。まわりの連中の俺を見る目が、どんどん冷たくなっていくのもわかった。誰もからかっちゃくれねえ。もう、笑って背中をたたいてもくれねえ。おめえは駄目だ、出ていきな、あばよ。誰の顔にもそう書いてあった」

角蔵は、膝の上で骨張ったこぶしを握り締めた。「だが、俺はあきらめたくなかったんだ」

何十年も昔の悔しさが、少しも薄れることなく、しわの深い角蔵の目尻《めじり》や口許《くちもと》に、くっきりと浮かび上がっている。

「ちょうどそのころのことだ。俺は、ひょんなことからひとりの按摩に会った。組に出入りしていたじいさんで、そのころでもう、七十に手が届こうという歳だった」

商売だから愛想こそいいが、いつもなら、角蔵のような下っ端《ぱ》に声をかけることさえないその按摩が、そのときに限って、向こうから近寄ってきたのだ、という。内密に話をしたいと、妙に神妙な声を出して。

「そうして、のっけから言いやがった」

――頭に聞きましたが、おまえさん、組から出されるようですねえ。このままじゃ、おまえさんのせいで死人が出るってねえ。

「俺は、野郎を殴りつけてやろうかと思ったよ。按摩のほうもそれに気づいたのか、にやにや笑って、まあまあ怒りなさんなと宥《なだ》めるんだ」

——あんたに、いい話を持ってきたんですよ。

そして、懐《ふところ》を探り、一枚の猫頭巾を取り出した。

「それがこいつだよ」角蔵は言って、また頭巾を握り締めた。「こいつは、だるま猫って頭巾だって言ってな」

「だるま猫」

角蔵は膝を乗り出し、瓦灯の乏しい明かりの下で、文次の鼻先に猫頭巾を突きつけた。

「よく見てみろ。頭のところに、猫の絵が描いてあるだろう。もうすっかり薄くなっちまってるが」

文次は目を細め、顔を近づけてよく見てみた。なるほど、ほとんど線ばかりしか残っていないが、背を丸め目を閉じた一匹の猫が、身体中の毛をふくらまして座っているところを描いた絵があった。脚を身体の下に入れて丸まっているので、たしかに、だるまさんのように見える。

——こいつは縁起ものですよ。

「按摩はそう言ったんだ。このだるま猫は、火事場であんたを守ってくれる。こいつを被《かぶ》って出ていけば、臆病風に吹かれることもなくなる。そいつは私が命をかけて請け合いますってな」

文次は角蔵の痩せた顎《あご》を見あげた。角蔵はにっと笑ってみせた。

「俺も、すぐには真にうけなかった。人を小馬鹿《こばか》にしやがってと腹を立てた。だが、按摩はしつこく同じことを言い張って、私はあんたを助けてあげたいだけだからと粘るんだ。もちろん、売り付けるつもりもない。無料《ただ》でいい。だまされたと思って、一度これを被って火事場へ出てごらんなさいと、なあ」

臆病者の自分に嫌気がさしていながら、組を出されるかもしれないと思うといてもたってもいられないほどの焦《あせ》りを感じてもいた角蔵は、結局、その頭巾を受け取った。

「おめえだって、そうするだろう。藁《わら》にもすがりてえというのは、あるからな」

文次は黙ってうなずいた。

「その日のうちに、はかったように、頭が俺を呼び付けた。顔を見ただけで、何を言われるかわかったよ。俺はとにかく泣きついて、あと一度だけ。もう一度だけ試させてくれと頼み込んだ。それでようやく、首がつながったんだ。頭は苦い顔をしていなすったが」

「それで……」それで本当に臆病者ではなくなったのかと、文次は早く知りたかった。「それでどうなったんです」

角蔵はあっさりと答えた。「按摩の言うとおりだった。だるま猫の頭巾を被るようになってから、俺は嘘のように勇敢になったんだ。火事場が恐ろしくなくなった」

文次は、思わず、角蔵の手のなかにある古ぼけた頭巾に目をやった。

「信じられねえだろう。だが本当だ」

「どうしてですか。どうして急に――」

「見えるからだよ」と、角蔵は答えた。

「見える？」

「そうだ。この頭巾を被って出てゆくと、まだ半鐘が遠いうちから、煙の匂いさえしねえうちから、その日の火事の有様が、まるで幻を見るように頭のなかに浮かんでくるんだ。炎がどんなふうに吹き出すか、燃え移るか、どこの纏《まとい》がどんなふうに振られるか、野次馬たちがどっちのほうへ走ってゆくか。全部が見えるんだ。家主がどこの物干竿《ざお》をかっぱらって、消口にどんなふうに立てて歩くか、そんなことまで見えるんだ。はじめからしまいまで、火事場のことが残らずな」

目をむいている文次に、角蔵は笑いかけた。

「俺も、最初は、てめえの頭がおかしくなったのかと思ったよ。だがすぐに思いなおした。その日の火事場の有様は、俺が目の奥で見たのと寸分たがわねえようになったんだ。少しの違いもねえ。だから、俺は怖くなくなったんだよ。どの屋根が燃え落ちるか、風の向きがどうかわるか、どこに誰がいてどういうことになるか、みんなわかってるんだからな。危なくねえように、そのうえでしっかり働くことができるように、自分の身体をもっていくことぐらい、やさしいもんだった」

それから数日すると、例の按摩がやってきて、首尾はどうだったかと尋ねてきた。

「あんたの言うとおりだったと答えると、按摩は心底うれしそうに笑ったよ。今思うと、あのあけっぴろげなうれしそうな顔に、俺はもっと気をつけなきゃならなかったんだが、そのときはもうただただ有頂天で、世の中に怖いものはひとつもなくなったような気がしていたからな」

礼を言う角蔵を押し止《とど》めて、按摩は言ったという。

——ただし、この頭巾を被り続けていると、ちっとばかり、損をすることもでてきます。しかし、それはたいしたことじゃない。あんたが火消しとして名を馳《は》せたなら、そのくらいのこと、どうでもいいと思って納得してしまう程度の、些細《ささい》な代償です。ですから、案じることはないですよ。

どんな損なのかと、角蔵は訊《き》いた。すると按摩は薄笑いをして答えた。

——あんたを嫌う人が出てくる、とでも言えばいいでしょうかね。

「それは、まわりのねたみをかってそうなるという意味かって訊くと、按摩は笑っただけだった。だから、俺はそう受け取っちまった。そして、それぐらいならなんてことねえと思ったんだ」

角蔵は、ぐいと首を振った。

「俺は馬鹿だった」

歯嚙《はが》みしているかのような声で、そう言った。

「もっとつっこんで訊くべきだったのに、そうしなかった。どうして按摩があんなににやにや笑っているのか、いやそもそも、どうして野郎が按摩をしているのか、それを訊いてみるべきだったのにな」

「どういうことです？」

「その按摩も、昔は火消しだったんだよ。そのことは、組の連中なら誰だって知っていたんだ。俺も知っていた。按摩の首筋にも、火傷《やけど》の痕がいくつか残っていたよ」

若き日の角蔵が按摩に尋ねたのは、どうしてこの頭巾にはこんな力があるのか、この「だるま猫」にはどういう意味があるのかということだけだった。すると按摩は答えた。

——私にも、それはしかとはわかりません。ただ、だるま猫と呼ばれていた、百年も長生きをして霊力を持つようになった老猫《ろうびょう》を殺して、その皮でこさえた頭巾だそうでございますよ。

その言葉を、文次が頭のなかでこねくりまわしているうちに、角蔵は言った。

「このだるま猫を、おめえに貸してやろうと思う」

文次ははっと目をあけた。

「おめえは散々苦しんできた。それを見ていて、俺も何十年かぶりに、こいつを押入れからひっぱりだす気になったんだ。先《せん》に言ってたな。臆病者を返上できるなら、どんなことでもするって。本当にそんなことができるかどうか、試してみるといい。こいつをおめえにくれてやる。被って、火事場に出てみるといい。それから俺のところに戻ってこい。そうして、これからの身の振り方を決めるといい」

「俺にこいつを……」

「そうだ。被ってみろ。きっと、さっき俺が言ったようなことが起こる。さぞ気分がいいだろう。そしたら、俺のところへ来い。おめえが、このだるま猫と、こいつが運んでくる損とを秤《はかり》にかけて、どっちをとるか、決められるように算段してやるから」

「親父さんがですか」

「そうだ。俺こそ、生きた証《あかし》だからな」

角蔵の言葉は、自分で自分を嘲笑《あざわら》うような色合いに染まって聞こえた。口元が歪《ゆが》んでいる。

だが、そのあとすぐに、真顔になって、薄暗がりのなかで怖いほどに、思わず文次が身を引いたほどきついまなざしになって、角蔵はこう言った。

「文次、おめえは臆病者だ。てめえで思ってたほどの肝っ玉はねえ。そのままじゃ、火消しにはなれねえかもしれない。それがどれだけ辛《つら》くて情けねえものか、俺にはよぉっくわかる。おめえの苦しみが本物であることを知ってるからこそ、俺もこんな昔話をしたんだ。わかるな？」

文次は強くうなずいた。何度も何度も。すると角蔵は、苦しげに眉根《まゆね》を寄せた。

「だがな、臆病者には臆病者の生き方がある。酷なようだが、俺はそう思う。おめえが苦しんでるのは、臆病者の自分から、なんとか逃げ出したいと思っているからだ。どんな手を使ってでも逃げ出したいと思っているからだ。だが、文次、それは本当じゃねえ。臆病者の自分を大切にしてやる道が、どこかにきっとあるはずだ。臆病者の自分から逃げちゃいけねえ。一度逃げれば、一生逃げ続けることになる。俺のようにな」

話はそれだけだと言って、文次の手のなかにだるま猫を押しつけ、角蔵は背を向けた。

猪助の下に帰り、もう一度使ってくれと頼み込むと、思っていたよりあっさりと承知してもらうことができた。どうせまた同じことだと、たかをくくられたのかもしれない。

それに、文次も、まだ半信半疑の思いを抱いていた。角蔵の真剣な口調は、いっそ薄気味悪いほどのものだったが、変わり者のじいさんの昔語りが少しばかり羽目をはずしたのだと、思ってしまうこともできた。

だるま猫は、昼の光のなかで見ると、ただ小汚いだけのお古だった。被ってみたところで、どういうこともない。すっかり皮が薄くなっていて、頼りないような気さえした。猪助に見つけられれば、いったいどこからそんな代物を見つけてきたんだと、叱《しか》られてしまうかもしれない。

だが、しかし。

組に戻って半月後、丑三《うしみ》つ時に相生町《あいおいちょう》の一角で火が出たとき、手の震えを抑えてだるま猫を被り、猪助のあとを追いかけて火事場へ出た文次は、角蔵の話に一分の嘘《うそ》もなかったことを知った。

その幻は、頭巾を被ってすぐにやってきた。あたかも文次の頭のなかに幻灯の花が咲いたかのようだった。

燃える長屋が見えた。吹き出す炎が見えた。龍吐水《りゅうどすい》の一台の具合が悪く、あまつさえそれに火が燃え移り、平人《ひらんど》のひとりが大怪我《おおけが》を負う様も見えた。どこが燃えず、どこが危ないか、吹く風も飛ぶ火の粉も、文次の目にはすべてが見えた。

もう、なにものも怖くなかった。

幸い風のない夜で、大きかった火の手も、夜明けになる前に消し止めることができた。肩をたたいて誉《ほ》めねぎらってくれるまわりの火消したちに頭をさげながら、文次はすぐに、角蔵のもとへ向かった。煤《すす》と泥にまみれ、右手には、だるま猫をしっかりと握り締めて。

「親父さん！」

表戸には心張り棒をかけてなかった。角蔵も半鐘を耳にして、今夜文次が出張っていったことを察していたのだろう。だから戸を開けて、文次が戻るのを待っていてくれたのだ。

「親父さん、やったんだ、俺はやったんだよ！」

走りこんで大声で呼びかけると、階上から声がした。「俺はここだ」

文次は宙を飛ぶような勢いで梯子《はしご》段を駆けのぼった。

「親父さん！」

今夜は瓦灯《かとう》がついていなかった。狭い座敷を照らしているのは、指の幅ほどに細く開けた雨戸の隙間《すきま》から差し込む半月の明かりだけだった。

角蔵は寝床の上に起き上がり、こちらに背中を向けて座っていた。

「俺の言ったとおりだったか」と訊いた。

「親父さんの言ったとおりでした」

「だるま猫が火事場を見せてくれたんだな」

「それでおめえはどっちをとる」

「何から何まで」

角蔵の声が、急に冷えた。「それでおめえはどっちをとる」


「え?」

「言ったろう。だるま猫は、おめえに損をさせるってことを。損しても、おめえはそいつがほしいか。そいつがくれる、空勇気がほしいか」

「空勇気じゃねえ」

思わず、文次は声を荒げた。

「こいつは俺の救いの神です。こいつのために、多少ひとからねたまれたって、俺はちっともかまいやしねえ」

「ねたまれるってことじゃねえ」と、角蔵は低く続けた。「嫌われるんだ。人と関われなくなるんだ」

「そんなこと、俺にはどうでもいい!」

叫ぶように言った文次におっかぶせるように、角蔵が声を張り上げた。

「じゃあ見せてやろう。だるま猫の報いをな。こいつのせいで、昔火消しだった男が按摩になった。てめえでてめえの目を潰《つぶ》さずには生きていられなくなったからだ。そしてその按摩はてめえだけが苦しむのが悔しくて、それを俺にも持ちかけた。馬鹿な俺は、それをつかんだ。つかんだ挙句に、女房子供も持てず、火消し組にもおれなくなって、ひとりきりになって、それでもまだ、夜はおちおち眠れねえ。明かりのないところで、ひょいと誰かが俺の顔をのぞくんじゃねえかと思うと、命が縮まるからだ」

「……親父さん？」

「これがだるま猫の報いだ、そら」

角蔵は振り向いた。その両の目が、細い月明かりしかない闇《やみ》のなかで、真っ黄色に、爛々《らんらん》と光っているのを文次は見た。まるで、猫の目のように。

たまげるような叫び声をあげ、手にしていただるま猫を放り出し、文次は一目散に逃げ出した。逃げて逃げて、一度もうしろを振り向かなかった。


その日の明け方近くになって、ひさご屋の二階から火が出た。火はおもしろいように燃え上がり、ひさご屋を丸焼けにしておさまった。ただし、近隣には一寸と燃えひろがらなかった。

焼け跡から、黒焦《くろこ》げになった死体がひとつ出てきた。角蔵のものと思われた。瓦灯の油の匂《にお》いがぷんぷんしている。放火と思われた。

人々は訝《いぶか》った。角蔵が、頭に皮頭巾をかぶり、それがはずれないように、顎のところでしっかりと押さえたまま死んでいることを。その皮頭巾から、とりわけ強く、油の匂いがしていることを。

ただひとり、文次だけは、それを不思議には思わなかった。

(文次逃げるな。一度逃げれば、一生逃げ続けることになる。俺のように)

その言葉だけが、幾度もよみがえっては耳朶《じだ》を打った。

# 解題

末國善己《すえくによしみ》
（文芸評論家）

一九二五年十月、白井喬二《しらいきょうじ》の提唱によって、日本初の大衆文学作家の親睦団体「二十一日会」が結成された。翌年には、機関誌「大衆文芸」も創刊されるが、同誌の一九二六年二月号には江戸川乱歩《えどがわらんぽ》が「探偵小説は大衆文芸か」というエッセイを発表している。

乱歩は、日本には「探偵小説理解者というものは案外少ない」ことを嘆き、「この際大衆文芸の旗印をおし立てて」進む形でもいいので、探偵小説が「もっともっと一般化」することを願っている。ただ興味深いのは、大衆文学が「大衆指導の意味」を含んでいるのなら、それは探偵小説の目的とはズレると明言していることである。探偵小説を普及させたい乱歩が、大衆文学運動に参加しながらも一定の距離を取っているのは、当時の大衆文学は時代小説がメインで、さらに人気の面でも探偵小説を圧倒していたことから、このままでは探偵小説が時代小説のサブジャンルになる危険を感じていたからかもしれない。

だが日本のエンターテインメントの歴史を振り返ってみると、時代小説とミステリーは決して相反するジャンルではないことも分かってくる。それは、伊藤秀雄《いとうひでお》が『黒岩涙香《くろいわるいこう》の研究と書誌』（二〇〇一）の中で、吉川英治《よしかわえいじ》『処女爪占師《おとめつめうらし》』（一九二九）を始め、前田曙山《まえだしょざん》、三上於菟吉《みかみおときち》といった大衆文学黎明期の人気作家が、日本で探偵小説の礎《いしずえ》を築いた黒岩涙香の影響を受けた事実を指摘していることや、何よりも時代小説とミステリーが融合した捕物帳が、今なお高い人気を誇っていることからも明らかだろう。

〈名作で読む推理小説史〉シリーズの第一弾となる本書『剣が謎を斬る　時代ミステリー傑作選』は、日本のエンターテインメント史を語るとき避けては通れない時代ミステリーの傑作をセレクトしたアンソロジーである。収録した作品は、ユーモラスなオチを用意したものから世の中の矛盾を指摘する社会派ミステリー、そして従来の歴史解釈を覆す歴史ミステリーまで幅広いが、これまでにも多くのアンソロジーが編まれてきた捕物帳は収録しなかった。ただ解題では、時代ミステリーの歴史を振り返る必要から名作捕物帳に言及しているので、捕物帳に関心のある方は参考にしていただければ幸いである。また本書の収録順は、これも時代ミステリー史を概観するため、初出発表順となっている。

一九一七年一月、狂言作者として名を成していた岡本綺堂《おかもときどう》が雑誌「文芸倶楽部」に、幕末の旗本屋敷にびしょ濡れの女の幽霊が現れる不可解な謎を、神田に住む岡っ引の半七が合理的に解決する短編「お文の魂」を発表した。後に『半七捕物帳』と総称されるシリーズの第一話となる「お文の魂」は、エンターテインメントの歴史に〝捕物帳〟という新たなジャンルを確立しただけでなく、近代の日本で個別に発展していたミステリーと時代小説を融合させた画期的な作品にもなった。綺堂が『半七捕物帳』を執筆した背景には、急速な近代化で慣れ親しんだ風景が失われていたため、少しでも江戸の世態や風物を書き残しておく必要を感じたからといわれている。そして、この時に綺堂が参考にしたのが、ビクトリア朝ロンドンの風俗を活写したコナン・ドイルの『シャーロック・ホームズ』シリーズだったことが、時代小説とミステリーを結びつける切っ掛けになったのである。

　綺堂の独創から始まった時代ミステリーの歴史は、『半七捕物帳』の人気はもちろん、後継の作家が次々と傑作を発表することで、広範な支持を得ていくことになる。

　まず足が釘抜きのように曲がった岡っ引が活躍する林不忘《はやしふぼう》『釘抜藤吉捕物覚書《くぎぬきとうきちとりものおぼえがき》』は、藤吉が出会った瞬間に訪問者の前夜の行動を言い当てるなど、半七以上にホームズの影響が色濃い一面がある。だが捕物帳におけるホームズ―ワトソン形式を確立したのは、何といっても佐々《ささ》木味津三《きみつぞう》『右門捕物帖《うもんとりものちょう》』である。恐ろしく無口のため「むっつり右門」の異名を持つ同心・近藤右門と口から先に産まれてきたような伝六のコンビに、あばたの敬四郎と呼ばれるライバルがからむ図式は、捕物帳の定番になっていく。

　右門が作った親分―子分―ライバルという人間関係を、さらに洗練させたのが野村胡堂《のむらこどう》『銭《ぜに》形《がた》平次《へいじ》捕物控《とりものひかえ》』である。胡堂は謎解きよりも、庶民を苦しめる武士や博徒を退治する勧善懲悪のヒーローとしての平次を造形。罪を憎んで人を憎まずの精神を前面に押し出すことで、捕物帳に人情路線を確立することになる。そして平次以降の捕物帳は、ミステリー色の強い作品と、人情味にあふれる作品に大別されることになる。

　ただ時代ミステリーの世界は、捕物帳に集中していた訳ではない。初期の大衆文学を支えた白井喬二も、謎の建築物が登場するゴシックロマン風なデビュー作『怪建築十二段返し《かいけんちくじゅうにだんがえし》』（一九二〇）や科学捜査を学んだ探偵が登場する『唐草兄弟《からくさきようだい》』（一九二六）といったミステリータッチの作品を発表している。また『奥さんの家出』（一九二七）を始めとする現代ミステリーも書いている国枝史郎《くにえだしろう》は、SF的なアイディアを取り入れた異色の捕物帳『十二神貝十郎手柄話《おちふるいかいじゆうろうてがらばなし》』（一九三〇）だけでなく、中国の秘密結社の陰謀を題材にした暗号ミステリー『銅銭会事変《どうせんかいじへん》』（一九二六）や『哥老会事変《かろうかいじへん》』（一九三一）も発表している。国枝史郎が中国の秘密結社を題材にした時代ミステリーを書いたのは、大正の末期から戦争の相手国として中国の歴史や国民性への関心が高まっていたことと無縁ではあるまい。

　また黎明期の大衆文学運動が涙香の影響を受けていたことは先に指摘したが、それだけでなく海外のミステリーや冒険小説から着想を得た作品も少なくなかった。マッカレイ『双生児の復讐』を翻案した下村悦夫《しもむらえつお》『悲願千人斬《ひがんせんにんぎり》』（一九二五〜二六）には瓜二つの人物を使った人間入れ替えトリックが出てくるし、密室状況からの脱出を始めミステリー的な謎が物語を牽引する角田喜久雄《つのだきくお》『髑髏銭《どくろせん》』（一九三八）などは、その典型といえるだろう。

　昭和初期から広がりを見せていた時代ミステリーの人気が加速していくのは、当局による取締りで探偵小説の執筆が難しくなり、ミステリー作家が捕物帳に積極的に参入する一九三〇年代半ば以降である。横溝正史《よこみぞせいし》『人形佐七捕物帳《にんぎようさしちとりものちよう》』（一九三八〜三九）、城昌幸《じようまさゆき》『若《わか》さま侍《ざむらい》捕《とり》物手帖《ものてちよう》』（一九四〇）、久生十蘭《ひさおじゆうらん》『顎十郎捕物帳《あごじゆうろうとりものちよう》』（一九四〇）といった戦前を代表する捕物帳が、いずれもこの時期にスタートしているのは偶然ではないのだ。

　太平洋戦争は一九四五年八月十五日に終戦を迎えるが、戦時中に執筆を禁じられていた探偵小説は、その期間の渇きを癒すかのように専門誌の相次ぐ創刊、新人の登場などで活況を呈する。GHQは封建道徳を礼賛するとして剣豪小説の執筆は厳しく制限するが、それ以外の時代小説は特に規制されることはなかったので、捕物帳は『夢介千両《ゆめすけせんりょう》みやげ』（一九四七〜五一）を始めとする山手《やまて》樹一郎《きいちろう》の明朗時代小説と並び、時代小説の看板となっていた。そのため一九四七年に探偵作家クラブが創設された時に、捕物作家の入会を認めるかが議論されたという。江戸川乱歩は賛成派だったが、木々《きぎ》高太郎《たかたろう》らの反対もあり、結局は捕物作家の入会は見送られることとなった。

ただ一九四九年には、捕物作家クラブが創設（初代会長・野村胡堂、副会長・城昌幸、土師《はじ》清二《せいじ》）され、独自の活動を展開していくことになる。一九四六年には村上元三《むらかみげんぞう》が、明治になり岡っ引からそば屋に転身した加田三七《かださんしち》が名推理を披露する『捕物そばや』の連載を開始。また捕物作家クラブが設立された一九四九年には、坂口安吾《さかぐちあんご》が『明治開化安吾捕物帖《めいじかいかあんごとりものちょう》』の連載を開始する。終戦直後に明治を舞台にした時代ミステリーが相次いで書かれたのは、戦前を江戸、戦後を明治になぞらえることで、新時代の到来を象徴的に描くためだったと思われる。『明治開化安吾捕物帖』で、洋行から帰ってきた結城新十郎が事件を解決するという設定は、そのまま戦後社会の縮図といえるだろう。

本書の巻頭に置かれた岡田《おかだ》鯱彦《しやちひこ》（一九〇七〜九三）「変身術《へんしんじゅつ》」（初出「面白倶楽部」一九五二年八月、底本『薫大将《かおるだいしょう》と匂《におう》の宮《みや》』扶桑社文庫二〇〇一年十月）が発表されたのは、こうした時代だったのである。鼠小僧が鼠に変身する術を身に付けていたという設定は単なる洒落のように思えるが、そのような判断は早急に過ぎる。近世の歌舞伎や戯作では、鼠に変身する妖術を使う仁木弾正が悪の限りをつくす奈河亀輔《ながわかめすけ》『伽羅先代萩《めいぼくせんだいはぎ》』（一七七七初演）や、怪奇現象の表象として鼠が登場する鶴屋南北《つるやなんぼく》『東海道四谷怪談《とうかいどうよつやかいだん》』（一八二五初演）など、悪役が鼠や蝦《が》蟇《ま》の化身であることが多かった。東京学芸大学の教授であり、国文学の専門知識を活かして『源氏物語』をミステリーに仕立てた『薫大将と匂の宮』（一九五五）を発表した著者だけに、本作も日本の古典文学の伝統を踏まえていると思われる。

日本における近代的な探偵小説は黒岩涙香から始まるが、それ以前にも久保田彦作《くぼたひこさく》『鳥追《とりおい》お松《まつ》の伝《でん》』（一八七七）や仮名垣魯文《かながきろぶん》『高橋阿伝夜叉譚《たかはしおでんやしゃものがたり》』（一八七九）といった毒婦を主人公にする犯罪実話が人気を博していた。鼠小僧を翻弄する大家のお嬢様は、明らかに毒婦として造形されているので、毒婦ものの系譜としての評価も必要だろう。また本作と同じ時期に、渡《わた》辺啓助《なべけいすけ》が鼠小僧を探偵役にした『和泉屋逆捕物《いずみやさかとりもの》』（一九五三）を書いている。世相が不安定な時代には白波ものの人気が高まるので、鼠小僧を主人公にしたミステリーが相次いで書かれたのは、戦後の混乱が関係しているのかもしれない。

**山本周五郎**《やまもとしゆうごろう》（一九〇三～六七）「しじみ河岸《かし》」（初出「オール讀物」一九五四年十月、底本『山本周五郎全集第二十五巻』新潮社一九八三年一月）は、スラム街に隣接した「蜆《しじみ》河岸」で発生し、既にお絹なる娘が犯人として捕まった殺人事件に疑問を持った与力の花房律之助が、再調査に乗り出すミステリーである。やがて事件の背後には、持てる者と持たざる者の相克が浮かび上がるが、著者は必ずしも資産家を〈悪〉とはしていない。金の力で捜査に圧力をかける豪商を安易に批判しないことで、貧富の差を生み出し、それを放置している社会構造そのものを告発しようとしているのである。それだけに、自分が生き残るためには他人を蹴落とすことも厭わないスラムのリアルな現実は、圧倒的な迫力に感じられるはずだ。

山本周五郎といえば戦後に書かれた重厚な人間ドラマを思い浮かべるかもしれないが、天才中学生が潜水艦の設計図をめぐって某国スパイと攻防を繰り広げる『危《あやう》し！潜水艦《せんすいかん》の秘密《ひみつ》』（一九三〇）や、ユーモア・ミステリー『寝《ね》ぼけ署長《しよちよう》』（一九四六）なども発表している。時代小説の中にも、復讐のための殺人を通して、世の中には法で裁かれない悪があることを明らかにした『五瓣《ごべん》の椿《つばき》』（一九五九）のような作品もあるので、今後はミステリー作家としての評価が必要かもしれない。

傑作捕物帳『彩色江戸切絵図《さいしきえどきりえず》』（一九六五）を始め、時代小説も精力的に発表した松本清張《まつもとせいちよう》（一九〇九〜九二）「いびき」（初出「オール讀物」一九五六年十月、底本『遠《とお》くからの声《こえ》』カッパ・ノベルス一九六四年十月）は、社会の底辺で生きることを迫られる無宿人の実態を描いた連作集『無宿人別帳《むしゆくにんべつちよう》』（一九五八）の姉妹編的な作品だが、どこかコミカルな仕上がりになっている。

牢名主を頂点に絶対的な階級制になっている牢獄では、睡眠だけが現実から逃れる唯一の方法。そのためうめき声をあげる病人やいびきの大きい囚人は、秘かに殺されることもあるという。物語は、裏の世界の掟をリアルに描く一方で、いびきの大きな無宿人の仙太が牢獄の掟によって追い詰められていく心理サスペンスとしても楽しめる。日常と隣り合わせの恐怖を描いているだけに、誰もが主人公の恐怖に共感できるだろう。この物語は実際にいびきの大きかった著者の体験から生まれたというので、生々しいのも納得できる。

**山田風太郎**《やまだふうたろう》（一九二二〜二〇〇一）「怪異投込寺《かいいなげこみでら》」（初出「宝石」一九五八年一月、底本『山田風太郎全集10』講談社一九七一年十一月）は、松葉屋の花魁薫の周囲で起こる奇妙な事件を描く連作集『女人国伝奇《ありんすこくでんき》』の一編。物語は、津軽の殿様に薫をモデルにした枕絵を描くことを命じられたお抱え絵師の苦悩に、天才画家・葛飾北斎《かつしかほくさい》がからむ芥川龍之介《あくたがわりゆうのすけ》『地獄変《じごくへん》』（一九一八）を思わせる芸術家小説になっている。一見するとミステリーとは思えない物語が、ラスト一章で思わぬ事件を浮かび上がらせ、それに意外な解決を用意して見せるので、著者にしか書き得なかった名人芸が堪能できるだろう。本作のミステリー的な興味は、動機を探るホワイダニットになるのだろうが、遊廓でしか成立しない特殊な動機を描きながら、それを誰もが隠し持つ心の闇という普遍的な問題に結びつけた離れ業も実に見事だった。

山田風太郎は、『妖異金瓶梅《よういきんぺいばい》』（一九五四）、『おんな牢秘抄《ろうひしよう》』（一九六〇）など、男性に抑圧されてきた女性をテーマにした時代ミステリーを残しているが、本作もこの系譜に連なる作品といえるだろう。このほかにも、秀吉の出世の原動力をお市の方への歪んだ欲望とした歴史ミステリー『妖説太閤記《ようせつたいこうき》』（一九六七）や、トリッキーな連作集『明治断頭台《めいじだんとうだい》』（一九七九）など時代ミステリーの傑作があるので、山田風太郎がこのジャンルの発展に果たした役割には計り知れないものがある。

**南條範夫**《なんじようのりお》（一九〇八〜二〇〇四）「願人坊主家康《がんにんぼうずいえやす》」（初出「オール讀物」一九五八年十二月、

底本『裁《さば》きの石牢《いしろう》』光文社文庫一九九一年三月）は、徳川家康が、諸国を放浪する願人坊主・世良田二郎三郎と入れ替わっていたという解釈で歴史を読み替える歴史ミステリーである。考えてみると、家康には謎が多い。若き日の家康は一向一揆に悩まされるが、家康の場合、譜代の家臣が数多く一揆勢の味方になっている。これはなぜか？　また織田信長から、正室・築山殿と嫡男・信康が武田に内通しているとの疑惑を持たれた時、家康は弁明することなく二人を死に追いやっている。当時の織田、徳川の力関係を考えれば命令に逆らうのは無理としても、助命嘆願さえしないまま有能な後継者を死なせたのは不可解である。著者は、こうした家康の行動が、願人坊主と入れ替わったとするなら合理的に説明できるとしているので、最後までスリリングな展開が続く。それだけでなく、社会の最下層で生きる男が、才覚だけで天下人《てんかびと》になるまでを描いていくので、ピカレスクロマンとしても楽しめるだろう。

　物語の後半に指摘があるように、本書のアイディアは村岡素一郎《むらおかそいちろう》の『史疑――徳川家康事《とくがわいえやすじ》跡《せき》』（一九〇二）をベースにしている。著者は後に本作と同じテーマを長編化した『三百年のベール』（一九六二）を発表しているが、それから約四半世紀後、やはり『史疑』から着想を得た隆慶一郎《りゅうけいいちろう》が『吉原御免状《よしわらごめんじょう》』（一九八六）、『影武者徳川家康』（一九八九）を発表している。同じ史料を使い一種の歴史ミステリーを作り上げているが、南條範夫と隆慶一郎は作風が異なっているので、両者を読み比べてみるのも一興だろう。

　一九六〇年前後には、義経《よしつね》＝成吉思汗《ジンギスカン》説の真相に迫った高木彬光《たかぎあきみつ》『成吉思汗の秘密』（一九五八）、忍者の一族が歴史的な事件の裏で暗躍していたとする柴田錬三郎《しばたれんざぶろう》『忍者からす』（一九六四）など、従来の歴史観を否定する歴史ミステリーが数多く書かれている。歴史は唯一絶対の真実と思われがちだが、実際は運良く後世に伝えられた史料をもとに、歴史学者が矛盾なく組み上げた解釈の一つに過ぎない。つまり歴史には様々な解釈があってしかるべきなのに、戦前は天皇を中心とする皇国史観が絶対の真実とされてきた。〈歴史の真実〉に挑んだのが、いずれも皇国史観によって死地に送り込まれた世代であることを考えると、彼らは歴史をパロディ化することで、絶対視された歴史＝皇国史観に戦いを挑んでいたのかもしれない。松本清張『火の路《みち》』（一九七五）は、在野の歴史学者が唱えた学説を、大学アカデミズムが批判する物語になっているが、これも歴史を権力者が作ることへの違和感の表明といえるだろう。

そして**多岐川《たきがわ》　恭《きょう》**（一九二〇〜一九九四）「雪《ゆき》の下《した》――源《みなもとの》　実朝《さねとも》――」（初出「歴史読本」一九六三年三月、底本『五右衛門処刑《ごえもんしょけい》』徳間文庫二〇〇〇年九月）も、鎌倉三代将軍・源実朝暗殺の謎に挑んだ歴史ミステリーになっている。当時の歴史学では、源実朝は北条義時の陰謀によって殺されたとする説が主流だったはずだが、多岐川恭は事件の背後に幕府の有力御家人・三浦氏がいたことを指摘している。今では実朝暗殺を三浦氏が演出したことは定説になっているが、著者はそれをかなり早い時期に指摘していたことが分かる。ただ単に歴史の謎に新解釈を与えただけでなく、芥川龍之介『藪《やぶ》の中《なか》』（一九二二）のように、語り手が変わるたびに、暗殺事件の様相が二転三転する緻密な構成にも驚かされるはずだ。

なお源実朝暗殺の黒幕が三浦義村であったのを初めて指摘したのは、永井路子《ながいみちこ》の連作集『炎環《えんかん》』（一九六四）と思われる。永井路子は、中世の武士階級には生まれた子供を乳母《めのと》に育てさせる乳母制度があったことに着目、乳母の元で育った子供は生家よりも養家の利益のために動くことを示し、そこから暗殺事件の真相を導き出していた。この学説は、歴史学者からも注目されたという。永井路子はその後も、戦国時代の政略結婚が女性の犠牲の上に成り立っているのではなく、一種の外交使節の派遣であったことを明らかにした『流星《りゅうせい》』（一九七九）など、女性史を導入することで歴史を読み替えるスリリングな作品を発表している。これも従来の常識を覆した意味で、広義の歴史ミステリーと捉えることができるだろう。

**司馬遼太郎《しばりょうたろう》**（一九二三〜九六）「前髪《まえがみ》の惣三郎《そうざぶろう》」（「小説中央公論」一九六三年四月、底本『新選組血風録《しんせんぐみけつぷうろく》（新装改版）』中央公論新社一九九九年十一月）は、新選組を十五の短編で描いた『新選組血風録』の一編である。新選組は、明治の元勲の同士を暗殺した逆賊として長く批判されてきたが、一九二八年刊行の子母沢寛《しもざわかん》『新選組始末記《しんせんぐみしまつき》』と平尾道雄《ひらおみちお》『新選組史録《しんせんぐみしろく》』によって再評価が始まった。そして戦後の新選組人気を決定づけたのが『新選組血風録』なのである。

本作は、前髪立ちの美少年・惣三郎が新選組に入隊する場面から始まる。惣三郎と同期入隊の加納には衆道《しゅどう》の気があり、二人は結ばれたという。やがて惣三郎の周囲では奇妙な事件が続発、それが嫉妬に狂った加納の犯行と睨んだ上層部は、惣三郎に加納の処刑を命じる。だが立ち会い人となった沖田総司は、暗殺現場で意外な事実に気付くことになる。

司馬遼太郎とミステリーの組み合わせは意外かもしれないが、作家活動の初期には現代ミステリー『豚《ぶた》と薔薇《ばら》』（一九六〇）や新選組外伝ともいうべき捕物帳『壬生狂言の夜《みぶきょうげんのよる》』（一九六

○）などを発表している。本作も、事件の物証となる小柄《こづか》や衆道をめぐる愛憎劇を伏線に用いた端正な謎解きになっている。ちなみに本作は大島渚監督の映画『御法度《ごはっと》』（一九九九）の原作にもなっているので、『新選組血風録』の中では最も人口に膾炙《かいしゃ》しているのではないだろうか。映画では、原作よりも犯人のサイコキラーとしての側面を強調しているが、これは一九九○年代のサイコサスペンス・ブームの影響であろう。

高度経済成長期を象徴する国造りの物語としてベストセラーになった山岡荘八《やまおかそうはち》『徳川家康』（一九五三〜六七）は、企業家が経営のノウハウを学ぶための指南書としても高く評価された。**永井路子**（一九二五〜）「からくり紅花《べにばな》」（「別冊小説現代」一九六八年四月、底本『雪《ゆき》の炎《ほのお》』毎日新聞社一九七二年二月）も、経済の動きを織り込んだ時代ミステリーになっているが、歴史から経営戦略を学ぶような安易な作品とは一線を画している。

ひよし屋で働く「すみ」と「きの」の姉妹は、「きの」の恋人で轟屋の番頭をしている貞吉が行方不明になったことを知らされる。だが貞吉から伊勢参りに行くと聞いていた「きの」は、貞吉の失踪を信じない。同じ頃、勘定方の柳沢欣之助は、轟屋が一手に引き受けている紅花取引の帳簿に疑問を抱き、上司に相談していた。一見すると無関係に思われた事件が、やがて一つにまとまる構成も見事だが、正義のための捜査が、逆に無辜《むこ》の庶民を傷つけることになっていたという皮肉な結末も興味深いものがある。正義が権力者によって歪められる構図を描いたのは、清張から始まる社会派ミステリーの影響を受けているのかもしれない。

このように時代ミステリーが多様化していく中でも、原点ともいえる捕物帳は楠田匡介《くすだきょうすけ》、佐賀潜《さがせん》、島田一男《しまだかずお》、陣出達朗《じんでたつろう》、高木彬光らによって書き継がれていたが、いわゆる五大捕物帳（『半七捕物帳』『右門捕物帖』『銭形平次捕物控』『人形佐七捕物帖』『若さま侍捕物手帖』）に匹敵するような国民的な作品が登場することはなかった。その中にあって、一九六八年から連載が始まった池波正太郎《いけなみしょうたろう》の『鬼平犯科帳《おにへいはんかちょう》』は読者の圧倒的な人気に支えられ、戦後を代表する捕物帳になっていく。

『鬼平犯科帳』は、主人公の長谷川平蔵と同じくらいの比重で、配下の同心や密偵、盗賊たちを描き出し、捕物帳の伝統になっていた親分―子分の図式を排する新機軸を打ち立てた作品である。また火付盗賊改方をFBIになぞらえるなど、ハードボイルド小説を思わせる部分も少なくないが、これは池波正太郎が愛したフランスの犯罪映画の影響といわれている。池波は一九七三年から秋山小兵衛・大治郎父子が江戸にはびこる悪を打つ剣豪小説『剣客商売《けんきゃくしょうばい》』の連載を開始、翌年からは金で殺しを請け負う仕掛人なる裏稼業を作り上げた『仕掛人《しかけにん》・藤枝梅安《ふじえだばいあん》』の連載を始めている。『仕掛人・藤枝梅安』は、テレビドラマ〈必殺〉シリーズの原型になっているが、〈必殺〉ファンの京極夏彦《きょうごくなつひこ》が、その設定をアレンジして『巷説百物語《こうせつひゃくものがたり》』（一九九九）を書いたことは、改めて指摘するまでもないだろう。

**池波正太郎**（一九二三〜九〇）「だれも知らない」（「小説エース」一九六八年十一月、底本『江戸《えど》の暗黒街《あんこくがい》』新潮文庫二〇〇〇年四月）も、金で殺しを請け負う殺し屋の物語であり、著者が作り出した暗黒街ものの一編になっている。時代小説において仇討ちは、武士の本懐として描かれることが多いが、実際は仇を探し出せないまま旅先で倒れたり、相手が強すぎて返り討ちにあう者も少なくなかったという。著者は、こうした仇討ちの現実を踏まえて、仇討ちそのものをパロディ化していく。著者は暗黒街という非日常の世界と、人間は衣食住がなければ生きていけない日常性を隣接させることで独特の世界を作り上げているが、本作でも食うために始めた商売が、思わぬ悲劇を招くラストが印象に残る。

一九六〇年代の後半以降になると、ミステリーでデビューした作家の時代小説への参入が活発になる。早い時期から時代小説を発表していた多岐川恭は、事件が起こってもなかなか解決に乗り出さない同心を主人公にした『ゆっくり雨太郎《うたろう》捕物《とりもの》控《ひかえ》』(一九六七)の連載を開始。翌年には、捕物帳の歴史の中でも最もトリッキーな都筑道夫《つづきみちお》『なめくじ長屋《ながや》捕物《とりもの》さわぎ』がスタートする。笹沢左保《ささざわさほ》は、股旅ものの世界をミステリー仕立てで描く連作集『見返《みかえ》り峠《とうげ》の落日《らくじつ》』(一九七〇)を経て、義理人情を否定する一匹狼の渡世人を主人公にした『木枯《こがら》し紋次郎《もんじろう》』(一九七一)の連載を始める。紋次郎を主人公にした連作はハードボイルドを思わせるが、意外などんでん返しがある作品も多い。陳舜臣《ちんしゅんしん》は、中国史を題材にしたミステリー『方壺園《ほうこえん》』(一九六二)を発表していたが、直木賞を受賞した『青玉獅子香炉《せいぎょくししこうろ》』(一九六九)のラストにもミステリー的なオチを用意していた。人情話としか思えない連作がラストでミステリーになる半村《はんむら》良《りょう》『どぶどろ』(一九七七)も、忘れてはならない名作である。『どぶどろ』は、宮部《みやべ》みゆきの『ぼんくら』(二〇〇〇)と続編の『日暮《ひぐ》らし』(二〇〇五)にも影響を与えている。

一九七三年には、現在も連載が続く人気シリーズ平岩弓枝《ひらいわゆみえ》『御宿《おんやど》かわせみ』がスタートする。基本的には人情路線の捕物帳だが、セカンド・レイプの問題とも重なる「秋色佃島」といったミステリーでしか表現できないテーマがあることも忘れてはならない。

**新羽精之《にわせいし》**「天童奇蹟《てんどうきせき》」（初出・底本「幻影城《げんえいじょう》」一九七六年四月）は、伝説の探偵小説専門誌「幻影城」に発表された作品。戦国時代、カトリックを広めるために日本にやってきた神父が、次々と奇蹟を起こして信者を獲得していくが、一人の日本人の登場で、奇蹟の裏側が暴かれることになる。作中では、宗教における奇蹟が、儀礼の一種なのか、それとも信者を得るための方便なのかが議論されているが、これは奇蹟を自作自演するカルトが現実に登場した現代こそ、真摯に受け止めるべきメッセージといえるだろう。

著者の新羽精之は、一九二九年長崎県佐世保生まれ（一九七七年没）。同志社大学英文学科を病気のため中退後、洋服商、英語塾教師などを経て放送作家になっている。作家デビューは「宝石」の懸賞に応募した『炎の犬』。長く佐世保で作家活動を続けており、やはり九州を舞台にした時代ミステリー『日本西教記《にほんさいきょうき》』（一九七二）などを発表している。キリスト教への興味は、長崎という地理的な条件も影響していたのだろう。

デビューから一貫して暗い情念の世界を描いてきた藤沢周平《ふじさわしゅうへい》は、『用心棒日月抄《ようじんぼうじつげつしょう》』（一九七八）あたりから、ユーモアが前面に出てくるようになる。そして人情ものとハードボイルドの世界を融合させた『彫師《ほりし》伊之助《いのすけ》捕物覚《とりものおぼ》え』（一九七九）を始め、『獄医《ごくい》立花登《たちばなのぼる》手控《てびか》え』（一九八〇）や『よろずや平四郎《へいしろう》活人剣《かつじんけん》』（一九八四）など、ミステリーとしても秀逸な作品を発表するようになる。一九八七年には、隆慶一郎がデビュー。伝奇的な展開を、史料を用いて論証していく手法は、フィクションを織り込む時代小説と史料を重視する歴史小説というジャンルの壁を取り払ってしまったほどである。

一九九〇年代に入ると、為政者でなく庶民が残した史料を調査する新しい歴史学の方法が注目を集めたこともあってか、江戸時代の裁判制度に着目したリーガル・サスペンス佐藤雅美《さとうまさみ》『恵比寿屋喜兵衛《えびすやきへえ》手控《てびか》え』（一九九三）、医学時代ミステリーという新ジャンルを作った川田弥一郎《かわだやいちろう》『江戸の検視官』（一九九七）など、今までにない題材を扱う時代ミステリーが登場する。連作の進行に主人公たちの恋の行方をからめただけでなく、同心の手先の生活をリアルに描いた宇江佐真理《うえざまり》『髪結《かみゆ》い伊三次捕物余話《いさじとりものよわ》』（一九九七〜）も、この系譜に属する作品といえる。ただ新視点の作品ばかりではなく、泡坂妻夫《あわさかつまお》『宝引《ほうびき》の辰捕者帳《たつとりものちょう》』『夢裡庵先生捕物帳《むりあんせんせいとりものちょう》』（共に一九八九〜）、高橋克彦《たかはしかつひこ》『完四郎広目手控《かんしろうひろめてびかえ》』（一九九八〜）など捕物帳の伝統を受け継ぎながらも、独自の工夫を凝らした端正な作品も書かれている。

ミステリー作家として活躍していた**宮部みゆき**（一九六〇〜）が、時代小説に挑戦したのは『本所深川《ほんじょふかがわ》ふしぎ草紙《ぞうし》』（一九九一）から。その後も、物に触ると持ち主の想いが見える特殊な能力を持つお初が難事件に巻き込まれる『震《ふる》える岩《いわ》』（一九九三）と『天狗風《てんぐかぜ》』（一九九五）などで、時代小説作家としても高く評価されるようになった。「だるま猫《ねこ》」（「歴史読本」一九九三年九月、底本『幻色江戸《げんしょくえど》ごよみ』新潮文庫一九九八年八月）は、怪奇現象と人情話を結びつけた『幻色江戸ごよみ』（一九九四）の一編。臆病ゆえに火消しになる夢を絶たれた少年が、臆病な心を消すことのできる謎の頭巾を見せられたことから、二転三転する事件が発生することになる。不気味な怪異譚が、一気に人情話に向かって進む後半の展開は圧巻で、心地よい結末が用意されているので、読後感もすがすがしい。

最後に宮部みゆき以降の時代ミステリーを概観しておきたい。『重蔵始末《じゅうぞうしまつ》』（二〇〇一）で捕物帳に初挑戦した逢坂剛《おうさかごう》、現代ミステリーと時代ミステリーの双方に秀作のある鯨統一郎《くじらとういちろう》、北森鴻《きたもりこう》、近藤史恵《こんどうふみえ》、芦辺拓《あしべたく》といったミステリーサイドからの参入もあるが、エンターテインメントの主流がミステリーになったこともあってか、二十一世紀に入ってからは、時代小説作家が時代ミステリーを書くケースが増えているように思える。

山本一力《やまもといちりき》は『大川《おおかわ》わたり』（二〇〇一）などで人情路線とコンゲーム（騙し合い）の融合を成し遂げ、諸田玲子《もろたれいこ》『お鳥見女房《とりみにょうぼう》』（二〇〇一〜）シリーズは、厳しい任務によって生活を犠牲にすることを迫られる隠密一家を描く異色作になっている。富樫倫太郎《とがしりんたろう》は、『女郎蜘蛛《じょろうぐも》』（二〇〇二）で新たな江戸暗黒小説の世界を確立。歌舞伎に深い造詣を持つ松井今朝子《まついけさこ》は『非道《ひどう》、行《ぎょう》ずべからず』（二〇〇二）で、芸の世界を題材にした時代ミステリーに挑み、渡辺房男《わたなべふさお》は『金目銀目五万両《きんめぎんめごまんりょう》』（二〇〇二）などで、経済ミステリーの書き手として注目を集めている。江戸の豪商・紀伊國屋文左衛門の実像に迫った『紀文大尽舞《きぶんだいじんまい》』（二〇〇三）などで知られる米《よね》村圭伍《むらけいご》は、ユーモラスな展開とシニカルな歴史観を結びつけた独特の歴史ミステリーを書き続けている。

時代ミステリーは日本史を題材にした作品ばかりではない。森福都《もりふくみやこ》は『双子幻綺行《そうしげんきこう》』（二〇〇一）や『琥珀枕《こはくちん》』（二〇〇四）で中国を舞台にしたミステリーを描いている。また日本の時代・歴史小説では空白域になっていた西洋史の世界も、絶大な権力を握るルイ十二世に離婚裁判を起こされた王妃を救うため、敏腕の弁護士が立ち上がる『王妃《おうひ》の離婚《りこん》』（一九九九）を書いた佐藤賢一《さとうけんいち》が、着実に埋めつつある。

翔田寛《しょうだひろし》『影踏《かげふ》み鬼《おに》』（二〇〇一）、畠中恵《はたけなかめぐみ》『しゃばけ』（二〇〇一）、岡田秀文《おかだひでふみ》『太閤暗殺《たいこうあんさつ》』（二〇〇二）、岩井三四二《いわいみよじ》『月《つき》ノ浦惣庄公事置書《うらそうしょうくじのおきがき》』（二〇〇三）など、時代ミステリーで新人賞を受賞する作家も増えてきているので、時代ミステリーの動向には今後も注意が必要だろう。

本巻　編集委員　末國善己
監修　ミステリー文学資料館
権田萬治　新保博久　山前譲

＊新羽精之氏の著作権継承者の方は、連絡先をお教えくださいますよう、お願いいたします。
＊本書収録作品の表記は、アンソロジーという性格上、その出典の表記に従いました。

光文社文庫

名作で読む推理小説史
剣《けん》が謎《なぞ》を斬《き》る　時代ミステリー傑作選
編　者　ミステリー文学資料館《ぶんがくしりようかん》

2005年4月20日　初版1刷発行

発行者　篠　原　睦　子
印　刷　慶　昌　堂　印　刷
製　本　明　泉　堂　製　本

発行所　株式会社　光　文　社
〒112-8011　東京都文京区音羽1-16-6
電話　(03)5395-8149　編集部
8114　販売部
8125　業務部
振替　00160-3-115347


ISBN4-334-73867-2　Printed in Japan

**お願い**　光文社文庫をお読みになって、いかがでございましたか。「読後の感想」を編集部あてに、ぜひお送りください。

このほか光文社文庫では、どんな本をお読みになりましたか。これから、どういう本をご希望ですか。

どの本も、誤植がないようつとめていますが、もしお気づきの点がございましたら、お教えください。ご職業、ご年齢などもお書きそえいただければ幸いです。

光文社文庫編集部